HEYNE <

ENTERPRISE-Romane:

Bd. 1: *Diane Carey:* Aufbruch ins Unbekannte · 06/6800
Bd. 2: *Dean Wesley Smith/Kristine Kathryn Rusch:* Das Rätsel der Fazi · 06/6801
Bd. 3: *Dave Stern:* Der Preis der Ehre · 06/6802

Ein Verzeichnis aller weiteren im HEYNE VERLAG erschienenen STAR-TREK-Romane finden Sie am Schluss des Bandes.

ENTERPRISE

DAVE STERN

DER PREIS DER EHRE

Roman

Enterprise
Band 3

Deutsche Erstausgabe

WILHELM HEYNE VERLAG
MÜNCHEN

HEYNE SCIENCE FICTION & FANTASY
Band 06/6802

Titel der amerikanischen Originalausgabe
WHAT PRICE HONOR?
Deutsche Übersetzung von Andreas Brandhorst

Umwelthinweis:
Dieses Buch wurde auf chlor- und
säurefreiem Papier gedruckt.

Redaktion: Rainer Michael Rahn

Erstausgabe by Pocket Books/Simon & Schuster Inc., New York

Der Wilhelm Heyne Verlag ist ein Verlag der
Ullstein Heyne List GmbH & Co. KG
http://www.heyne.de
Printed in Germany 2003
Umschlagbild: Pocket Books/Simon & Schuster, New York
Umschlaggestaltung: Nele Schütz Design, München
Satz: Schaber Satz- und Datentechnik, Wels
Druck und Bindung: Ebner & Spiegel, Ulm

ISBN 3-453-87050-6

Für Dr. Bones, Ollie Jones, Tree Tavern Pizza,
das echte WPIX,
Tiny, Steiny, Bet und Larry …

Sechs Uhr ist es, war es und wird es
immer bleiben.

PROLOG

Bereitschaftsraum des Captains
15.01.2151, 17:45 Uhr

Sterne glitten vorbei. Der Impulsreaktor summte. Jonathan Archer saß allein in seinem Bereitschaftsraum und trommelte mit den Fingern auf den Schreibtisch. Er rutschte in seinem Sessel zur Seite und runzelte die Stirn. Mehrmals öffnete er den Mund, um zu sprechen, schüttelte dann den Kopf und stand auf. Einmal ging er durch den kleinen Raum, dann ein zweites und ein drittes Mal, duckte sich dabei unter den Deckenstreben hinweg.

»Verdammt«, sagte er schließlich und nahm wieder am Computer Platz.

Es gab keine einfachen Worte für diese Sache. Und er durfte ihr nicht länger ausweichen.

Tasten klickten unter den Fingern des Captains und der Computer antwortete mit einem zirpenden Geräusch. Archer räusperte sich und begann zu sprechen.

»Beginn der Nachricht«, sagte er. »Captain Jonathan Archer vom Raumschiff *Enterprise* an Nicole und Jonathan Hart, Lake Armstrong. Mr. und Mrs. Hart, im Namen von Starfleet und insbesondere der Crew der *Enterprise* ...«

Archer unterbrach sich und runzelte erneut die Stirn.

»Nein, das klingt nicht richtig«, sagte er und betätigte die Löschtaste. Der dritte Versuch, die Mitteilung zu sprechen – und zum dritten Mal löschte er die Aufzeichnung. Normalerweise war er nicht so unentschlossen, ganz gleich, worum es ging. Unschlüssigkeit hatte ihn nicht zum Captain des schnellsten Raumschiffs in der Flotte werden lassen, zu dem Mann, der Starfleet in die Galaxis führte.

Er blickte auf den Monitor. Im matten Licht des Bereitschaftsraums sah er das Spiegelbild seines Gesichts auf dem Bildschirm: ein verschwommener Schemen, der den Mann, der er wirklich war, nur ungenau wiedergab. Die Ungenauigkeit verbarg die Falten in seinem Gesicht und die grauen Strähnen an den Schläfen. Einige Sekunden lang stellte sich Archer ohne sie vor, als zwanzig Jahre jüngerer Mann, ohne Verantwortung und mit tausend Möglichkeiten für die Zukunft. Während jener frühen Jahre hatte er sich eine Zeit lang treiben lassen und über die herablassende Behandlung der Menschheit durch ihre zurückhaltenden Lehrer, die Vulkanier, geärgert. Ganz deutlich erinnerte er sich an seinen Verdruss über eine berufliche Laufbahn bei Starfleet, von der er glaubte, dass sie ihn nie zu den Sternen bringen würde. Hinzu kam der Zorn darüber, dass man seinen Vater um den größten Wunsch seines Lebens betrogen hatte. Es war Archer schließlich gelungen, den Zorn zu überwinden und seine Emotionen zu kanalisieren, um einen konstruktiven Weg in die Zukunft zu beschreiten.

Manche Personen bekamen dazu keine Gelegenheit.

Wieder rutschte er im Sessel zur Seite, und das Spiegelbild verschwand vom Bildschirm. Archer konzentrierte sich auf die Darstellungen des Monitors, der ihm drei Fenster präsentierte: unten eine horizontale Sektion mit Text, darüber zwei rechteckige Segmente. Das rechte enthielt ebenfalls Text, doch das linke zeigte eine Frau, ein Starfleet-Standardfoto. Archer las den Text im rechten Bildschirmfenster.

Alana Marie Hart
Geburtsdatum: 04.04.2125

Geburtsort: Lake Armstrong, Luna
Universitätsabschluss: Perth University 2146,
cum laude
Rang: Ensign
ID-Nummer: SC 007-8787
Starfleet-Dienst seit: 2146

Hart hatte pechschwarzes Haar, ein rundes Gesicht und ein energisch wirkendes Kinn. Das Bild wurde ihr nicht ganz gerecht, verzerrte die Züge ein wenig: Die Stirn wirkte zu tief, die Nase zu schräg, die Lippen zu dünn. Beim ersten Betrachten des Bilds hatte Archer sofort gedacht, dass sie in Wirklichkeit attraktiver war. Das sah er jetzt bestätigt.

Drei Tage nachdem sie Klaang auf Qo'noS zurückgelassen und von Admiral Forrest die Erlaubnis bekommen hatten, die Mission des Schiffes fortzusetzen, war Archer der jungen Frau begegnet. Er hatte Treffen vereinbart, um alle Besatzungsmitglieder kennen zu lernen, jeweils etwa zehn Minuten, um einen Eindruck von den einzelnen Personen zu gewinnen. Die meisten Gespräche hatten länger gedauert.

Nicht das mit Hart.

Archer erinnerte sich daran, wie sie in den Bereitschaftsraum gekommen war, Haltung angenommen und den Blick nicht auf den Captain gerichtet hatte, sondern auf die Wand hinter ihm. In ihrem Gesicht zeigte sich so etwas wie grimmige Entschlossenheit.

»Rühren, Ensign«, sagte Archer.

Hart war groß und hager. Auf die Anweisung des Captains hin legte sie die Hände auf den Rücken und ihre Ellbogen ragten wie Waffen vor.

»Ja, Sir!«

»Ich meine, entspannen Sie sich«, sagte Archer. »Lächeln Sie, wenn Sie möchten.«

Daraufhin sah sie ihn zum ersten Mal direkt an.

»Sir?«, fragte sie und Verwirrung breitete sich in ihrem Gesicht aus. Für ein oder zwei Sekunden erschienen Falten in der Stirn und dann, als sich die junge Frau entspannte, sah Archer, dass er richtig vermutet hatte.

Ensign Hart war schön.

Er schmunzelte. »Lächeln Sie. Es ist ganz einfach.«

»Ja, Sir!« Harts Mundwinkel kamen ein wenig nach oben und sanken sofort zurück. Es erinnerte den Captain an eine Tür, die sich kurz öffnete, um dann wieder zuzufallen.

Die junge Frau richtete einen erwartungsvollen Blick auf ihn.

»Sehr gut«, sagte Archer und begann dann mit dem eigentlichen Gespräch, bei dem sich kaum etwas ergab. Hart beantwortete seine Fragen mit einem knappen »Ja, Sir« oder »Nein, Sir«. Nach zwei Minuten ließ er sie gehen und nahm sich vor, während der nächsten Monate noch einmal mit ihr zu reden, wenn sie sich an Bord eingewöhnt hatte. Doch aus irgendeinem Grund fand er nie Zeit dafür.

Er sah wieder auf den Monitor. Das untere, horizontale Bildschirmfenster funktionierte wie ein altmodischer einzeiliger News-Ticker, gab unter anderem Auskunft über Datum, die Koordinaten der *Enterprise*, den Systemstatus und die Bordzeit. Es war vierzehn Uhr fünfzehn. Seit zwanzig Minuten befand sich Archer im Bereitschaftsraum – genug Zeit, um Harts Eltern ein Dutzend Mitteilungen zu schicken.

Er wich seiner Aufgabe aus. Vielleicht in der Hoffnung auf eine Inspiration, die ihm genau die richtigen Worte präsentierte. Doch für so etwas existierten keine »richtigen« Worte.

Der Kommunikator piepte. Archer drückte eine Taste.

»Captain?« Hoshis Stimme drang aus dem Kom-Lautsprecher.

»Ich höre.«

»Die Sarkassianer haben sich mit uns in Verbindung gesetzt. Sie bitten um Erlaubnis für ein Andockmanöver.«

»Sie sind bereits hier?« Eine dumme Frage – das begriff Archer, noch während er sie stellte.

»Ja, Sir.«

»Verdammt«, murmelte der Captain. Er musste zugegen sein, um die Botschafterin zu begrüßen. Die Beziehungen zwischen den beiden Völkern hatten nicht besonders gut begonnen und es galt alles zu vermeiden, das die Situation verschlechtern konnte.

»Captain? Botschafterin Valay hat ziemlich drängend geklungen, Sir.«

Das glaubte Archer gern. Sie war ihm nicht unbedingt als geduldiger Typ erschienen. »Na schön. Schicken Sie die Sarkassianer zum zweiten Hangar. Ich bin unterwegs. Und ich möchte, dass Sie mir Gesellschaft leisten, wenn unsere Gäste an Bord kommen. Archer Ende.«

Er schloss den Kom-Kanal und wandte sich wieder dem Monitor zu. Die letzten Zeilen von Harts Dienstgeschichte weckten seine Aufmerksamkeit.

Zur Europa-Basis versetzt: 02.06.2146
***Achilles*: 08.02.2149**
Beförderung zum Ensign: 11.11.2149
Zur *Enterprise* versetzt: 30.01.2150
Gestorben: 14.01.2151

Archer seufzte. Er sollte Harts Eltern eine schlichte Beileids-Mitteilung schicken und einfache Worte wählen, um die er sonst nie verlegen war. Aber in diesem Fall klangen einfache Worte kalt und gefühllos. Sie liefen auf Folgendes hinaus: *Liebe Eltern, Ihre Tochter ist tot. Sie schnappte über und einer meiner Offiziere musste sie erschießen.*

Nein. Er musste es anders formulieren.

Aber nicht jetzt, sondern später. Die Sarkassianer waren unterwegs und Archer musste sich darauf konzentrieren, die Beziehungen zu ihnen zu verbessern.

Er stand auf und verbannte Harts Bild und den Text vom Bildschirm, bevor er den Bereitschaftsraum verließ.

1

Wissenschaftliches Labor, E-Deck
15.01.2151, 18:04 Uhr

Lieutenant Malcolm Reed drehte das Metallstück hin und her, wischte ein wenig Schmutz ab. Es war etwa so groß wie ein Ziegelstein, eine dunkelgraue Masse, von der er erwartet hatte, dass sie so viel wog wie Titan. Aber beim Aufheben hatte er überrascht festgestellt, dass das Metallteil federleicht war. Es bestand aus einer ungewöhnlichen Legierung und konnte von Sondierungssignalen verschiedenster Art nicht durchdrungen werden.

Auf dem Tisch vor Reed lagen mehr als zehn weitere Metallfragmente aus der gleichen seltsamen Legierung – die Landegruppe hatte sie aus den Ruinen des sarkassianischen Außenpostens mitgebracht. Hinter ihm standen die beiden Besatzungsmitglieder Duel und Perkins, die Reed im Auftrag des Captains bei der Untersuchung helfen sollten.

Normalerweise gehörten solche wissenschaftlichen Analysen nicht zu seinem Fachgebiet. Aber Captain Archer vertrat die Ansicht, dass in diesem Fall eine andere Herangehensweise nötig war, um herauszufinden, welche Art von Waffe solche Zerstörungen angerichtet hatte. Für derartige Untersuchungen eignete sich Reed durchaus.

Inzwischen aber fragte sich Reed, ob der Captain nur Rücksicht auf ihn genommen hatte.

Den ganzen Tag über hatten ihn alle mit Samthandschuhen behandelt: Trip (»Vielleicht sollten Sie ein wenig ausspannen.«), Dr. Phlox (»Wenn Sie mit jemandem reden möchten, ich habe immer Zeit für Sie.«) und sogar Hoshi (»Ich bin da, wenn Sie mich brauchen.«). Alle gingen so mit ihm um, als könnte er von einem Augenblick zum anderen einen Zusammenbruch erleiden. Er war müde, ansonsten aber in Ordnung.

»Sir?«

Reed sah auf und begegnete Perkins' Blick.

»Haben Sie etwas gesagt?«

»Habe ich etwas gesagt?« Hatte er laut gesprochen? Reed schüttelte den Kopf. »Nein, bestimmt nicht.«

»Wie Sie meinen, Sir«, sagte Perkins voller Anteilnahme. »Entschuldigen Sie, Sir.«

Fast hätte sich Reed zu einer scharfen Antwort hinreißen lassen. Dann fiel ihm ein, dass es nach Harts Tod einen freien Posten in der Waffenkammer-Crew gab. Perkins hatte schon vor einer ganzen Weile die Einteilung zum Waffendienst beantragt und deshalb würde Reed vermutlich die nächste Zeit eng mit ihm zusammenarbeiten. Den Mann gleich zu Anfang vor den Kopf zu stoßen – das war sicher kein guter Anfang.

Reed holte tief Luft und wandte sich wieder dem Metallstück zu.

»Na schön, fangen wir an.«

»Was kommt zuerst, Sir?«, fragte Duel.

»Beginnen wir mit einem Belastungstest«, sagte Perkins sofort. »Selbst wenn eine direkte Sondierung des Materials unmöglich ist – wir bekommen wichtige Informationen, wenn wir feststellen, wie es sich unter bestimmten Umständen verhält. Meinen Sie nicht auch, Sir?«

Die beiden Männer sahen Reed erwartungsvoll an. Er erwiderte ihren Blick. Duel war klein und untersetzt, Perkins groß und dünn. Ein altes Kinderlied fiel ihm ein und er lächelte. Aber nur kurz.

Dies war nicht der geeignete Zeitpunkt für Frivoles.

»Nein. Ich möchte lieber mit einer spektrographischen Analyse dieses Staubs anfangen. Vielleicht kann es uns den einen oder anderen Hinweis geben.« Reed kratzte einen festgebackenen Schmutzbrocken von dem Fragment. »Möglicherweise finden wir dabei heraus, aus welchem Material …« Er sprach nicht weiter.

»Sir?«, fragte Perkins.

»Einen Augenblick.« Reed strich mit den Fingerkuppen über das Metallstück. An der einen Seite kam unter dem Schmutz eine erhöhte Sektion zum Vorschein – ein Muster?

Er legte das Fragment so auf den Tisch, dass das erhöhte Segment nach oben zeigte, begann dann damit, auch die anderen Metallteile vom Schmutz zu reinigen. Duel und Perkins kamen näher.

Die Hälfte der Fragmente wies eine Art Wulst auf.

»Sind das Symbole?«, fragte einer der beiden Männer hinter Reed.

»Ja«, erwiderte er und nickte. »Symbole.« Sie ähnelten jenen, die sie an mehreren Stellen im Außenposten gefunden hatten. Doch Symbole waren nicht Reeds Fachgebiet.

Er ging zum Interkom und öffnete einen internen Kom-Kanal.

»Reed an Brücke.«

»Hier T'Pol.«

»Kann ich mit Hoshi sprechen, Subcommander?«

»Nein.«

»Nein?«

»Nein. Sie und der Captain sind in Hangar Zwei, um dort die sarkassianische Botschafterin zu empfangen.«

Fast wäre Reeds Kinnlade nach unten geklappt.

»Die Sarkassianer sind hier?«

»Darauf habe ich gerade hingewiesen.«

Reed nickte grimmig. Eigentlich sollte er bei der Begegnung mit den Sarkassianern zugegen sein – immerhin kamen die Repräsentanten eines möglicherweise feindseligen Volkes an Bord. In Gedanken fügte er den Captain der Liste jener Personen hinzu, die ihn mit Samthandschuhen anfassten.

»Wir haben weitere Symbole gefunden, an den Metallfragmenten im wissenschaftlichen Laboratorium«, sagte Reed. »Hoshi sollte darüber Bescheid wissen.«

»Derzeit ist sie beschäftigt«, erwiderte T'Pol.

»Aber …«

»Handelt es sich um einen Notfall?«

»Nein.«

»Dann muss diese Angelegenheit warten. T'Pol Ende.«

Reed starrte auf den Kommunikator. Nein, es war kein Notfall. Aber Hoshi würde wahrscheinlich den Rest des Tages – zumindest einige Stunden – mit dem Captain und den Sarkassianern verbringen.

Die Symbole boten vielleicht einen Hinweis. Und Reed wollte nicht so lange warten, um mehr herauszufinden.

»Ich gehe zum zweiten Hangar.« Er räusperte sich. »Ich bin bald zurück. Nehmen Sie in der Zwischenzeit eine vollständige spektrographische Analyse vor. Und führen Sie meinetwegen auch einen Belastungstest durch, Mr. Perkins, aber verwenden Sie dabei nur die Fragmente ohne Symbole. Die anderen soll sich Hoshi in ihrem jetzigen Zustand ansehen.«

Perkins nickte. »Ja, Sir.«

»In Ordnung, Sir«, sagte Duel.

Reed nickte den beiden Männern zu, drehte sich um und ging zum nächsten Turbolift.

Als er den Hangar erreichte, standen Captain Archer und Hoshi auf dem Hauptdeck der sarkassianischen Botschafterin und zwei Angehörigen ihres Volkes gegenüber.

Die Sarkassianer waren humanoid und so bleich und dünn, wie sie auf dem Bildschirm ausgesehen hatten.

Sie wirkten anämisch auf Reed, so als würden sie ihr ganzes Leben im Innern von Gebäuden verbringen. Vielleicht war das tatsächlich der Fall. Ganz offensichtlich hatten sie nichts gegen geschlossene Räume wie den Shuttle der Botschafterin oder das größere Schiff, dem die *Enterprise* begegnet war und das nicht ein einziges Fenster aufwies – die Außenhülle bestand aus fugenlosem schwarzem Metall.

»Wir möchten Ihnen gern helfen«, sagte Captain Archer gerade. »Aber …«

»Gut«, unterbrach ihn die Botschafterin. In ihrer Stimme gab es etwas Raues und Schroffes, das während der Kom-Verbindung nicht so deutlich geworden war. »Dann übergeben Sie uns den Gefangenen.«

Botschafterin Valay stand vor ihren beiden Begleitern. Sie trug einen langen violetten Umhang, der im hellen Licht der Deckenlampen schimmerte. Eine silberne Kopfspange, die fast wie eine Krone wirkte, hielt das lange rote Haar zurück. Drei rote Edelsteine glitzerten darin, jeder von ihnen so groß wie ein Ei. Nach menschlichen Maßstäben trug Valay ein Vermögen auf dem Kopf. Reed wusste nicht, ob die Sarkassianer solche Dinge für ebenso wertvoll hielten wie Menschen, aber eins stand fest: Die Spange wirkte sehr eindrucksvoll.

Die Frau, die sie trug, gefiel ihm weniger.

»Ich wiederhole mich nicht gern, Captain«, sagte Valay.

»Bitte entschuldigen Sie, Botschafterin«, erwiderte Archer. »Ich fürchte, die Übergabe des Gefangenen ist nicht so einfach, wie Sie glauben.«

»Es sind nicht die geringsten Probleme damit verbunden, Captain«, sagte Valay. »Unser Krieg betrifft Sie nicht.«

»Jetzt schon«, entgegnete Archer. »Ein Mitglied meiner Besatzung ist tot und in diesem Zusammenhang möchte ich dem Gefangenen einige Fragen stellen.«

»Ich spreche Ihnen mein Beileid aus, Captain«, sagte Valay, ohne dass ihre Stimme Anteilnahme zum Ausdruck brachte. Sie richtete einen langen, dünnen Finger auf Archer. »Aber lassen Sie mich die Dinge in die richtige Perspektive rücken. Sie haben ein totes Besatzungsmitglied. In der Anlage unter uns arbeiteten fast sechzig Personen, und alle kamen ums Leben. Sie halten den Mann gefangen, der dafür verantwortlich ist, und ich verlange seine Auslieferung.«

»Sie können ihn besuchen«, sagte Archer. »Aber solange ich nicht weiß, was genau geschehen ist ...«

»Haben Sie mir nicht zugehört? Jener Mann trägt die Schuld am Tod sowohl Ihres Besatzungsmitglieds als auch unserer Wissenschaftler und der anderen Personen. Es gibt nicht den geringsten Zweifel.«

»Meiner Ansicht nach schon«, widersprach Archer. »Die von Ihnen übermittelten Bilder entsprechen nicht genau dem Mann, der sich in unserer Obhut befindet. Außerdem ...«

»Mit ziemlicher Sicherheit hat er Drogen benutzt, um die Pigmentierung seiner Haut zu verändern«, warf das dritte Mitglied der sarkassianischen Gruppe ein. »Dadurch verschaffte er sich Zugang zum Außenposten.«

»Ich werde Ihnen Beweise beschaffen, Captain«, sagte die Botschafterin. »Der Mann hat schon mehrmals solche Methoden benutzt. Er ist ein vielfacher Mörder, ein Schlächter, ein ...« Zischende Geräusche kamen aus dem Translator.

»Könnten Sie das bitte wiederholen?«, fragte Hoshi. Sie trat einen Schritt vor und hob den Translator.

Die Botschafterin wiederholte den Ausdruck, aber er ließ sich auch diesmal nicht übersetzen.

Valay wandte sich verärgert ab. »Wir vergeuden Zeit!«

Hoshi wechselte einen besorgten Blick mit Archer, der Reed bemerkte.

»Bitte entschuldigen Sie, Captain«, sagte Reed und kam näher. »Wenn ich Sie kurz sprechen dürfte …«

Nicht nur Archer und Hoshi wandten sich ihm zu, sondern auch die Sarkassianer.

»Das ist Lieutenant Reed«, sagte Archer und winkte ihn zu sich. »Unser taktischer Offizier. Lieutenant, das ist Botschafterin Valay.«

Reed neigte kurz den Kopf und die sarkassianische Botschafterin wiederholte diese Geste.

»Lieutenant …«, sagte sie. »Ich möchte Ihnen Commodore Roan und Dr. Natir vorstellen.«

Reed nickte ihnen zu und sie erwiderten den Gruß. Beide trugen Umhänge, die dem Valays ähnelten, aber andere Farben präsentierten. Natirs Umhang zeigte ein helleres Violett, der von Roan ein schlichtes Schwarz. Der Hinweis darauf, dass der Gefangene die Pigmentierung seiner Haut verändert hatte, stammte von Natir. Und jetzt, da er ihm näher war, erkannte Reed Roan vom ersten Kontakt mit den Sarkassianern wieder.

Der Commodore war älter als Valay, seine Haut noch blasser, abgesehen von rotbraunen Flecken, die über die eine Gesichtshälfte und den Hals reichten. Es sah nach einer Brandwunde aus.

»Taktischer Offizier«, sagte Roan und nickte. »Für die Waffensysteme zuständig. Ich habe also richtig vermutet.«

»Sir?«

»Neulich, bei unserem ersten Kontakt. Bevor die Translatoren funktionierten …«

»Ich erinnere mich.« Bilder zogen an Reeds innerem Auge vorbei: die rasche Rückkehr vom Planeten; Phlox, der Ensign Hart behandelte; einige Szenen aus dem Innern des sarkassianischen Schiffes.

»Ich habe meinen Kommunikationsoffizier angewiesen, den visuellen Kontakt mit Ihrem Schiff aufrechtzuerhalten. Dadurch konnte ich Sie alle bei der Arbeit beobachten.«

»Und jene wenigen Momente genügten Ihnen, mich als taktischen Offizier zu identifizieren?«, fragte Reed.

»Ich kenne den Typ«, sagte Roan. »Ich habe selbst lange genug die Aufgaben des taktischen Offiziers wahrgenommen.«

»Tatsächlich?«

»Ja.«

»Ich würde gern wissen, was mich verraten hat.«

»Ich erkläre es Ihnen, wenn wir später Gelegenheit zu einem Gespräch bekommen.«

»Sehr gern«, erwiderte Reed.

»Ich wäre Ihnen dankbar, wenn wir wieder zur Sache kommen könnten«, sagte Valay streng.

Roan verneigte sich vor ihr. »Bitte entschuldigen Sie, Botschafterin.«

»Ich weiß Ihre Bemühungen um die Herstellung guter Beziehungen zu schätzen, Commodore«, sagte Valay in einem Tonfall, der auf das Gegenteil hinwies. »Aber bitte denken Sie daran, dass unsere primäre Pflicht jenen gilt, die auf dem Außenposten ihr Leben verloren.«

»Natürlich«, bestätigte Roan sofort.

Reeds Blick glitt zwischen Valay und Roan hin und her. Er spürte viel Feindseligkeit hinter dem höflichen Wortwechsel und fragte sich nach dem Grund dafür. Etwas in Archers Gesicht wies ihn darauf hin, dass dem Captain ähnliche Gedanken durch den Kopf gingen.

»Allerdings bin ich neugierig, Captain.« Valay wandte sich wieder an Archer. »Ihren früheren Bemerkungen entnahm ich, dass die *Enterprise* vor allem ein Forschungsschiff ist, kein Kriegsschiff.«

»Wir setzen unsere Waffen nur zur Verteidigung ein«, erklärte Archer.

»So wie wir«, sagte Valay. »Alle zivilisierten Spezies

erkennen die Selbstverteidigung als ein fundamentales Recht an. Deshalb müssen Sie uns den Gefangenen übergeben. Er hat sich zahlreicher kriegerischer Handlungen gegen mein Volk schuldig gemacht.«

Archer lächelte humorlos. Reed sah jenes Lächeln nur selten. Seiner Erfahrung nach ging es einem der seltenen Zornesausbrüche des Captains voraus.

»Bitte entschuldigen Sie mich einen Moment, Botschafterin.« Archer legte Reed die Hand auf den Arm. »Wir sind gleich wieder da.«

Der Captain führte Reed zur einen Seite des Hangars.

»Ihr Diensteifer in allen Ehren, Malcolm, aber wenn ich gewollt hätte, dass Sie beim Empfang der Botschafterin zugegen sind ...«

»Entschuldigung, Sir, aber wir haben etwas gefunden.« Reed erzählte dem Captain von den Symbolen. »Hoshi sollte sie sich ansehen. Vielleicht kann sie ...«

»Ich brauche sie hier«, sagte Archer. »Die Situation in Hinsicht auf die Sarkassianer ist heikel. Carstairs hat einen großen Teil der Arbeit bei den Fragmenten geleistet, die wir unten gefunden haben. Greifen Sie auf seine Hilfe zurück.« Der Captain sah zur Botschafterin und ihren Begleitern. »Wenn das alles ist ...«

»Ja, Sir.« Reed versuchte, sich seine Enttäuschung nicht anmerken zu lassen. »Falls Sie mich brauchen – ich bin in der Waffenkammer.«

Als er gehen wollte, legte ihm Archer die Hand auf die Schulter.

»Warten Sie, Malcolm.«

Reed drehte sich um und begegnete dem besorgten Blick des Captains. »Sie haben überhaupt nicht geschlafen, oder?«

»Ein bisschen, glaube ich.«

»Sind Sie sicher?«

Reed zuckte mit den Schultern. »Ich weiß es nicht genau.«

Die Wahrheit lautete: Er war sich ziemlich sicher, nicht geschlafen zu haben. Die wenigen, mit traumähnlichen Bildern durchsetzten Stunden, die er auf seiner Koje verbracht hatte, waren kein echter Schlaf gewesen. Doch ausruhen konnte er später.

Derzeit brauchte er vor allem Antworten.

»Wir werden herausfinden, was geschehen ist. Das verspreche ich Ihnen«, betonte Archer, der Reeds Gedanken zu lesen schien. »Warum nehmen Sie sich nicht den Rest des Tages frei? Lassen Sie sich von Trip und Lieutenant Hess vertreten ...«

»Das ist nicht nötig, Sir.«

»Malcolm, Ihren Möglichkeiten sind Grenzen gesetzt.«

Reed nickte. Das stimmte. Derzeit gab es nichts für ihn zu tun – er konnte nur warten.

Was ihm angesichts seiner gegenwärtigen geistig-emotionalen Verfassung sehr schwer fiel.

Als er zur Botschafterin und den anderen beiden Sarkassianern blickte, fiel ihm etwas ein.

»Bitte entschuldigen Sie meine Offenheit, Captain, aber Botschafterin Valay ... Täuscht der Eindruck, oder ist sie wirklich sehr schwierig?«

»Der Eindruck täuscht nicht«, erwiderte Archer. »Aber wir können uns unsere sarkassianischen Gesprächspartner nicht aussuchen.«

»*Sie* nicht, Sir.«

Archer musterte ihn neugierig. »Wie meinen Sie das, Malcolm?«

»Vielleicht kann ich mit Commander Roan ungezwungener und offener reden.«

»Sie möchten bei uns bleiben?«

»Ja, Sir.«

Der Captain runzelte die Stirn. »Ich weiß nicht. Dies ist ein erster Kontakt. Und ein sehr problematischer noch dazu. Ich möchte vermeiden, dass Starfleet mit zwei verschiedenen Stimmen zu den Sarkassianern spricht.«

»Meine Absicht besteht darin, Roan zum Sprechen zu bringen und ihm zuzuhören, Sir.«

Archer überlegte kurz. »Na schön«, sagte er schließlich. »Leisten Sie uns Gesellschaft und versuchen Sie, mehr über den Außenposten herauszufinden.«

»Ja, Sir. Ich werde mich auch bemühen, mehr über den Gefangenen in Erfahrung zu bringen. Über diesen ...« Reed erinnerte sich nicht an den Namen.

»Goridian.«

»Goridian, ja.« Reed zögerte. »Wollen Sie ihn der Botschafterin überlassen?«

»Ich schätze, letztendlich bleibt mir nichts anderes übrig. Aber vorher möchte ich eine klare Vorstellung davon gewinnen, was dort unten geschehen ist und ob es einen Zusammenhang mit Ensign Harts Tod gibt.«

»Ja, Sir.« Eine gewisse Schärfe erklang in Reeds Stimme, als er hinzufügte: »Er lässt sich kaum übersehen.«

»Stimmt.« Archer legte ihm erneut die Hand auf die Schulter. »Niemand macht Ihnen einen Vorwurf, Malcolm.«

»Ich weiß«, sagte Reed.

Aber er hatte die Fäuste geballt und das Herz pochte ihm bis zum Hals empor – er machte sich selbst Vorwürfe.

Die ganze Nacht hatte er damit verbracht. Stundenlang hatte er sich mit den Vorfällen beschäftigt, mit den Dingen, die er getan und unterlassen hatte. Während seine Gedanken bei Alane weilten, hatte er ihre Stimme gehört, so klar und deutlich, als wäre sie aus der Vergangenheit und dem Tod in die Gegenwart und ins Leben zurückgekehrt.

Das Bild vor Reeds Augen verschwamm und er erinnerte sich.

2

Korridor, E-Deck
31.12.2150, 21:27 Uhr

Es war Silvesterabend und Reed ging von einer Party zur nächsten. Er hielt ein Sektglas in der linken Hand, während er auf die Datentafel in der rechten blickte. Lieutenant Hess im Maschinenraum hatte einen Verwandten, der auf einem Weingut in der Champagne arbeitete. Irgendwie war es ihr gelungen, eine Magnum an Bord zu bringen, und Reed wollte jeden einzelnen Tropfen genießen. Immerhin wusste er nicht, wie gut der Schampus später am Abend bei der Party des Captains sein würde.

Er sah auf die Datentafel, während er ging, stellte dabei zufrieden fest, dass er fast alle der aufgelisteten Aufgaben erledigt hatte. Die noch ausstehenden Dinge konnten warten bis …

Er blieb abrupt stehen.

»Mist«, sagte Reed und sah auf den letzten Eintrag. Er lautete: »TR1 ASR Zeit?« Wie hatte er das nur vergessen können? »TR1« bedeutete »Torpedoraum 1«, und mit »ASR« war die Abschussreaktion gemeint. Der Hinweis sollte ihn daran erinnern, dass es ein Problem mit dem Torpedokatapult gab. Die Abschussreaktion war um fünf Prozent langsamer geworden und während eines Kampfes kam es auf jede Nanosekunde an.

Ensign Santini hatte an diesem Abend Dienst in der taktischen Sektion und Reed hatte ihn gebeten, die Abschussvorrichtung auf mechanische Defekte hin zu untersuchen, obgleich er vermutete, dass das Problem bei der Software lag und nicht bei der Hardware. Was auch immer der Grund für die Verzögerung beim Abschuss sein mochte: Reed war sicher, dass er nicht lange brauchen würde, um ihn zu finden. Anschließend wollte er sein Quartier aufsuchen, sich umziehen, zur Party des Captains gehen und ordentlich Neujahr feiern.

Der Turbolift brachte Reed zum F-Deck; von dort aus setzte er den Weg in Richtung Waffenkammer fort. Die Tür glitt vor ihm beiseite, und als er eintrat, sah er zu seiner Überraschung nicht etwa Santini, sondern Ensign Hart. Sie stand an einem Monitor im rückwärtigen Bereich des Raums und ihre Aufmerksamkeit galt etwas auf dem Schirm, das Reed von seiner Position aus nicht sehen konnte.

Er nutzte die Gelegenheit, Hart einige Sekunden lang unbemerkt zu mustern.

Sie war ihm ein Rätsel. Seit fast einem Jahr gehörte sie zu seiner Abteilung und in dieser Zeit hatten sie nicht mehr als zwei Dutzend Worte gewechselt. Seine Versuche, ein Gespräch mit ihr zu führen, waren nicht in dem Sinne *zurückgewiesen* worden, denn sie hatte alle seine Fragen beantwortet – wenn man »Ja, Sir«, »Nein, Sir« und »Es war alles in Ordnung, Sir« als Antworten klassifizieren konnte. Eigentlich *tolerierte* sie seine Kommunikationsversuche nur. Er war ihr vorgesetzter Offizier und deshalb musste sie ihm gegenüber höflich bleiben. Aber nach dem, was er von anderen Besatzungsmitgliedern hörte, konnte sie ziemlich gereizt sein.

Zuerst hatte Reed vermutete, dass sie sich eingewöhnen musste. Nach der Versetzung von der *Achilles* war sie verschlossen und zurückhaltend gewesen, sowohl in Hinsicht auf sich selbst als auch auf die Vergangenheit. Wenn man dieser Mischung den Umstand hinzufügte, dass Hart eine attraktive Frau war (»schön anzusehen«, nannte es Diaz, und Reed widersprach nicht; für ihn, so erinnerte er sich dabei, kam eine Beziehung natürlich nicht in Frage, denn immerhin war er ihr Vorgesetzter), so glaubte Reed, die Gründe für ihr Verhalten besser zu verstehen. Deshalb ließ er es zunächst dabei bewenden, in der Annahme, dass Hart im Lauf der Zeit zu mehr Freundlichkeit finden würde.

Doch dazu kam es nicht. Fast ein Jahr nach Beginn der Mission zeigte Hart noch immer keine Bereitschaft, aus sich herauszugehen.

Jetzt ergab sich vielleicht eine Möglichkeit, dieses Thema anzusprechen.

Allerdings war dies der Silvesterabend und die Waffenkammer erschien Reed nicht unbedingt als idealer Ort für ein persönliches Gespräch. Vielleicht irgendwann während der nächsten Tage …

»Ensign«, sagte er und räusperte sich.

Hart wirbelte herum und ihr Gesicht zeigte Überraschung. »Sir.«

Sie nahm Haltung an und stand ganz gerade, blickte starr geradeaus und rührte keinen Muskel, als wollte Reed sie und ihre Uniform inspizieren.

»Rühren«, sagte Reed. »Entspannen Sie sich.«

»Ja, Sir.« Hart legte die Hände auf den Rücken und veränderte ihre Haltung, ohne sich zu entspannen. Reed seufzte. Auch das gehörte zu Hart – sie hielt sich immer streng an die Vorschriften. Zugegeben, Starfleet war eine Organisation mit militärischen Strukturen, und Reed, der auf eine lange Ahnenreihe aus Marineoffizieren zurückblicken konnte, wusste die Tradition sehr zu schätzen, aber …

Lieber Himmel, dies ist der Silvesterabend, dachte er.

»Was machen Sie hier?«

»Ensign Santini bat mich, den Abschussmechanismus zu überprüfen, Sir.«

»Das meine ich nicht«, sagte Reed. »Wo ist Ensign Santini?«

»Oh, ich habe seine Schicht übernommen. Er wollte zur Party im Maschinenraum.«

»Ah.« Reed nickte. »Das ist sehr nett von Ihnen, Ensign. Ich hoffe, Mr. Santini wird den Gefallen irgendwann erwidern.«

»Ja, Sir«, sagte Hart in einem Tonfall, der darauf hinwies, dass es für die junge Frau überhaupt keine Rolle spielte, ob Santini ihr einen Gegendienst erwies oder nicht.

»Hat er Ihnen von der langsamer gewordenen Abschussreaktion beim ersten Torpedokatapult erzählt?«

»Ja, Sir.« Hart ging zur Abschussvorrichtung auf der Steuerbordseite. »Ich glaube, ich habe die Ursache des Problems gefunden.«

»Tatsächlich?«, fragte Reed.

»Ja, Sir. Sehen Sie hier.« Sie ging neben dem Katapult in die Hocke und leuchtete mit einer kleinen Lampe. Reed trat zur anderen Seite der Abschussvorrichtung, legte die Datentafel auf die Katapultkonsole, stellte das Glas daneben und ging ebenfalls in die Hocke. Hart hatte das interne Wartungssegment geöffnet. Auf dem Boden des Katapults lagen Kabel und Schaltmodule neben dem Abschussmechanismus.

»Zuerst glaubte ich nicht an ein mechanisches Problem. Ich dachte, es läge an der Software, denn seit dem Verlassen des Raumdocks haben wir die Programme mehrmals modifiziert.«

Reed nickte. »Das war auch mein Gedanke.«

»Aber ich habe mich geirrt«, fügte Hart hinzu.

»Wirklich?«

»Ja.« Die junge Frau leuchtete ins Katapult. »Sehen Sie dort.«

Reed hielt Ausschau und wusste sofort, was Hart meinte. Ein etwa fünfzig Zentimeter langes Kabel – der Dicke nach zu urteilen handelte es sich um eine energetische Transferleitung – lag neben einigen Schaltblöcken, an einer Stelle halb durchgeschmort.

»Meine Güte!«, entfuhr es Reed. »Wie konnten wir das übersehen?«

»Es sieht schlimmer aus, als es ist«, sagte Hart. »Der Elektronenfluss in der Leitung ist nur um null Komma fünf Prozent beeinträchtigt.«

»Zum Teufel mit dem Elektronenfluss. Ein Kabel in einem solchen Zustand hätte im Lauf der Zeit ernsten Schaden anrichten können. Sie haben ausgezeichnete Arbeit geleistet, Ensign.«

»Danke, Sir.«

Reed streckte die Hand nach der Konsole aus, richtete sich auf ...

Und stieß das Glas um. Wie in Zeitlupe sah Reed es fallen. Champagner spritzte auf die offen daliegenden Schaltkreise, und Funken sprühten. Es zischte und knisterte.

Von einem Augenblick zum anderen ging das Licht aus und automatisch wurde die Notbeleuchtung aktiv.

Eine Sekunde lang stand Reed wie erstarrt.

»Das war das Dümmste, was ich jemals in meinem Leben getan habe«, sagte er.

»Es war ein Unfall, Sir«, meinte Hart. »Solche Dinge geschehen.«

»Nicht bei mir. Wie dämlich von mir! Mit einem Glas Champagner hierher zu kommen ... Das ist gegen die Vorschriften.« Reed seufzte. »Na schön. Stellen wir fest, wie groß der Schaden ist.«

Er ging zur Rückwand des Torpedoraums, löste dort eine Verkleidungsplatte und schaltete das Licht wieder ein. Hart hatte bereits ihre Werkzeuge hervorgeholt und öffnete das Katapult.

»Schon gut, Ensign«, sagte Reed. »Sie brauchen mir nicht dabei zu helfen. Es war mein Fehler. Ich bringe die Sache in Ordnung.«

»Auch ich bin schuld daran, Sir. Weil ich Sie abgelenkt habe. Wenn Sie nicht geblieben wären, um den Grund für meine Präsenz im Torpedoraum herauszufinden …«

»In diesem Zusammenhang kann man wohl kaum von Schuld sprechen, aber … na schön. Ich weiß Ihre Hilfe zu schätzen. Danke.«

Reed wollte zum Katapult zurückkehren, aber nach einigen Schritten summte das Interkom.

»Brücke an taktische Abteilung. Die Waffensysteme sind ausgefallen. Bericht.«

Reed erkannte T'Pols Stimme und trat zum Kom-Anschluss.

»Hier Reed, Subcommander. Wir hatten einen kleinen Unfall. Nichts Ernstes.«

»Bis wann können Sie die Waffensysteme reaktivieren?«

Reed sah zu Hart, die mit ihrer Lampe ins Innere des Katapults leuchtete. Sie beantwortete die unausgesprochene Frage, indem sie mit den Schultern zuckte.

»Es dauert nicht lange«, sagte Reed. »Ich gebe Ihnen Bescheid.«

»Gut. Brücke Ende.«

Reed schritt durch den Raum. »Wie sieht's aus? Können Sie …«

Das Interkom summte erneut.

»Maschinenraum an taktische Abteilung. Die primären Waffensysteme sind ausgefallen. Empfangen Sie diese Mitteilung?«

Reed seufzte und kehrte zum Kom-Anschluss zurück.

»Ich höre Sie. Hier spricht Lieutenant Reed aus dem Torpedoraum. Wir hatten einen Unfall und sind dabei, den Schaden zu beheben. Ich halte Sie über die weitere Entwicklung auf dem Laufenden. Ende.«

Er sah zu Hart. »Vielleicht sollte ich hier bleiben und

die Anfragen der übrigen Abteilungen entgegennehmen.«

»Wenn Sie das für richtig halten, Sir …«, erwiderte Hart, ohne aufzusehen.

»Äh … das war ein Scherz, Ensign.«

»Ja, Sir«, sagte die junge Frau und setzte ihre Arbeit fort.

Reed seufzte einmal mehr und ging los, um Diagnosewerkzeuge zu holen. Der Weg führte ihn am Monitor vorbei und dadurch bekam er Gelegenheit, das zu sehen, was zuvor Harts Aufmerksamkeit beansprucht hatte.

Der Schirm zeigte das Bild eines gut vierzig Jahre alten Mannes mit einem langen, schmalen Gesicht und kurzem, grauem Haar. Reed blieb stehen und betrachtete die Darstellung auf dem Monitor einige Sekunden lang.

Der Mann erschien ihm vertraut.

»Wer ist das, Ensign?« Reed drehte den Kopf, als Hart von der Katapultkonsole aufsah.

Sie wirkte plötzlich entsetzt.

»Oh. Es tut mir Leid, dass ich das Bild auf dem Display gelassen habe – ich entferne es sofort.«

»Schon gut«, sagte Reed, überrascht von Harts Reaktion. »Entschuldigen Sie bitte. Ich wollte mich nicht in Ihre Angelegenheiten einmischen. Ich habe nur das Bild gesehen und …«

Hart blieb in Bewegung, während er sprach – sie *rannte* praktisch durch den Torpedoraum. Als sie den Monitor erreichte, stieß sie Reed fast beiseite, um an die Kontrollen zu gelangen. Ihr Gesicht hatte sich gerötet.

»Ensign, was …«

»Tut mir Leid, Sir.« Hart senkte den Kopf. »Es ist persönlich. Ich möchte lieber nicht darüber sprechen.«

»Natürlich, wie Sie meinen.« Reed nickte. »Ich entschuldige mich erneut.«

Hart kehrte zur Abschussvorrichtung zurück und Reed holte die Diagnosewerkzeuge. Fast eine Stunde lang arbeiteten sie zusammen, demontierten das Katapult und überprüften die Integrität aller Schaltkreise. Die wenigen Worte, die sie miteinander wechselten, betrafen allein die Reparatur. Mehr als einmal fühlte sich Reed versucht, die junge Frau auf das Bild des Mannes anzusprechen, aber er wusste, dass es sinnlos gewesen wäre – Hart mied seinen Blick und war ganz offensichtlich nicht an einem Gespräch interessiert. Er würde später mit ihr darüber reden. Immerhin war er ihr vorgesetzter Offizier und hier bot sich vielleicht eine Chance, sie besser kennen zu lernen.

»Das scheint alles zu sein«, sagte Reed, als sie das letzte Wartungssegment des Katapults schlossen. »Ich danke Ihnen noch einmal für Ihre Hilfe, Ensign.«

»Gern geschehen, Sir.«

Er schüttelte den Kopf, noch immer erstaunt über seine eigene Dummheit. Das Sektglas auf die Konsole zu stellen … »Ich bedauere, Ihnen so viel unnötige Arbeit gemacht zu haben. Andererseits: Es wäre alles noch schlimmer gewesen, wenn ich den Champagner im Maschinenraum verschüttet hätte. Stellen Sie sich vor, die Flüssigkeit wäre in den Warpkern oder die Dilithiumkammer geraten …«

Reed unterbrach sich, denn plötzlich fiel ihm ein, wieso ihm jener Mann so vertraut erschienen war. Angesichts von Harts Dienstgeschichte überraschte es ihn, dass er ihn nicht sofort erkannt hatte.

»Der Monitor zeigte das Bild von Captain Lyman«, sagte er. »Er führte den Befehl über die *Achilles*.«

»Ja, Sir«, sagte Hart und senkte den Kopf.

»Ensign …« Reed zögerte kurz. »Die Sache ist allgemein bekannt. Alle wissen, was mit der *Achilles* passiert ist, und niemand macht Ihnen irgendwelche Vorwürfe.«

»Ja, Sir«, wiederholte Hart.

»Es gibt also keinen Grund für Sie, sich für irgendetwas zu schämen. Sie haben nichts zu verbergen.«

»Nein, Sir.«

Reed suchte nach geeigneten Worten. Die Stille dauerte an, wurde unangenehm.

Silvesterabend oder nicht – er musste sich jetzt um diese Angelegenheit kümmern.

Erneut summte das Interkom.

»Captain Archer an Lieutenant Reed. Archer an Lieutenant Reed.«

»Bitte entschuldigen Sie mich für einen Moment.« Reed öffnete einen Kom-Kanal. »Ja, Captain?«

Er hörte lachende Stimmen im Hintergrund. Es klang nach Trip und Hoshi. »Wir warten auf Sie, Malcolm.«

»Ja, Sir. Ich bin gleich bei Ihnen. Muss hier nur noch ein kleines Problem aus der Welt schaffen.«

»Verlassen Sie endlich die Waffenkammer und kommen Sie hierher.« Diese Worte stammten von Trip. »Immer nur Arbeit und keinen Spaß ...«

»Ja, ja, in Ordnung«, erwiderte Reed. »Es dauert wirklich nur noch ein paar Minuten. Reed Ende.« Er schloss den Kanal, bevor Trip noch etwas sagen konnte, wandte sich dann wieder an Hart.

»Ich glaube, wir sind hier fertig«, meinte die junge Frau. »Ich bringe jetzt das beschädigte Kabel in Ordnung, wenn Sie damit einverstanden sind.«

Reed nickte. »Ja, natürlich.« Er zögerte ein oder zwei Sekunden lang, gab sich dann einen inneren Ruck. »Ensign ... Ich möchte später mit Ihnen reden. Über Captain Lyman und die *Achilles*.«

»Das ist nicht nötig«, entgegnete Hart hastig.

»Es ist keine Bitte.« Reed warf einen Blick auf seine Datentafel. »Übermorgen um zehn Uhr dreißig, in meinem Quartier?«

Hart schien regelrecht zu schrumpfen. Für einen Augenblick wirkte sie klein, müde und sehr verletzlich.

»Ja, Sir«, sagte sie schließlich. »In Ihrem Quartier, um zehn Uhr dreißig.«

»Gut.« Reed lächelte. »Noch einmal besten Dank dafür, dass Sie mir geholfen haben, das vom Champagner angerichtete Durcheinander in Ordnung zu bringen. Vielleicht können wir Sie nächstes Jahr dazu überreden, mit uns anzustoßen.«

»Ja, Sir«, erwiderte Hart. »Ich freue mich bereits darauf.«

Aber es klang nicht danach.

Reed lächelte erneut. »Ich wünsche Ihnen ein frohes neues Jahr, Ensign.«

»Frohes neues Jahr, Sir.«

Er ließ sie allein im Torpedoraum zurück und machte sich auf den Weg zur Offiziersmesse.

Gedanken an Ensign Hart begleiteten ihn dorthin.

Es fanden mehrere Partys an Bord statt und die junge Frau hätte an einer von ihnen teilnehmen sollen, anstatt ausgerechnet an diesem Abend allein zu sein. Warum fiel es ihr so schwer, die Vergangenheit zu vergessen? Was war an Bord der *Achilles* geschehen?

Selbst um Mitternacht, als die Feier in der Offiziersmesse ihren Höhepunkt erreichte, konnte Reed jenes Bild nicht aus seinem Kopf verbannen: Hart, die im Torpedoraum mit gesenktem Kopf vor ihm stand.

Er fühlte Trauer, Kummer und Anteilnahme.

Und er war sicher, dass sie ihn um Hilfe bat.

3

Korridor, C-Deck
16.01.2151, 18:22 Uhr

Harts Gesicht löste sich auf und das Hier und Heute kehrte zurück. Captain Archer führte seine Begleiter nicht auf direktem Weg zum Gefangenen. Es ging übers ganz E-Deck zum Turbolift und dann übers C-Deck zu dem Quartier, das derzeit als Zelle diente.

Zuerst vermutete Reed, dass Archer auf diese Weise Zeit gewinnen wollte, um etwas länger mit der Botschafterin zu sprechen und ihre Beziehung zu verbessern. Doch die Konversationsbemühungen des Captains stießen bei Valay auf wenig Gegenliebe und endeten, als sie den Turbolift erreichten.

Als die aus sechs Personen bestehende Gruppe das C-Deck betrat und stumm durch den langen Korridor ging, begann Reed zu ahnen, dass der Captain sich aus einem ganz anderen Grund für den Umweg entschieden hatte.

Vielleicht wollte Archer ihm Gelegenheit geben, mit Roan zu reden.

Er wich ein wenig zurück und wandte sich an den Commodore.

»Woher wussten Sie Bescheid?«

Eine Sekunde lang wirkte Roan verwirrt. Dann lächelte er. »Dass Sie der Waffenoffizier beziehungsweise der taktische Offizier sind?«

»Ja – beide Bezeichnungen sind richtig.«

»Nun …« Roan ließ sich ebenfalls ein wenig zurückfallen. »Wer für den Schutz vieler Personen zuständig ist, zeichnet sich durch eine besondere Art von Aufmerksamkeit aus. Das gilt zumindest für jene taktischen Offiziere, die ihre Aufgabe ernst nehmen.«

Reed lächelte. »Ich nehme das als Kompliment.«

»Das sollten Sie auch.«

»Ich muss allerdings zugeben, dass meine Aufmerksamkeit vor allem Ihren Schiffen galt, Commodore. Sie wirkten sehr eindrucksvoll.«

»Oh, das sind sie. Es kann kein Zweifel daran bestehen, dass es sich um für den Kampf bestimmte Schiffe handelt, oder?« Roan schüttelte den Kopf. »Ein Teil von mir bedauert, dass Sie einen solchen ersten Eindruck von uns gewannen, Lieutenant – wir sind kein so kriegerisches Volk. Doch die Ereignisse in dem Außenposten …«

»Ich verstehe, Sir.« Reed entschied, das Thema zu wechseln. »Sie waren also ebenfalls Waffenoffizier?«

»Ja. Doch das liegt lange zurück. Heute habe ich den Befehl über unsere Verteidigungsstreitkräfte in diesem Sektor.«

»Bestimmt haben Sie eine hervorragende berufliche Laufbahn hinter sich – um dorthin zu kommen, wo Sie heute sind.«

»Wo bin ich heute?« Roan schüttelte den Kopf. »Meine derzeitige Stellung wird vor allem von der Politik bestimmt.«

»Sir?«

»Es ist nicht weiter wichtig, Lieutenant. Sagen wir, die Jahre an Bord unserer Kampfschiffe haben mir weitaus besser gefallen als meine jetzigen Pflichten.« Der Commodore blickte durch den Korridor und schüttelte erneut den Kopf. »Obwohl ich nicht weiß, ob ich heute noch das harte Leben an Bord für längere Zeit ertragen könnte.«

»Es hat seine Nachteile, muss ich zugeben«, sagte Reed.

»Das Essen?«

»Nein, das Essen ist bei uns eigentlich recht gut.«

»Bei uns war es grässlich«, sagte Roan. »Einfach grässlich. Aber das spielte damals natürlich keine Rolle. Man aß, um dem Körper Energie zuzuführen, nicht aus Freude am Geschmack.«

»Ich achte nur selten auf das, was ich esse«, erwiderte Reed.

»Weil Sie noch jung sind. Sie haben die Kraft, andere Dinge im Leben zu genießen.«

Einige Sekunden lang gingen sie schweigend.

»Damals gewann ich die besten Freunde«, sagte Roan. »An Bord der *Cressoti* und der *Brosman* – zwei der ersten Schiffe, zu deren Besatzungen ich gehörte.«

»Ich verstehe.«

»Der Angehörige Ihrer Crew, der ums Leben kam …«, sagte Roan. »Kannten Sie ihn?«

Die Frage traf Reed fast mit der gleichen Wucht wie ein Schlag. Er zwang sich weiterzugehen.

»Es war eine Frau«, antwortete er. »Und ja, ich kannte sie.«

»Entschuldigen Sie.« Roan blieb kurz stehen, setzte sich dann wieder in Bewegung. »Sie kannten sie ziemlich gut oder irre ich mich?«

»Nein, Sie irren sich nicht.«

»Haben Sie lange zusammengearbeitet?«

»Nur ein Jahr.«

»Ein Jahr an Bord eines Raumschiffs ist eine lange Zeit. Sie haben mein Mitgefühl, Lieutenant. Es ist immer schmerzlich, einen Freund zu verlieren.«

»Danke, Sir.«

Captain Archer und die anderen hatten inzwischen einen gewissen Vorsprung gewonnen, und als Reed nach vorn sah, geriet die Gruppe hinter einer Kurve außer Sicht.

»Haben Sie bei Ihren Reisen viele Welten gesehen?«, fragte Roan. »Viele Zivilisationen?«

»Einige. Wir hoffen, in diesem Sektor weitere zu entdecken.« Und nicht ohne guten Grund. In einigen Tagen wollten sie auf die *Shi'ar* treffen, ein vulkanisches Forschungsschiff, am Rand des von den Vulkaniern erforschten Raumbereichs. Jenseits davon erstreckte sich unbekanntes All. »Sie können uns nicht sagen, was uns erwartet, wenn wir den Flug in diese Richtung fortsetzen, oder?«

»Nein, leider nicht. Ich wüsste selbst gern, was sich dort draußen befindet.« Roan klang enttäuscht, fast zornig. »Aber die Forschung ist schon seit Jahren keine primäre Komponente unserer Politik mehr.«

»Ich verstehe.« Reed zögerte kurz. »Und woraus besteht die primäre Komponente Ihrer Politik, wenn ich fragen darf?«

»Ah.« Roan lächelte. »Sie möchten wissen, welchem Zweck unser Außenposten auf dem Planetoiden unter uns diente, nicht wahr?«

Reed versuchte, seine Überraschung zu verbergen, hob und senkte denn die Schultern. So viel zu seiner List.

»Ja«, sagte er. »Genau das möchte ich wissen.«

»Ich fürchte, derzeit bin ich nicht befugt, Ihnen die gewünschte Auskunft zu geben, Lieutenant.«

»Verstehe.«

»Ich hoffe, unsere Beziehung entwickelt sich bis zu dem Punkt, der es mir erlaubt, mein Wissen mit Ihnen zu teilen.«

»Das hoffe ich ebenfalls, Commodore.«

Reed sah auf und stellte fest, dass sie die Zelle des Gefangenen erreicht hatten.

Die anderen vier Mitglieder ihrer Gruppe – der Captain, Hoshi, Valay und Natir – waren vor dem Zugang stehen geblieben, wo Bishop und Diaz Wache hielten.

Reed nahm überrascht zur Kenntnis, dass auch Dr. Phlox zugegen war. Er stritt sich mit Natir.

»Ich zweifle nicht daran, dass Sie sich mit dieser Spezies auskennen, Sir«, sagte Phlox gerade. »Aber meine Verpflichtung, den Gefangenen zu behandeln, endet nicht mit Ihrer Ankunft.«

»Ich überlasse Ihnen gern eine Probe des Serums«, erwiderte Natir. »Sie werden feststellen, dass es harmlos ist. Es reduziert nur gewisse Hemmungen des Patienten, sodass er Fragen offener und bereitwilliger beantwortet.«

»Wie ich schon sagte«, betonte Phlox und ein Hauch von Ärger erklang nun in seiner Stimme. »Der Gefangene hat gerade erst das Bewusstsein wiedererlangt. Ich halte es nicht für klug, ihn einem längeren Verhör zu unterziehen. Einige Fragen, mehr nicht. Anschließend muss er Gelegenheit erhalten, sich auszuruhen.«

»Er ist ein Kriegsgefangener«, sagte Valay. »Er hat keinen Anspruch auf eine so rücksichtsvolle Behandlung.«

»Aber er wird sie bekommen«, warf Archer ein. »Solange er sich an Bord meines Schiffes befindet. Sie können kurz mit ihm reden und anschließend spreche ich kurz mit ihm. Dann gehen wir wieder. Ich hoffe, ich habe mich klar genug ausgedrückt.«

Zorn verdunkelte Valays Gesicht, aber sie hielt ihre Emotionen unter Kontrolle, obwohl sie das sichtlich Mühe kostete.

»Ihr Schiff, Ihre Regeln«, sagte sie schließlich.

»Gut.« Archer nickte Bishop und Diaz zu, die daraufhin den Sicherheitscode eingaben. Mit einem leisen Zischen glitt die Tür beiseite und der Captain trat ein. Die anderen folgten ihm.

Als auch Reed das Quartier betreten wollte, versperrte ihm Phlox den Weg.

»Lieutenant …«, sagte der Arzt leise. »Ich wollte Sie

nur darauf hinweisen, dass die Autopsie fast beendet ist.«

»Und?«, fragte Reed. »Haben Sie dabei irgendetwas Ungewöhnliches entdeckt?«

»Bisher nicht. In einer Stunde sollte das endgültige Untersuchungsergebnis vorliegen.« Phlox blickte an Reed vorbei ins Quartier. »Ich traue diesen Sarkassianern nicht. Bitte entschuldigen Sie mich.«

Er eilte in die Zelle.

Reed zögerte kurz, bevor er ihm folgte.

Irgendwo tief in seinem Innern prickelte plötzlich eine sonderbare Nervosität. Er überlegte kurz und gelangte dann zu dem Schluss, dass er den Gefangenen mit Alana assoziierte – das war der Grund für seine Unruhe. Der Anblick von Goridian erinnerte ihn an sie.

Aber warum sollte er deshalb nervös werden? Vielleicht hatte der Captain Recht – vielleicht waren seinen Möglichkeiten wirklich Grenzen gesetzt. Jedenfalls konnte er nicht behaupten, von Roan etwas Nützliches erfahren zu haben.

»Sir?«

Bishop hatte etwas gesagt. Reed sah ihn an.

»Hat der Doktor über Ensign Hart gesprochen?«

»Ja.« Der Captain hatte auf einer sofortigen Autopsie bestanden, um festzustellen, ob es irgendeine physische Ursache für Harts Verhalten gegeben hatte.

»Könnten Sie ...«

»Ich gebe Ihnen sofort Bescheid, wenn ich etwas erfahre.«

»Danke, Sir.«

Reed blickte Bishop in die Augen und sah echte Sorge. Was ihn daran erinnerte, dass er es versäumt hatte, mit den anderen Angehörigen der taktischen Abteilung über Hart zu sprechen. Es ging nicht darum, ihnen zu erzählen, was ihr zugestoßen und wie sie gestorben war – darüber wussten alle an Bord Bescheid. Aber sie verdienten es, in Hinsicht auf Dinge wie die Autopsie auf dem Laufenden gehalten zu werden, denn immerhin hatten sie ein Jahr lang mit ihr zusammengearbeitet. Insbesondere Bishop sollte alles erfahren, denn er hatte Hart immer fair behandelt und nie Dinge von ihr verlangt, die ihr unangenehm waren. Er hatte nie versucht, Verborgenes auszugraben und ans Tageslicht zu bringen.

Im Gegensatz zu mir, dachte Reed und erinnerte sich. *Ich konnte die Vergangenheit nicht ruhen lassen.*

4

Brücke
03.01.2151, 17:44 Uhr

Reed betrachtete ein Bild von Ensign Hart – es zeigte ihm, wie sie an Bord der *Achilles* ausgesehen hatte. Ein weniger strenger Haarschnitt, ein weniger verschlossenes Gesicht.

»Lieutenant.«

Reed wandte sich vom Monitor seiner Station ab und stellte fest, dass Subcommander T'Pol neben ihm stand. Rasch trat er einen Schritt vor und versperrte ihr damit den Blick aufs Display.

»Sie wünschen, Subcommander?«

»Sie machen extensiven Gebrauch vom Bibliothekscomputer«, sagte T'Pol. »Gibt es dabei einen Zusammenhang mit Ihren taktischen Aufgaben?«

»Nein. Ich verwende das Computersystem zu … persönlichen Zwecken.«

»Ich verstehe. Dann möchte ich Sie bitten, die Benutzung während der nächsten Stunde einzuschränken. In Vorbereitung auf das Treffen mit der *Shi'ar* möchte ich mehrere Datenbanken komprimieren, um den für Daten zur Verfügung stehenden Speicherplatz zu maximieren.«

»Wir begegnen der *Shi'ar* erst in einigen Wochen, Subcommander«, sagte Reed.

»In zwei, um genau zu sein, Lieutenant. Während dieser vierzehn Tage muss ich zahlreiche andere Pflichten wahrnehmen, und da die meisten Besatzungsmitglieder das Computersystem während der Tischzeit nicht nutzen, dachte ich mir …«

»Schon gut, schon gut, ich verstehe«, sagte Reed und dachte daran, dass Vulkanier noch mehr als Pfadfinder Wert darauf legten, vorbereitet zu sein. »Ich wollte gleich ebenfalls den Speiseraum aufsuchen. Lassen Sie mich nur diese Sache beenden.«

»Danke. Bitte geben Sie mir Bescheid, wenn Sie fertig sind.«

Reed wartete, bis T'Pol zu ihrer Station zurückgekehrt war, bevor er sich wieder dem Bildschirm zuwandte.

Er hatte Nachforschungen in Hinsicht auf Jon Lyman, die *Achilles* und die Ereignisse in der Station Dinai angestellt. Seine Erinnerungen erwiesen sich dabei zum größten Teil als richtig. Piraten hatten Dinai angegriffen, eine Anlage, in der Dilithium veredelt wurde, unweit des denobulanischen Haufens. Die *Achilles* war nur kurze Zeit später eingetroffen und hatte eine Rettungsmission gestartet, mit katastrophalen Folgen. Zwei Geiseln (beides Vulkanier) starben, die Piraten entkamen mit Dilithiumkristallen, die ein Vermögen wert waren, und die *Achilles* wurde schwer beschädigt. Mehrere Crewmitglieder verloren ihr Leben, unter ihnen der Captain.

Zwar hatte jener Zwischenfall für Schlagzeilen gesorgt, aber über die tatsächlichen Ereignisse in der Station war kaum etwas bekannt. Auch die Aufzeichnungen von Starfleet halfen kaum weiter. Zwar nannten sie Ensign Alana Hart als Mitglied der Sicherheitsgruppe, die versuchte, in die Dilithiumanlage vorzustoßen. Aber auch jene Dateien enthielten keine Einzelheiten. Erstaunlicherweise fehlten sogar Augenzeugenberichte der Überlebenden.

Seltsam. Reed fragte sich, ob es einen ganz konkreten Grund für Harts Weigerung gab, über die Vergangenheit zu reden.

Reed schloss die Dateien, die er eingesehen hatte, und löschte anschließend die Bildschirmdarstellung.

»Der Computer gehört Ihnen, Subcommander«, teilte er T'Pol mit und verließ die Brücke.

Im Speiseraum bemerkte er Trip an einem Ecktisch, trug sein Tablett dorthin und nahm Platz.

»Das ist ein Fehler«, sagte Trip und deutete auf Reeds Teller.

»Warum ein Fehler? Der Hackbraten ist lecker. Ich habe ihn gestern probiert.«

»Gestern – genau das meine ich. Sie hätten sich für ein gebratenes Hähnchen entscheiden sollen. Die Dinger kommen frisch vom Grill.«

»Eine ziemlich fettige Angelegenheit.«

»Aber lecker.«

»Und wenn schon«, erwiderte Reed. Er griff nach der Gabel – und ließ sie wieder sinken.

»Trip ... Haben Sie in Ihrer Abteilung Probleme mit dem Personal? Gibt es jemanden, der sich nicht recht einfügen will?«

»Ja.«

»Wer?«

»Alle.« Trip Tucker zuckte mit den Schultern. »Wenn man gute Leute hat, so kommt es unter ihnen immer wieder zu Spannungen. Insbesondere bei einer langen Mission wie dieser, wenn sie Tag für Tag miteinander zu tun haben und sich kaum aus dem Weg gehen können. Der Trick besteht darin, immer auf dem neuesten Stand zu sein, die Kommunikationsverbindungen offen zu halten und dafür zu sorgen, dass sich kein Groll aufstaut. Außerdem sollte man sich selbst als Bösewicht und Blitzableiter präsentieren, wenn es zu Problemen kommt.« Er lächelte. »Wenn man den Zorn der Leute auf sich zieht, bleiben sie selbst von ihm verschont.«

»Das oberste Gebot, von Charles Tucker dem Dritten.«

»Es war nur ein Scherz«, sagte Trip. »Das mit dem

Zorn.« Er runzelte die Stirn. »Sprechen wir von einer bestimmten Person?«

Reed zögerte. »Hart.«

Trip nickte. »Ja, mir ist das eine oder andere über sie zugetragen worden. Kommt mit anderen Leuten nicht gut zurecht.«

»Sie fügt sich nicht ins Team ein. Neigt dazu, eine Einzelgängerin zu sein.«

Trip schnaubte leise. »Na, schimpft hier ein Esel den anderen Langohr?«

»Wie meinen Sie das?«

»Ich habe erst sechs Monate nach Beginn der Mission erfahren, dass Sie einen Vornamen haben.«

»Sehr komisch.« Aber Reed verstand den Hinweis.

Trip nahm einen Bissen von seinem Brathähnchen. »Sie ist recht hübsch.«

Reed rollte mit den Augen. »Als ob es darauf ankäme.«

»Manchmal spielt es eine Rolle.« Trip ließ das Hähnchen sinken; erneut bildeten sich Falten in seiner Stirn. »Wenn ich mich recht entsinne, gehörte sie zur Crew der *Achilles*. Stimmt das?«

»Ja.«

»Das dürfte die Erklärung sein. Sie braucht einfach nur Zeit. Jene Sache war ...« Trip schüttelte den Kopf und schien nach geeigneten Worten zu suchen. »Bestimmt ist es sehr schwer für sie gewesen.«

»Inzwischen ist schon einige Zeit vergangen.«

»Offenbar gibt es noch immer etwas, das sie belastet. Finden Sie heraus, was es ist.«

»Ich habe es versucht«, sagte Reed. »Sie hat es geschafft, jeden vereinbarten Termin platzen zu lassen. Sie übernimmt den Dienst von Kollegen, macht bei den eigenen Schichten Überstunden ...«

»Sie kann wohl kaum die ganze Zeit über arbeiten«, sagte Trip. »Gehen Sie zu ihr.«

Reed nickte. »Ja, dass sollte ich wohl.«

Er aß ein Stück vom Hackbraten und verzog das Gesicht.

Trip hatte Recht. Der Braten war vollkommen trocken.

Nach dem Essen begab sich Reed in die taktische Abteilung und hantierte dort eine Weile herum. Seine Schicht war vorüber und die nächste begann in Kürze – Hart war dafür eingeteilt. Seine ursprüngliche Absicht hatte darin bestanden, mit ihr zu reden, wenn sie den Dienst begann. Aber das konnte ins Auge gehen, deshalb beschloss er, sie in ihrem Quartier zu besuchen.

Auf dem Weg dorthin überlegte Reed, ob er Hart sein Kommen ankündigen sollte, entschied sich aber dagegen. Ein Überraschungsbesuch schuf vielleicht ein wenig Verlegenheit, doch wenn er ihr Zeit gab, kletterte sie möglicherweise in den Belüftungsschacht, nur um ihm zu entkommen.

So habe ich mir die Leitung einer Abteilung an Bord eines Raumschiffs nicht vorgestellt, dachte Reed und blieb vor der Kabinentür stehen.

Er betätigte den Melder.

»Ja?«

»Ensign, hier ist Lieutenant Reed. Kann ich kurz mit Ihnen sprechen?«

Stille folgte und sie dauerte so lange, dass Reed tatsächlich an die Flucht durch den Belüftungsschacht zu glauben begann. Dann öffnete sich die Tür. Hart stand vor ihm, das Gesicht ein wenig gerötet.

»Sir«, sagte sie, »es tut mir Leid. Ich habe Sie nicht erwartet, sonst hätte ich sofort geöffnet. Ich war gerade dabei, mich auf den Dienstbeginn vorzubereiten.«

Reed stellte fest, dass die junge Frau das Haar offen trug – zum ersten Mal sah er sie auf diese Weise.

Dadurch wirkte sie noch attraktiver. Es entsprach nicht unbedingt den Vorschriften, aber …

»Sir?«

Ihm wurde plötzlich klar, dass Hart auf eine Antwort wartete.

»Oh. Darf ich hereinkommen?« Reed wartete keine Antwort ab und trat an Hart vorbei. Sie folgte ihm und hinter ihnen schloss sich die Tür.

»Bitte entschuldigen Sie, dass ich Sie so überfalle«, sagte Reed. »Aber ich hielt es für erforderlich, ein Gespräch mit Ihnen zu führen.«

»Ja, Sir, ich verstehe.« Hart stand ganz still und hielt den Kopf gesenkt. Vielleicht erwartete sie Kritik, weil sie die bisherigen Verabredungen nicht eingehalten hatte. Reed verzichtete darauf, sie deswegen zu tadeln.

»Können wir irgendwo Platz nehmen?«, fragte er und sah sich um. Wie die meisten Quartiere auf diesem Deck war Harts Unterkunft für zwei Personen bestimmt. Während der ersten Wochen hatte Cravens aus dem Maschinenraum Hart Gesellschaft geleistet, dann aber beschlossen, sich eine andere Koje zu suchen. Was Hart vermutlich nicht bedauerte – bestimmt war sie lieber allein.

»Hier«, sagte Hart und führte ihn zu einer Nische, zog dort einen Stuhl für sich heran und einen weiteren für Reed. Sie nahmen einander gegenüber Platz.

»Nun«, begann Reed, »ich wollte unser erstes Gespräch fortsetzen und …«

Er runzelte die Stirn. Hinter Hart gab es ein Regal an der Wand, das ein Bild und mehrere Bücher präsentierte. Das Bild zeigte ein älteres Paar, vermutlich Harts Eltern. Eins der Bücher war besonders groß und blau – und es wirkte vertraut. Reed las den Titel auf dem Rücken.

England im Siebenjährigen Krieg.

»Corbett?« Er konnte es kaum glauben. »Das ist doch nicht Corbett, oder, Ensign?«

»Doch, Sir, er ist es.« Hart nahm das Buch und reichte es Reed. »Ein Faksimile, aber trotzdem ...«

»Meine Güte«, brachte Reed hervor, als er darin blätterte. »Mein Vater schenkte mir eine Ausgabe dieses Buches, als ich sechzehn Jahre alt war. Der Rücken brach.«

»Ich bekam meins von meiner Tante«, sagte Hart. »Als meine Starfleet-Ausbildung begann. Sie meinte, wenn ich schon zum Militär ginge, sollte ich wenigstens verstehen, worauf es bei Schlachten ankommt.«

»Genau die Worte meines Vaters. Dies war eine Art Elementarbuch für ihn. Er fragte mich immer wieder ab.« Reed schüttelte den Kopf, als er an jene Abende mit seinem Vater dachte. Nie waren sie sich so nahe gewesen wie beim Studium von Corbett, Fuller, Liddel Hart und sogar ein wenig Churchill.

Aber hauptsächlich Corbett.

»Die drei Prinzipien, erinnern Sie sich?«, fuhr Reed fort. »Geleitschutz ...«

»... die Kräfte des Feindes binden und die eigenen Truppen zusammenführen«, beendete Hart die alte Maxime.

Sie sahen sich an. Und lächelten.

»Man gebe den eigenen Schiffen Geleitschutz, um sie vor dem Feind abzuschirmen«, sagte Reed. »Man binde die Kräfte des Feindes nahe der Heimat. Und man führe die eigenen Truppen bei Manövern und Übungen zusammen, um ihre Operationen zu beschleunigen.«

»Man fragt sich, was Corbett vom Krieg heutzutage hielte«, sagte Hart. »Die moderne Technik hat alles geändert.«

»Hat sie das wirklich? Denken Sie nur an den Dritten Weltkrieg. Was geschah mit der Flotte der Östlichen

Koalition? Sie verschwand einfach.« Reed schnippte mit den Fingern.

»Das ist etwas anderes, Sir«, wandte Hart ein.

Reed schüttelte den Kopf. »Nein, es ist genau das Gleiche.«

»Diese Ansicht kann ich nicht teilen. Die ÖKOL-Flotte wurde zerstört, nicht gebunden.«

»Mit dem gleichen Ergebnis.« Einmal mehr schüttelte Reed den Kopf. »Nun ja. Auch mein Vater hielt nicht viel von meinen Vorstellungen, was jenen Krieg betraf. Oder von Starfleet. Er war sehr enttäuscht und verärgert, als ich mich hierfür entschied und nicht für die Royal Navy.« Reed blätterte noch immer. »Seit Jahren habe ich nicht mehr an diese Dinge gedacht. Einige Passagen in diesem Buch sind wirklich sehr interessant ...«

»Ich leihe es Ihnen, wenn Sie möchten.«

»Nein, schon gut. Es ist im Computer gespeichert; ich kann es mir dort ansehen.« Reed hielt ihr das Buch entgegen. »Vielen Dank.«

»Bitte, Sir, nehmen Sie es ruhig. Den Text auf einem Bildschirm zu sehen ... Das lässt sich nicht mit Lesen eines Buchs vergleichen.«

Reed nickte. »Da haben Sie natürlich Recht. Na schön, ich nehme Ihr Angebot an. Nochmals vielen Dank.«

»Gern geschehen.«

Er legte sich das Buch auf den Schoß.

»Nun ...«, sagte er dann und sah auf.

Die entspannte Ungezwungenheit zwischen ihnen verschwand abrupt. Reed erinnerte sich daran, weshalb er gekommen war.

Und Hart ebenfalls. Die neue Verschlossenheit in ihrem Gesicht wies deutlich darauf hin.

»Während der letzten Tage haben Sie sich große Mühe gegeben, mir aus dem Weg zu gehen, Ensign«, sagte Reed. »Ich würde gern wissen, warum.«

Hart senkte wieder den Kopf und ihre Hände ruhten im Schoß. Die Finger bewegten sich nervös.

»Es tut mir Leid, Sir. Ich … ich versuche, nicht zu oft an die *Achilles* zu denken, Sir. Oder an Captain Lyman.«

»Das verstehe ich«, sagte Reed. »Ich nehme an, damit verbinden sich sehr schmerzhafte Erinnerungen.«

»Ja, Sir.«

»Und auch einige gute?«

»Ja, aber … die angenehmen sind nicht so präsent wie die anderen. Ich erinnere mich vor allem an die schlimmen Dinge.«

»Daran, was bei Dinai geschah.«

Die junge Frau nickte. »Ja, Sir.«

»Ich habe die Aufzeichnungen eingesehen und versucht, mich so gut wie möglich zu informieren«, sagte Reed. »Leider enthalten die wenigen Berichte kaum Einzelheiten. Ich konnte nicht herausfinden, was genau geschehen ist.«

»Die *Achilles* war rein zufällig in der Nähe. Wir setzten uns routinemäßig mit der Station in Verbindung und ihr Kommandant antwortete mit einem codierten SOS-Ruf. Wir versuchten zu helfen, aber …«

Hart seufzte schwer, stand auf und ging zum kleinen Fenster auf der anderen Seite ihres Quartiers. Reed folgte ihr.

»Auf welche Weise haben Sie versucht zu helfen? Angaben darüber fehlen in den Aufzeichnungen.«

»Es war eine Rettungsmission«, antwortete Hart und kehrte Reed dabei den Rücken zu. »Sie ging total schief.«

»Warum?«

Sie schüttelte den Kopf. »Das kann ich nicht sagen.«

»Soll das heißen, Sie erinnern sich nicht?«

»Nein, ich …« Hart schüttelte erneut den Kopf. »Es tut mir Leid, Sir.«

Reed musterte ihr Profil und sah, dass es ihr *tatsäch-*

lich Leid tat. In ihrem Gesicht zeigte sich nicht nur Bedauern, sondern auch … Qual.

»Was geschah dort draußen, Ensign? Sagen Sie es mir.«

Wieder schüttelte Hart den Kopf und Tränen glänzten in ihren Augen. »Ich kann es nicht. Ich darf es nicht.«

Reed war so verblüfft, dass er einige Sekunden lang schwieg.

»Sie dürfen nicht?«, fragte er schließlich. »Wer sagt, dass Sie nicht darüber sprechen dürfen? Starfleet?« Was den Mangel an Einzelheiten in den Aufzeichnungen und Berichten erklären würde. Aber trotzdem … »Warum?«

»Oh, bitte, Sir.« Hart drehte sich ruckartig zu Reed um. »Bitte fragen Sie mich nicht mehr danach. Bitte.«

»Ganz offensichtlich gibt es etwas, das Sie sehr belastet, Ensign, und …«

»Ich kann nicht darüber reden, Sir«, wiederholte sie. »Bitte.«

Reed sah sie an und begriff: Hart würde ihm nicht mehr über Dinai verraten, ganz gleich, wie sehr er sie unter Druck setzte.

»Na schön«, sagte er. »Wir sprechen jetzt nicht mehr darüber.«

Was aber nicht bedeutete, dass Reed aufgab. Er wollte Antworten bekommen, und zwar bald. Und dabei ging es ihm nicht nur darum, seine Neugier zu befriedigen. Was auch immer bei Dinai geschehen war: Es zerriss Hart innerlich, darüber zu schweigen. Die Erinnerungen daran kamen einer seit Jahren offenen, eiternden Wunde gleich, die endlich an die frische Luft gebracht werden musste, damit sie heilen konnte. Aber nicht heute Abend.

An diesem Abend entschied sich Reed zu einem kleineren Schritt, um Hart zu helfen, sich in die Crew einzufügen.

»Was an Bord der *Achilles* geschah ... Ich bin bereit, mich damit abzufinden, dass Sie mir nichts davon erzählen können oder wollen. In Ordnung. Aber ich kann nicht hinnehmen, dass jene Ereignisse Ihre Leistungen an Bord der *Enterprise* beeinträchtigen. Und Sie sollten nicht zulassen, das jener Zwischenfall den Rest Ihres Lebens beeinflusst.«

Hart nickte. »Ja, Sir. Sie haben Recht, Sir.«

»Sie brauchen mich nicht dauernd ›Sir‹ zu nennen«, sagte Reed. »›Lieutenant‹ genügt.«

»Wie Sie meinen, Lieutenant«, erwiderte Hart.

Sie standen sich gegenüber und Reed musterte die junge Frau.

»Als ich mich über Dinai zu informieren versuchte, habe ich mir auch die Zeit genommen, mich eingehender mit Ihrer Dienstgeschichte zu befassen, Hart. Dabei stellte ich fest, dass Sie ein ausgezeichneter Schütze sind. Sie gehörten zu den fünf besten Ihres Jahrgangs an der Akademie. Und doch haben Sie noch nicht einmal versucht, sich für die neuen Phasenpistolen zu qualifizieren.«

»Nein, Sir.« Erneut mied Hart Reeds Blick. »Ich hielt es nicht für notwendig. Immerhin habe ich mich nicht um eine Teilnahme an externen Einsätzen beworben.«

»Es könnten sich Situationen ergeben, die eine Verwendung der Phasenpistole erfordern. Sie sollten dafür bereit sein.«

»Da haben Sie vermutlich Recht«, erwiderte Hart.

»Und ob. Wir treffen uns morgen früh in der Waffenkammer, vor dem Frühstück. Ich mache Sie mit der Phasenpistole vertraut und dann veranstalten wir ein kleines Übungsschießen, einverstanden?«

»In Ordnung.«

Reed lächelte. »Gut.«

Hart erwiderte das Lächeln. Es war nicht so groß und offen wie das beim Gespräch über Corbett, aber sie lächelte.

»Und noch einmal danke für das Buch.«

»Schon gut. Unser Gespräch hat mir gefallen – zumindest das über Corbett.« Das Lächeln verblasste ein wenig und Reed wusste, dass sie wieder an Dinai dachte.

»Ensign«, sagte er scharf, »die Vergangenheit wird ruhen – irgendwann. Da bin ich ganz sicher.«

»Ja, Sir.«

»Ah.« Reed hob den Zeigefinger. »Lieutenant – erinnern Sie sich?«

»Ja. Lieutenant.« Hart zögerte. »Danke dafür, dass Sie mit mir gesprochen haben. Ich weiß es sehr zu schätzen.«

»Ich glaube, in dieser Hinsicht habe ich ein wenig meine Pflicht vernachlässigt. Ich hätte viel eher versuchen sollen, mit Ihnen zu reden.«

»Nein, nein. Die Schuld liegt ganz allein bei mir.«

»Nun, wie dem auch sei ...« Reed nickte. »Ich gehe jetzt besser. Ihr Dienst beginnt gleich.«

»Eigentlich habe ich noch ein wenig Zeit.«

Hart schien plötzlich bestrebt zu sein, das Gespräch zu verlängern. Reed fragte sich nach dem Grund dafür. Er sah sie an und verstand plötzlich.

Hart fühlte sich einsam.

Doch als sein Blick auf ihr ruhte, wurde er sich auch noch einer anderen Sache bewusst. Die Starfleet-Vorschriften fielen ihm ein. Insbesondere die Regeln, die das Verhalten eines Offiziers betrafen.

Zwischen Offizieren und einfachen Besatzungsmitgliedern durfte es keine zu engen Beziehungen geben.

Reed räusperte sich. »Nun, äh, leider muss ich jetzt gehen. Einige Dinge erfordern meine Aufmerksamkeit. Guten Abend, Ensign.«

»Ja, natürlich. Guten Abend, Lieutenant.«

An der Tür blieb Reed noch einmal stehen und wandte sich der jungen Frau zu.

»Morgen früh in der Waffenkammer. Sie kommen doch, oder?«

»Ja, Sir«, sagte Hart und lächelte erneut. »Ich verspreche es.«

»Gut. Also bis morgen früh.«

An jenem Abend schlief Reed beim Lesen im Bett ein, das offene Buch auf dem Schoß.

Doch seine Gedanken hatten nicht so sehr Corbett gegolten, sondern vor allem der Frau, von der das Buch stammte.

5

Kabine C-423
16.01.2151, 19:24 Uhr

Reed verdrängte die Erinnerungen und betrat die Zelle. Der Gefangene und Valay schrien sich durch das Drahtgeflecht an, das den Raum in zwei Hälften teilte.

»*Ma'ar tachee galla.*«

»*Ma tee taba lee.*«

»*Ma'ar k'tanga kol nitachee haruka!*«

Reed trat an die Seite des Captains.

»Welche Sprache benutzen sie?«, fragte er.

»Die des Gefangenen«, sagte Archer. »Hoshi arbeitet daran.«

Reed sah zu der Kommunikationsspezialistin. Sie stand auf der anderen Seite des Captains und ihre Finger flogen über die Kontrollen des Translators.

Die Zelle war ein nicht fertig gestelltes Quartier, das nur ein Bett und einen Tisch enthielt, an dem der Gefangene seine Mahlzeiten einnehmen konnte. Das vom Boden bis zur Decke reichende Drahtgeflecht trennte diesen Bereich von der zweiten Raumhälfte. Der Belüftungsschacht war geschlossen, für den Fall, dass es dem Gefangenen irgendwie gelingen sollte, ein Loch in die Drahtbarriere zu reißen. Außerdem war das Computerterminal abgeschaltet. Aber selbst wenn es Goridian gelungen wäre, seinen Bereich zu verlassen – an der Tür standen zwei Wächter.

Doch solche Überlegungen waren bisher ohnehin nur theoretischer Natur gewesen, denn bis zu diesem Morgen hatte der Gefangene im Koma gelegen. Jetzt nicht mehr. Derzeit schrie er die sarkassianische Botschafterin an, als hinge sein Leben davon ab.

Was durchaus der Fall sein mochte, dachte Reed.

»Hoshi?«, fragte Archer. »Wie lange dauert es noch?«

»Nur noch einige Sekunden«, sagte sie, ohne vom Translator aufzusehen. »Die beiden Sprachen – Sarkassianisch und Ta'alaat – sind nicht miteinander verwandt. Die Ta'alaat-Phoneme scheinen viel mit ...« Sie runzelte die Stirn und schüttelte den Kopf. »... dem Hajjlaranischen gemeinsam zu haben. Das ist seltsam. Was wir über die hajjlaranische Zivilisation wissen ...«

»Hoshi ...«, sagte Archer. »Verschieben wir die Etymologie auf später. Derzeit genügt es völlig, wenn wir die Worte verstehen.«

»Ja, Sir«, erwiderte Hoshi. »Die Übersetzung sollte gleich möglich sein – jetzt.«

Plötzlich übertrug der Translator Valays Worte ins Englische.

»... für jedes Leben, das Sie ausgelöscht haben. Wenn sich jene, die Ihnen Hilfe gewährten, nicht zu erkennen geben ... Ich verspreche Ihnen, dass die Ereignisse von Dar Shalaan daneben wie eine milde Strafe erscheinen werden.«

Der Gefangene lächelte dünn. »Gewalt bringt nur neue Gewalt hervor, Botschafterin. Man sollte meinen, das hätten Sie und Ihr Volk inzwischen gelernt.«

Auch Goridian war humanoid, wenn auch kleiner und stämmiger als die Sarkassianer. Seine dunklere Haut wies einen bläulichen Ton auf, den Reed nicht bemerkt hatte, als der Mann an Bord gebracht worden war. Er fragte sich, ob Dr. Natirs Behauptung, Goridian hätte sein Erscheinungsbild mit Drogen verändert, der Wahrheit entsprach.

»Sie werden für das bezahlen, was Sie getan haben«, sagte die Botschafterin. »Das versichere ich Ihnen.«

Der Captain trat vor.

»Bitte entschuldigen Sie, Botschafterin«, sagte er. »Sie haben lange genug mit dem Gefangenen gesprochen. Jetzt bin ich dran.«

»Es ist reine Zeitverschwendung, mit ihm zu reden«, entgegnete Valay und wich zurück. »Aber wie Sie wünschen.«

Der Captain trat ans Drahtgeflecht heran.

»Mein Name ist Jonathan Archer«, sagte er. »Ich bin der Captain dieses Schiffes.«

»Ich bin Goridian«, erwiderte der Gefangene.

»Zumindest das gibt er zu«, brummte Valay.

»Ich kenne Sie nicht«, fuhr der Captain fort. »Aber diese Leute hier, die Sarkassianer, werfen Ihnen vor, ihren Außenposten zerstört und die dortigen Wissenschaftler umgebracht zu haben. Deshalb verlangen sie Ihre Auslieferung.«

»Anstatt mich zu vernehmen ...« Goridian hob die Stimme. »Fragen Sie die Sarkassianer ...« Er zischte dieses Wort, sprach es wie einen Fluch aus. »... wie viele Tote *sie* auf dem Gewissen haben. Fragen Sie sie, womit die Wissenschaftler des Außenpostens beschäftigt gewesen waren. Fragen Sie sie ...«

»Wir töten keine unschuldigen Zivilisten!«, rief Valay. Sie stand direkt neben dem Captain. »Wir führen nicht Krieg gegen ein ganzes Volk!«

»Wer lügt jetzt?«, fragte Goridian. »Wie kann jemand das, was Sie meinem Volk angetan haben, nicht Krieg nennen?«

»Geben Sie mir und Dr. Natir fünf Minuten mit diesem Mann, Captain«, sagte die Botschafterin. »Dann bekommen Sie Ihre Antworten.«

»So etwas ist bei uns nicht üblich«, sagte Archer. »Mr. Goridian, wir sind in gutem Glauben einem Notruf gefolgt, um Hilfe zu bringen und Leben zu retten. Stattdessen starb ein Mitglied meiner Crew und ich glaube, die Ereignisse im Außenposten haben etwas damit zu tun.«

»Der Tod Ihres Besatzungsmitglieds tut mir Leid, Captain, aber ich habe es nicht umgebracht«, sagte Goridian. Und dann geschah etwas Seltsames.

Er blickte an Archer vorbei zu Reed.

»Ich bin sicher, Sie werden den Schuldigen finden«, fügte Goridian hinzu.

Als sich ihre Blicke zum ersten Mal trafen, spürte Reed, wie das Feuer des Zorns in ihm brannte.

Goridian log. Er wusste genau, was mit Alana passiert war.

Aber wie sollte das möglich sein? Goridian hatte im Koma gelegen, als Hart gestorben war. Er konnte nicht mit den Ereignissen vertraut sein.

Der Blick des Gefangenen glitt weiter zu Roan, der neben Reed stand.

»Ich habe gehört, dass man Sie vor die Tür gesetzt hat, Captain Roan.«

»Ich bin jetzt Commodore, Goridian.«

»All diese Titel. Ich ziehe die Bezeichnung vor, die Ihnen mein Volk gegeben hat: Schlächter.«

»Seltsame Worte von jemandem, der so vielen Personen den Tod brachte.«

»Und wenn ich mich noch so sehr bemühen würde – ich könnte es nicht mit Ihnen aufnehmen.«

»Wenn Sie mich wütend machen wollen, so sparen Sie sich besser die Mühe. Und wenn es Ihnen darum geht, Schuldgefühle in Hinsicht auf Dar Shalaan in mir zu wecken … Dazu besteht kein Anlass.«

»Ob Sie sich schuldig fühlen oder nicht, spielt überhaupt keine Rolle, Commodore. Die Geschichte hat bereits über Ihre Taten geurteilt.«

»Und wie beurteilt die Geschichte die Ihren, Goridian?«

»Das genügt, Commodore«, warf Archer ein. »Gegenseitige Vorwürfe bringen uns nicht weiter.«

Er sah Goridian an.

»Ich möchte Ihre Version der jüngsten Ereignisse hören.«

Sie befragten den Gefangenen, zuerst Valay und dann der Captain. Während der Vernehmung bat Goridian um etwas zu trinken, und Phlox reichte ihm eine Thermosflasche, die eine grünliche, schäumende Flüssigkeit enthielt.

»Die Lösung löscht nicht nur Ihren Durst, sondern versorgt Ihren Körper auch mit allen notwendigen Nährstoffen«, erklärte der Arzt.

Goridian hatte gerade zugegeben – nein, *zugegeben* war das falsche Wort; er hatte *geprahlt* –, den sarkassianischen Außenposten absichtlich zerstört zu haben.

»Und dann habe ich gewartet«, fuhr er an Valay gerichtet fort. »Darauf, dass Ihre Schiffe kamen, um die Wissenschaftler zu retten. Ich habe mich versteckt und gewartet. Natürlich rechnete ich damit, gefunden zu werden. Ich wollte möglichst viele von euch in den Tod mitnehmen.«

Goridian trank einen weiteren Schluck von der Flüssigkeit und behielt sie einige Sekunden lang im Mund. Reed beobachtete ihn und staunte stumm. Der Gefangene sprach so über Mord wie andere Leute übers Wetter. Dem taktischen Offizier lief es kalt über den Rücken.

Reed überlegte, was sich die beiden Völker – Sarkassianer und Ta'alaat – im Lauf der Jahre gegenseitig angetan haben konnten, um einen solchen Hass hervorzubringen. Er fragte sich auch, was Roan bei Dar Shalaan getan hatte und warum Goridian ihn »Schlächter« nannte.

Aber die Frage, die ihn mehr beschäftigte als alle anderen, lautete: Was war wirklich in dem Außenposten geschehen?

Goridian nannte keine Einzelheiten in Hinsicht auf die Ereignisse, die Hart das Leben gekostet hatten.

»Es kam zu einer Explosion«, sagte der Gefangene. »Und ich erwachte an Bord Ihres Schiffes.«

Archer versuchte, mehr herauszufinden, aber Goridian gab keine weiteren Auskünfte.

»Einige Teile Ihrer Geschichte finde ich nicht sehr glaubwürdig«, sagte der Captain.

»Von diesem Mann werden Sie nie die Wahrheit erfahren«, ließ sich Valay vernehmen.

Archer schwieg einige Sekunden lang.

»Ich bin geneigt, Ihnen zuzustimmen, Botschafterin«, sagte er dann. »Vielleicht sollte ich Sie wirklich den Sarkassianern überlassen, Mr. Goridian. Möglicherweise wären ihre Verhörmethoden geeignet, Ihrem Gedächtnis auf die Sprünge zu helfen.«

»Das versichere ich Ihnen«, warf die Botschafterin ein.

»Nun ...« Archer zuckte mit den Schultern. »Ich schätze, die Umstände lassen mir keine Wahl.«

»Sir, ich muss protestieren«, sagte Phlox. »Ist Ihnen nicht klar, dass die Sarkassianer diesen Mann foltern werden?«

»Bitte, Doktor«, erwiderte Archer. »Ich weiß, was ich tue.«

Reed glaubte, es ebenfalls zu wissen. Der Captain wollte Goridian zum Handeln zwingen. Wenn der Gefangene Archer besser gekannt hätte, wäre er sicher imstande gewesen, den Bluff zu durchschauen. Aber Goridian wusste nicht, mit wem er es zu tun hatte. Er konnte es gar nicht wissen.

Reed musterte den Gefangenen und rechnete damit, in seinem Gesicht Emotionen zu sehen, zum Beispiel Furcht und Überraschung, vielleicht auch Zorn.

Aber Goridian stand ganz ruhig da, völlig unbeeindruckt von der Drohung des Captains.

Entweder war er ein sehr abgebrühter Bursche, oder ...

»Nun, Mr. Goridian?«, fragte der Captain. »Sind Sie bereit, uns die Wahrheit zu sagen? Oder möchten Sie sich lieber von der Botschafterin und Dr. Natir vernehmen lassen?«

Archer und der Gefangene musterten sich gegenseitig.

Reed spürte, dass sie keine weiteren Informationen von Goridian bekommen würden, was auch immer geschah.

»Ich habe Ihnen gesagt, was ich weiß, Captain.« Der Gefangene hob und senkte die Schultern. »Mehr ist mir nicht möglich.«

Botschafterin Valay lächelte.

»Sie treffen die richtige Entscheidung, Captain. Und ich verspreche Ihnen: Was auch immer wir von diesem Mann erfahren – wir setzen Sie unverzüglich davon in Kenntnis.«

»Das weiß ich zu schätzen.« Archer sah Goridian an. Reed wusste, dass der Captain jetzt einen Rückzieher machen und der Botschafterin mitteilen musste, dass Goridian an Bord der *Enterprise* blieb.

Doch der Gefangene sprach zuerst.

»Vielleicht sollten wir miteinander reden, Botschafterin.«

»Oh, wir *werden* ein Gespräch führen«, erwiderte Valay. »Ein ausführliches.«

»Ich meine jetzt«, sagte Goridian. »Allein.«

Reed und Archer wechselten einen verblüfften Blick.

Valay lachte. »Was hätten Sie mir zu sagen, das nicht für die Ohren dieser Personen bestimmt ist?«

»Eine Mitteilung für Sie, von der Führung meines Volkes.«

Zum ersten Mal beobachtete Reed, wie es Valay die Sprache verschlug.

»Warum erwähnen Sie die angebliche Mitteilung erst jetzt?«

»Das werden Sie verstehen, wenn Sie die anderen fortschicken«, sagte Goridian.

Reed sah Hass in Valays Augen. In Goridians hingegen …

Wo er Furcht erwartet hatte, zeigte sich kalte Berechnung.

Vertrau ihm nicht, hauchte eine Stimme tief in Reed.

»Wenn Sie meine Zeit vergeuden …«, begann Valay.

»Es liegt in Ihrem Interesse, sich die Mitteilung anzuhören«, erwiderte Goridian.

»Einen Augenblick«, sagte Archer. »Diese Sache gefällt mir nicht.«

»Sie sind gar nicht davon betroffen«, entgegnete der Gefangene.

»Da muss ich ihm zustimmen.« Valay sah den Captain an, die Hände auf den Rücken gelegt.

Hoshi trat vor und flüsterte Archer etwas ins Ohr. Er nickte.

»Na schön«, sagte der Captain. »Ich bin noch immer nicht begeistert davon, aber wenn die Botschafterin einverstanden ist …«

»Wahrscheinlich vergeuden wir einige Minuten, aber …« Valay zuckte mit den Schultern. »Ich bin bereit, ihn anzuhören.«

»Gut.« Goridian wandte sich an Archer und Hoshi. »Ich hoffe, Sie haben nicht vor, uns mit irgendwelchen Abhörgeräten zu belauschen, Captain.«

»Nein«, sagte Archer. »So etwas machen wir nicht.«

»Gut. Wenn Sie uns dann entschuldigen würden …«

Archer drehte sich ohne ein weiteres Wort um und verließ die Kabine. Hoshi und Phlox folgten ihm, ihrerseits gefolgt von Roan und Natir.

Reed blieb bei Valay und Goridian zurück.

»Lieutenant?«, fragte die Botschafterin. »Möchten Sie noch etwas hinzufügen?«

»Ja«, sagte Reed und musterte den Gefangenen, dessen sichtliche Zufriedenheit Argwohn in ihm weckte. »Seien Sie vorsichtig, Botschafterin.«

Dann verließ auch Reed das Quartier.

Im Korridor stand Archer zwei oder drei Meter vom Eingang der Kabine entfernt und sprach leise mit Hoshi, die den Kopf gesenkt hatte.

»Sir …« Reed trat zu ihnen. »Ich glaube, Goridian …«

Archer hob die Hand. »Einen Augenblick.« Er wandte sich wieder an Hoshi. »Hat sich was ergeben?«

»Nein, noch nicht«, erwiderte die Kommunikationsspezialistin. Reed bemerkte, dass ihre Aufmerksamkeit dem Display des Translators galt.

Für ein oder zwei Sekunden vermutete Reed, dass der Captain den Gefangenen belogen hatte und sein Gespräch mit der Botschafterin doch abhörte.

Archer sah seinen Gesichtsausdruck.

»Als sich Valay und Goridian anschrien, bevor der Translator funktionierte – die Worte sind aufgezeichnet«, erklärte der Captain leise. »Hoshi versucht, sie zu übersetzen. Vielleicht bekommen wir dadurch zusätzliche Informationen und auch einen Hinweis darauf, was Goridian vorhat.«

Hoshi brummte verärgert.

»Was ist los?«

»Kurz nach dem Beginn des Gesprächs habe ich die gesamte hajjlaranische Sprachdatenbank in dieses Gerät übertragen. Leider ist das Inhaltsverzeichnis durcheinander geraten. Ich brauche einige Minuten, um die Aufzeichnung zu finden.«

»Beeilen Sie sich«, sagte Archer. »Ich möchte wissen, worüber sie gesprochen haben.«

»Aye, Sir.«

»Möchten Sie, dass ich ins Quartier zurückkehre, Captain?«, fragte Reed.

»Nein, das ist nicht nötig. Ich …« Archer schüttelte

den Kopf und blickte zur geschlossenen Tür. »Ich würde nur gern wissen, was vor sich geht.«

»Ich auch«, sagte Reed. Seine rechte Hand tastete unwillkürlich dorthin, wo er normalerweise eine Phasenpistole trug. Aus irgendeinem Grund hatte er plötzlich das Gefühl, dass er so schnell wie möglich zur Waffenkammer eilen, sich einen Strahler holen und damit hierher zurückkehren sollte.

Das war natürlich dumm. Er brauchte hier keine Waffe.

Und doch …

Die Finger zuckten, suchten nach dem Halfter. Der Gedanke an die Waffe ließ ihn nicht los.

6

Waffenkammer
04.01.2151, 08:18 Uhr

Die Phasenpistole lag vor ihm auf der Hauptkonsole, voll geladen, mit glänzendem Zylinder. Sie wirkte bereit und fast begierig darauf, benutzt zu werden.

Reed hätte sich am liebsten bei ihr entschuldigt.

Tut mir Leid, mein Freund. Heute gibt es nichts für dich zu tun.

Er schaltete das Licht ein und mit der Fernbedienung deaktivierte er das holographische Ziel.

Inzwischen hatte sich Hart um fast zwanzig Minuten verspätet. Verspätet? Warum diese Schönfärberei?

Es bestand kein Zweifel mehr daran, dass sie nicht kommen würde.

Reed konnte es kaum fassen. Er hatte angenommen, am vergangenen Abend einen echten Kontakt mit Hart hergestellt und etwas in ihr berührt zu haben. Von der unerledigten Angelegenheit in Hinsicht auf die *Achilles* und die Station Dinai einmal abgesehen: Er war sicher gewesen, zu einer Übereinkunft mit der jungen Frau gekommen zu sein und sie davon überzeugt zu haben, dass sie versuchen sollte, sich besser in die Gemeinschaft an Bord der *Enterprise* zu integrieren.

Ein Teil von ihm glaubte auch, eine persönliche Beziehung geschaffen zu haben, die zu einer echten Freundschaft führen konnte. Das Corbett-Buch und ihr Interesse an seinem Inhalt schuf eine gemeinsame Basis.

Die Erkenntnis, sich geirrt zu haben, schmerzte.

Reed wandte sich dem Kommunikator zu. Er wollte sich mit Hart in Verbindung setzen und sie in sein Quartier bestellen, um die Situation zu klären.

Genau in diesem Augenblick glitt die Tür auf und Hart kam herein.

»Es tut mir Leid, Sir«, sagte sie. »Ich habe verschlafen. Das ist mir zum ersten Mal passiert und ich verspreche, dass es sich nicht wiederholen wird.«

Reed musterte Hart und runzelte die Stirn. *Verschlafen?* Die junge Frau sah eher aus, als hätte sie überhaupt nicht geschlafen. Dunkle Ringe lagen unter ihren Augen. Das Haar war nicht zu einem den Vorschriften entsprechenden Knoten zusammengesteckt, sondern bildete einen Pferdeschwanz. Ihr Overall war zerknittert – Hart erweckte den Eindruck, gerade erst aufgestanden zu sein.

»Vielleicht sollten wir das Übungsschießen verschieben«, sagte Reed. »Sie waren bis spät in der Nacht auf den Beinen …«

»Oh, nein, das ist es nicht. Ich konnte nur nicht einschlafen.«

Reed glaubte zu verstehen.

»Sind Sie nervös wegen dieser Sache?«

»Nun, ein bisschen.«

»Eigentlich kein Wunder. Uns bleibt noch Zeit genug – wenn es Ihnen nichts ausmacht, sich beim Frühstück zu beeilen.«

»Ganz und gar nicht«, sagte Hart.

»Gut. Fangen wir an.«

Hart kannte sich schon ein wenig mit der Phasenpistole aus. Sie wusste, wie man die Waffe lud und ihre Ladung überprüfte – das gehörte zu ihren Pflichten in der taktischen Abteilung. Reed zeigte ihr, wie man zwischen den beiden Einstellungsmöglichkeiten (Betäubung und tödliche Emissionen) wechselte und den Strahler so modifizierte, dass man ihn fürs Übungsschießen verwenden konnte.

Er nahm die Phasenpistole von Hart entgegen und hielt sie in der Hand. »Nun, beim Umgang mit einem solchen Strahler sollte man vor allem daran denken, dass er völlig anders ist als jede Projektilwaffe. Man braucht keine Seitenabweichung auszugleichen. Innerhalb des wahrscheinlichen Feuerbereichs lässt die Intensität des Strahls nicht nach. Denken Sie dabei an einen Ziellaser. Man richtete die Waffe auf das Ziel …« Reed hob den Phaser und richtete ihn auf das Hologramm. »… und schießt.«

»Klingt ganz einfach«, sagte Hart.

»Das ist es auch. Sind Sie jetzt bereit fürs Übungsschießen?«

»Ich denke schon.«

»Gut.« Reed reichte ihr die Waffe und griff nach der Fernbedienung. Er dämpfte das Licht und reaktivierte das holographische Ziel.

Sechs Meter vor ihnen, an der Rückwand des Raums, erschien ein achteckiges Ziel, etwa so groß wie ein Softball. Es wirkte sehr realistisch, obwohl es in Wirklichkeit ein Hologramm war, projiziert von dem Gerät an der Wand.

Hart hob die Phasenpistole und zielte.

»Versuchen wir es mit einem ersten Zehn-Sekunden-Test«, sagte Reed und betätigte die Kontrollen der Fernbedienung.

Das Ziel huschte hin und her.

Hart schoss. Einmal, zweimal, dreimal.

Alles Fehlschüsse.

Die junge Frau feuerte immer wieder.

»Halt!«, rief Reed.

Das holographische Ziel verharrte sofort und schwebte reglos.

Reed sah aufs Display der Fernbedienung. »Ein Treffer, einundzwanzig Fehlschüsse.«

Hart schüttelte enttäuscht den Kopf. »Meine Güte, ich

bin wirklich aus der Übung«, sagte sie, als könnte sie es selbst kaum glauben.

Reed nickte. Harts Bewegungen waren steif und unnatürlich. Sie dachte beim Schießen und versuchte, die Bewegungen des Ziels vorwegzunehmen, anstatt instinktiv zu reagieren.

»Wir können keine Wunder erwarten, Ensign. Zumindest nicht sofort. Versuchen Sie es noch einmal.«

Reed sorgte dafür, dass das Ziel erneut durch den Raum glitt, und allmählich kehrten Harts Reflexe zurück. Sie verhielt sich mehr wie die gute Schützin, die sie laut den Angaben in ihrer elektronischen Personalakte einmal gewesen war. Ihre Bewegungen waren geschmeidig und kompakt, beschränkten sich auf das Notwendigste. Die Phasenpistole schwang von einer Seite zur anderen und Harts Schultern blieben entspannt. Der rechte Fuß kam ein wenig nach vorn, die Knie waren nur andeutungsweise gebeugt und der linke Arm hing locker nach unten. Genau die richtige Position. Reed lächelte. Es war ein Vergnügen, der jungen Frau zuzusehen.

Hart trat zurück und wischte sich die Stirn ab. »Wie war das, Sir?«

Reed merkte plötzlich, dass er mehr auf Hart geachtet hatte als auf das Display der Fernbedienung.

»Besser«, sagte er rasch. »Jeweils zur Hälfte Treffer und Fehlschüsse.«

»Das genügt mir nicht.«

Reed nickte und programmierte das holographische Ziel neu. Zehn weitere Übungen fanden statt, aber Harts Leistungen verbesserten sich nicht. Reed spürte, wie ihr Ärger wuchs und das entsprach nicht seinen Absichten. Es ging darum, ihr Vertrauen zu erneuern; sie sollte nicht an sich zweifeln.

Er trat hinter sie, beobachtete sie beim Zielen – und sah sofort, wo das Problem lag. Hart versuchte noch immer, die Seitenabweichung eines hypothetischen Projektils auszugleichen. Sie verwendete die Phasenpistole wie eine nicht hundertprozentig zielsichere Waffe. Es geschah völlig unbewusst.

Erneut hielt Reed das Ziel an.

»Sir?«

»Ich möchte Ihnen etwas zeigen«, sagte er und trat auf Hart zu.

Hoshi hatte das gleiche Problem mit der Derivation gehabt – bei ihr war es sogar noch schlimmer gewesen. Reed hatte es gelöst, indem er nach ihrer Hand griff und die Bewegung beim Zielen und Feuern korrigierte. Das beabsichtigte er jetzt auch bei Hart.

Doch als er sich ihr näherte, wurde er plötzlich nervös. Die Vorstellung, sie zu berühren, erfüllte ihn mit Unruhe.

Sei nicht albern, dachte er. *Dies ist doch kein Rendezvous.*

»Vergessen wir die Übungen für einen Moment. Sehen Sie den Monitor dort oben am Ende der Treppe?«

Reed zeigte zu der Konsole am Ende des Raums, auf dem oberen Niveau.

»Ja.«

»Die obere rechte Ecke des Displays – sie ist unser Ziel.«

»Ich verstehe nicht.«

»Sie versuchen noch immer, eine Partikelderivation auszugleichen«, erklärte Reed. »Und das möchte ich Ihnen zeigen. Ich richte die Phasenpistole aus und Sie schießen.«

»Wie wollen Sie dabei vorgehen?«

»Auf diese Weise«, sagte Reed.

Er griff nach Harts rechter Hand und hob sie zusammen mit der Pistole.

Überdeutlich war er sich ihres Gesichts bewusst, von dem ihn nur Zentimeter trennten. Seine Haut schien dort zu brennen, wo sie Harts Hand berührte.

Reed veränderte seine Haltung, um auf den Monitor zu zielen, und dadurch stießen ihre Hüften aneinander.

»Entschuldigung«, sagte er.

»Schon gut.«

Konzentrier dich, dachte Reed und richtete die Waffe aus.

»Feuer«, sagte er.

Hart betätigte den Auslöser und der Strahl traf die Mitte des Monitors.

»Mein Fehler«, sagte Reed. »Noch einmal.«

Wieder zielte er.

»Fe...«

»Einen Augenblick.« Hart hob die linke Hand, um eine Locke beiseite zu streichen, die ihr ins Gesicht gefallen war. »Verdammt. Entschuldigung. Bitte halten Sie die Waffe kurz.«

Sie trat zurück, löste das Haar, ließ es über die Schultern fallen und strich es nach hinten. »Ich sollte es mir kurz schneiden lassen.«

»Nein.« Das Wort kam über Reeds Lippen, bevor er es bewusst dachte und zurückhalten konnte. Er sah Hart an und errötete. »Ich meine ...«

Die junge Frau lächelte. »Schon gut. Ich weiß, was Sie meinen.«

Ihre Blicke trafen sich und Reed sah, dass sie es tatsächlich wusste.

»Sollen wir es noch einmal versuchen?«, fragte sie.

»Ja«, erwiderte Reed. »Aber ohne Phasenpistole.«

Er trat einen Schritt vor, Hart ebenfalls.

Und dann küssten sie sich.

Nach einer Weile lösten sie sich voneinander.

Diesmal war es Reed, der ihr eine Locke aus dem Gesicht strich.

»Wie war das?«, fragte Hart.

Reed lächelte. »Genau ins Schwarze getroffen.«

»Sollen wir es noch einmal versuchen, Sir?«

»Nicht so viele Sirs, erinnerst du dich?«

»Na schön.« Sie sah zu ihm auf. »Aber dann solltest du auf den Ensign verzichten.«

»Einverstanden.«

»Ich heiße Alana«, fügte sie rasch hinzu. »Aber an der Akademie nannten mich alle Laney. Oder einfach nur Hart.«

»Mich haben immer alle ›Reed‹ genannt, sogar meine Eltern, glaube ich.«

Sie lachten beide.

»Wie lautet dein Vorname? Wenn ich fragen darf ...«

»Malcolm«, antwortete Reed und erneut warnte ihn die innere Stimme.

Auf was lässt du dich da ein? Denk an die Vorschriften.

Das Interkom summte.

»Archer an Lieutenant Reed. Archer an Reed.«

Der taktische Offizier zuckte so zusammen, als hätten die Alarmsirenen geschrillt.

»Entschuldige bitte«, sagte er zu Hart und eilte zum nächsten Kom-Anschluss.

»Hier Reed.«

»Wir brauchen Sie hier oben, Malcolm.«

»Ich bin unterwegs. Reed Ende.«

Er schloss den Kom-Kanal. Hart stand einige Meter entfernt, noch immer mit der Pistole in der Hand.

»Ich muss los. Kannst du ...«

»Ich bringe hier alles in Ordnung, ja.« Sie zögerte kurz. »Ich bin heute für die Abendschicht eingeteilt.«

»Ich habe bis spät zu tun«, erwiderte Reed. »Ich setze mich mit dir in Verbindung.«

Ein Hauch von Enttäuschung zeigte sich in Harts Gesicht und verschwand dann wieder. »In Ordnung«, sagte sie.

Er eilte fort, ließ sich vom Turbolift durchs Schiff tragen, dachte an den Kuss, das warnende Flüstern und daran, was er jetzt machen sollte.

Zum ersten Mal in seinem Leben ergaben die Starfleet-Vorschriften überhaupt keinen Sinn für ihn.

Ein Deck weiter oben hielt der Turbolift an und Trip betrat die Transportkapsel.

»Wer ist gestorben?«, fragte er.

»Wie bitte?«

»Sie sehen aus, als kämen Sie von der Beerdigung Ihres besten Freunds. Was ist los?«

»Oh, nichts. Ich habe nur nachgedacht.«

»Ja, das sehe ich. Worüber?«

Reed zögerte. Trip stand ihm näher als alle anderen an Bord. Er hatte immer über alles mit ihm sprechen können.

»Ensign Hart«, sagte er und eine halbe Sekunde später öffnete sich die Tür des Turbolifts auf der Brücke.

Trip nickte nachdenklich. »Wir reden später darüber, in Ordnung?«

»Ja«, sagte Reed und sie betraten den Kontrollraum.

Die *Enterprise* hatte eine Art Markierungsboje passiert, die sich selbst zerstörte, bevor sie genau sondiert werden konnte. T'Pol glaubte, dass ein Signal von ihr ausgegangen war. Reed analysierte die Explosion, um mehr über die Technik herauszufinden, mit der sie es hier zu tun hatten.

Nach zwei Stunden bekamen sie durch Extrapolation der gewonnenen Daten ein einfaches Bild, das ihnen das Erscheinungsbild der Boje vor der Explosion zeigte.

Sie sah aus wie eine kleine Pyramide. Seltsame hieroglyphenartige Symbole bedeckten die Außenfläche.

»Das ist interessant«, kommentierte Hoshi.

Sie befand sich noch auf der Brücke und versuchte, die Symbole zu enträtseln, als Reed kurz vor Mitternacht ging. Fünfzehn Stunden hatte er an seiner Station verbracht und nur kurze Pausen eingelegt, um ein wenig die Arme und Beine zu strecken. Jemand hatte

Sandwiches verteilt und er erinnerte sich vage daran, zwei gegessen zu haben.

Die ganze Zeit über war Ensign Hart – Alana – kaum in seinen Gedanken präsent gewesen.

Doch als er in sein Quartier zurückkehrte …

Daraufhin dachte er nur noch an sie.

Er fragte sich, ob er einen Kom-Kontakt mit ihr herstellen sollte. Oder sollte er mit Trip über sie reden?

Reed nahm den Corbett und begann zu lesen.

Nach einer Weile schlief er ein und träumte. In seinem Traum befand er sich im Bereitschaftsraum und sprach mit Captain Archer.

»Sie wollten mich sprechen, Malcolm?«

»Ja, Sir. Es geht um Ensign Hart. Sie und ich …«

»Wie kommt sie zurecht? Mir ist aufgefallen, dass sie noch an keinem Außeneinsatz teilgenommen hat.«

»Das stimmt, Sir. Ich zeige ihr gerade, wie man mit einer Phasenpistole umgeht, und sie lernt schnell. Sie dürfte bald bereit sein.«

»Gut. Wie ist ihre geistige Verfassung? Nach der Achilles *und so, meine ich.«*

»Es geht ihr besser. Ich glaube, sie verarbeitet die Ereignisse allmählich, und ich bin …«

»Nun, Phlox soll ihr psychologische Hilfe leisten. Kommen Sie nicht auf die Idee, ihr gegenüber den Betreuer zu spielen, Malcolm. Dabei könnten Sie zu sehr in Versuchung geraten, Ihre Position als vorgesetzter Offizier zu missbrauchen. Deshalb haben wir jene Vorschriften.«

»Vorschriften?«

»Sie verbieten zu enge Beziehungen mit Untergebenen. Das ist sehr wichtig.«

»Ja, Sir.«

»Gut. Und nun … Gibt es sonst noch etwas? Über Sie und Ensign Hart?«

»Nein, Sir. Ganz und gar nicht.«

Irgendwann erwachte Reed, ging zum Computer

und fand dort eine Nachricht von Ensign Hart. Von Alana.

Treffen wir uns wieder beim Übungsschießen? Um acht Uhr?

Reed dachte lange und gründlich nach, formulierte eine Antwort, während er ihr Gesicht vor dem inneren Auge sah.

Dann setzte er sich und schrieb.

7

Korridor, C-Deck
16.01.2151, 19:24 Uhr

Das Klicken der Tasten verklang und wich dem allgegenwärtigen leisen Zischen der Luftumwälzungsanlage.

»Den beiden scheint dies ebenso wenig zu gefallen wie mir.«

Reed drehte sich um und stellte fest, dass Captain Archer an ihm vorbeisah. Sein Blick galt Commodore Roan und Dr. Natir, die leise miteinander sprachen,.

»Versuchen Sie herauszufinden, warum sie besorgt sind«, fügte Archer hinzu.

»Ja, Sir.«

Reed ging zu den beiden Sarkassianern.

»Meine Herren …«

Beide begrüßten ihn mit einem Nicken. Reed wandte sich an Natir. »Wenn Sie mir Gelegenheit geben könnten, allein mit dem Commodore zu sprechen …«

Natir wirkte verärgert. »Meinetwegen.«

»Vielleicht wäre Dr. Phlox bereit, Ihnen unsere Krankenstation zu zeigen«, schlug Reed vor.

»Ihre Krankenstation interessiert mich nicht«, erwiderte Natir und stapfte fort.

Roan schüttelte den Kopf und lächelte schief. »Bitte entschuldigen Sie seinen Mangel an Diplomatie, Lieutenant. Sie ist nicht sein Fachgebiet.«

»Das glaube ich gern«, sagte Reed. *Und welche Rechtfertigung hat die Botschafterin?*, dachte er.

»Derzeit sind wir alle großen Belastungen ausgesetzt«, sagte Roan, der die Gedanken des Lieutenants zu erahnen schien. »Bitte richten Sie das dem Captain aus.«

»Natürlich. Ich glaube, er versteht es bereits.«

»Danke.« Roan zögerte kurz. »Wenn Sie mich fragen möchten, welche Mitteilung Goridian für die Botschafterin haben könnte, so muss ich sagen, dass ich es ebenso wenig weiß wie Sie.«

»Auch darum ging es mir. Aber davon einmal abgesehen ... Der Gefangene und Sie scheinen sich zu kennen.«

»Ah. Das mit dem ›Schlächter‹ ist Ihrer Aufmerksamkeit nicht entgangen.«

»Nein.«

Roan nickte. »Wir wissen voneinander – das ist korrekter ausgedrückt.«

»Dar Shalaan.«

»Dar Shalaan, ja.«

Reed wartete in der Hoffnung, dass Roan weitersprach. Aber der Commodore schien plötzlich tief in Gedanken versunken zu sein.

»Was die Herstellung von Beziehungen zwischen zwei Kulturen betrifft, kann ich nicht behaupten, viel Erfahrung zu haben, Commodore. Ich weiß aber, dass früher oder später gegenseitiges Vertrauen erforderlich ist.«

»Ja«, bestätigte Roan. »Vertrauen ist tatsächlich eine notwendige Voraussetzung.«

Reed schob sich etwas näher und senkte die Stimme. »Der Captain und ich – ganz Starfleet – möchten Ihnen und den Ta'alaat helfen, Frieden zu schließen. Aber um diese Hilfe zu leisten, müssen wir wissen, warum Sie gegeneinander kämpfen.«

Roan seufzte. »Bei dem Krieg geht es um alles, Lieutenant.«

»Dieser Hinweis nützt mir kaum etwas.«

»Um Territorien, Ressourcen, Geschichte.« Roans Züge verhärteten sich. »Vielleicht sollte ich alles zusammenfassen, indem ich sage, dass es um Religion geht.«

»Religion?«

Roan nickte. »Die Ta'alaat behaupten, wir hätten ihre heiligen Stätten entweiht und Schätze gestohlen, die sie von ihren Göttern empfingen. Angeblich leben wir auf Welten, die aufgrund der göttlichen Vorsehung ihnen gehören.«

Reed schwieg einige Sekunden lang. Roans Worte erfüllten ihn mit Unbehagen. Konflikte über Territorien und Ressourcen konnten mit Kompromissen gelöst werden – ein Stück hiervon für diese Seite, ein Stück davon für die andere. Mit neuen Verhaltensmustern ließ sich ein friedlicher Weg in die Zukunft beschreiten …

In der irdischen Geschichte gab es viele Beispiele für blutige Kriege, die zu einem kulturellen Genozid geführt hatten, zur völligen Auslöschung der einen Seite durch die andere. Wer nicht dem gleichen Glauben angehörte, war als Mensch weniger wert und wurde umgebracht. Die meisten jener Kriege waren mit Schwertern und Speeren oder Gewehren und Granaten geführt worden, kaum jemals mit Waffen, die sich durch ein so großes destruktives Potenzial auszeichneten wie die der Sarkassianer und Ta'alaat.

Reed begann zu ahnen, wie gefährlich der Krieg dieser beiden Völker war.

»Seit Jahrhunderten kämpfen wir gegen die Ta'alaat«, sagte Roan. »Zahlreiche Personen kamen uns Leben.«

»An Orten wie Dar Shalaan.«

Roan nickte. »Ja. Der Krieg dauert schon so lange, dass es auf beiden Seiten Leute gibt, die einen Frieden nicht mehr für möglich halten. Valay gehört zu ihnen.«

»Und sie ist Ihre Botschafterin?«

»Nun …« Roan beugte sich näher. »Darf ich im Vertrauen zu Ihnen sprechen, Lieutenant?«

Reed schüttelte den Kopf. »Ich muss in der Lage sein, mein Wissen mit dem Captain zu teilen.«

Roan nickte. »Na schön. Ich glaube, es gibt nichts dagegen einzuwenden.«

Er führte Reed durch den Korridor, weiter fort von den anderen.

»Valay ist lediglich aufgrund besonderer Umstände unsere Botschafterin geworden. Sie hat keine Ausbildung und auch nicht das richtige Temperament. Ganz im Gegenteil. Auf unserer Welt kommt sie fast einer Königin gleich. Hier und heute repräsentiert sie eine Ansicht, die bei unserem Volk weit verbreitet ist. Lassen Sie mich hinzufügen, dass ich sie nicht ganz teile.«

»Ich nehme an, es handelt sich um eine pessimistische Einstellung in Hinsicht auf den Krieg gegen die Ta'alaat.«

»Ja«, bestätigte Roan und lächelte schief. »Ihnen dürfte auch klar sein, welche Meinung derzeit vorherrscht.«

Genau in diesem Augenblick öffnete sich die Tür des Quartiers. Valay trat in den Korridor. Die Zierspange – die Krone –, die ihr Haar gehalten hatte, befand sich nicht mehr auf ihrem Kopf und eine Sekunde später sah Reed, dass die Botschafterin sie in der Hand hielt. Außerdem bemerkte er einige dunkle Flecken an der Vorderseite ihres Umhangs. Seltsam. Vorher waren sie ihm nicht aufgefallen.

Valay sah durch den Korridor und ihr Blick verharrte bei Roan.

»Goridian ist tot«, sagte sie. »Gehen wir.«

Verblüffte Stille folgte ihren Worten.

Und dann kam es zu einem plötzlichen Durcheinander.

Reed stürmte los und erreichte die Zelle als Erster. Er wusste nicht, was er erwarten sollte.

Die Barriere in der Mitte des Quartiers war intakt.

Goridian lag dahinter auf dem Boden, die Finger hatte er in das Drahtgitter gekrallt. Die weit aufgerissenen Augen zeigten Überraschung. Eine Lache aus rotem Blut hatte sich um seinen Kopf gebildet. Die Farbe erstaunte Reed. Bei den meisten Außerirdischen, denen sie bisher begegnet waren, hatte das Blut eine andere Farbe.

»Öffnen Sie das Gitter!« Phlox stand neben Reed und deutete aufs Drahtgeflecht.

Bishop eilte herein. Wenige Sekunden später befand sich Phlox auf der anderen Seite der Barriere, kniete neben Goridian und untersuchte ihn mit einem Tricorder.

»Keine Atmung, keine vegetativen Funktionen. Massive neurologische Schäden.« Bei diesen Worten erklang Verwirrung in der Stimme des Arztes. »Todesursache: Trauma, hier und hier.«

Er deutete auf die Augen des Mannes, obwohl das gar nicht nötig war. Alle Anwesenden, auch Reed, sahen deutlich, was Goridian getötet hatte.

Reed drehte sich um und sein Blick galt der Spange in Valays Hand.

Sie lief an beiden Enden spitz zu.

Reed wandte sich an den Captain, der in der Tür stand, von Goridian zu Valay sah.

Er schien sprachlos zu sein.

Nicht so Roan. »Valay … Was haben Sie getan?«

»Sein so genanntes Angebot für mich kam einer Beleidigung gleich; und seine lebende Präsenz an diesem Ort war eine noch größere.« Die Botschafterin zuckte mit den Schultern. »Wir sind im Krieg, und ich habe einen Feind getötet. Mehr steckt nicht dahinter.«

»Sie …« Roan war so aufgebracht, dass er stotterte. »Sie haben weitaus mehr getan. Sie haben die Gastfreundschaft der *Enterprise* missbraucht.« Er schüttelte den Kopf und versuchte ganz offensichtlich, sich wieder zu fassen. »Captain Archer, im Namen der sarkassianischen Regierung bitte ich in aller Form um Entschuldigung für das Verhalten der Botschafterin und …«

»Maßen Sie sich nicht zu viel an, Commodore«, sagte Valay. »Ich spreche für die sarkassianische Regierung. Sie sollten nicht vergessen, von wem Sie Ihre Anweisungen empfangen.«

»Ich empfange sie vom Zentralrat unserer Regierung, Botschafterin. Und er wird ebenso ungehalten sein wie ich, wenn er von dieser Sache erfährt.«

»Das bezweifle ich, Commodore. Denken Sie daran, dass auch meine Order vom Zentralrat stammen.« Valay wandte sich an Dr. Natir. »Kommen Sie. Wir kehren zum Außenposten zurück.«

»Nein.« Captain Archer trat vor – Reed hatte ihn nie zuvor so zornig gesehen. »Nein, Sie bleiben hier. Sie können nicht einfach so an Bord meines Schiffes kommen und jemanden umbringen.«

Valay musterte den Captain ungerührt. »Ich habe Ihnen gleich zu Anfang gesagt, dass diese Angelegenheit allein uns und die Sarkassianer betrifft. Die Ta'alaat, meine ich. Es handelte sich um eine Sache zwischen Goridian und mir. Und jetzt ist sie erledigt.«

»Nein, das ist sie nicht«, widersprach Archer. »Wenn ich von Goridian keine Antworten mehr erhalten kann, so werde ich sie von Ihnen bekommen.«

»Ich fürchte, da muss ich Sie enttäuschen, Captain.«

»Sagen Sie mir, welchem Zweck Ihr Außenposten diente, Botschafterin.« Archer trat vor und blieb so dicht vor Valay stehen, dass ihn nur wenige Zentimeter von ihr trennten. Sie starrten sich an. »Ich bestehe darauf.«

Bishops rechte Hand glitt langsam zu seiner Phasenpistole.

Valay bemerkte es. »Möchten Sie in unseren Krieg verwickelt werden, Captain? Ich bin sicher, viele unserer Raumschiffkommandanten wären sofort bereit, gegen Sie in den Kampf zu ziehen.«

Einige Sekunden lang stand Archer stumm und steif da.

»Gehen Sie«, sagte er dann. »Jetzt sofort. Mr. Reed, Mr. Bishop – bringen Sie die Sarkassianer zu ihrem Shuttle.«

»Aye, Sir.« Reed nickte Roan zu. »Hier entlang, Sie alle.«

Er führte die Gruppe durch den Korridor zum Turbolift und dann in Richtung Hangar, und zwar auf dem direkten, schnellsten Weg. Roan ging neben ihm und schwieg die ganze Zeit über.

Als sie den Hangar erreichten, traten erst Valay und anschließend Natir wortlos durch die Luftschleuse ihres Shuttles. Roan zögerte.

»Unsere Regierung hätte so etwas niemals angeordnet«, sagte er. »Valay hat auf eigene Faust agiert.«

»Ich hoffe, da haben Sie Recht«, erwiderte Reed.

Roan fing seinen Blick ein. »Ich bin ganz sicher. Vertrauen Sie mir, Lieutenant.«

Dann ging er ebenfalls an Bord des Shuttles.

Reed starrte einige Sekunden lang ins Leere.

Valay hatte die Angelegenheit als erledigt bezeichnet. Aber Reeds Erfahrung sagte etwas anderes: Wenn man ein Problem für gelöst hielt, kehrte es manchmal mit neuen Komplikationen zurück.

Er schauderte unwillkürlich und erneut glitten seine Gedanken in die Vergangenheit.

8

Waffenkammer
05.01.2151, 07:58 Uhr

An diesem Morgen waren sie beide schon recht früh dran.

»Ensign …«, sagte Reed, als er den Raum betrat und feststellte, dass die junge Frau bereits auf ihn wartete.

Sie sah auf und lächelte, aber ihr Lächeln wirkte gezwungen, fand er.

»Lieutenant Reed … Hallo.«

Er sah, dass sie bereits die Phasenpistole hervorgeholt und den Zielprojektor an der Rückwand befestigt hatte. Die Fernbedienung lag auf der Konsole vor Reed.

»Bevor wir beginnen …«, sagte er. »Was gestern betrifft …«

»Schon gut, Sir. Sie brauchen nicht darüber zu reden. Ich habe Ihre Mitteilung gelesen. Es war nur ein Moment, weiter nichts.«

»Nein, es war nicht nur ein Moment, Ensign. Alana.« Reed seufzte. »Das wollte ich sagen. Sie … du und ich … unter anderen Umständen könnten wir …«

»Weitere Erklärungen sind nicht nötig, Sir. Die Vorschriften – das verstehe ich.« Wieder erschien das gezwungene Lächeln auf Harts Lippen und Reed fühlte sich plötzlich elend. Er begriff plötzlich, dass sich ein Teil seines imaginären Dialogs mit Captain Archer auf echte Fakten bezog. Er *hatte* seine Position missbraucht und Hart verletzt und dafür gab es keine Entschuldigung.

»Sollen wir anfangen?«, fragte sie.

»Ja.« Diesmal war es Reed, der gezwungen lächelte. »Kommen wir wieder zur Sache.«

»Wir sollten den Projektor benutzen, meinen Sie nicht?«

»Nein«, sagte Reed und schüttelte den Kopf. Hart sollte nicht glauben, dass er weitere Übungen wie jene beabsichtigte, die am vergangenen Tag zu dem Kuss geführt hatten, und deshalb fügte er schnell hinzu: »Ich habe an etwas ganz anderes gedacht.«

Er holte eine alte EM-33 aus dem Waffenschrank.

»Kehren wir zu einer Waffe mit Partikelderivation zurück«, sagte Reed und streckte sie Hart entgegen. »Dann wird Ihnen vielleicht der Unterschied zur Phasenpistole klar.«

»Das ist eine EM-33.«

»Ja. Ich habe Ihrer Personalakte entnommen, dass Sie ...«

Reed unterbrach sich, als er im matten Licht sah, wie Hart erbleichte.

»Alana? Ist alles in Ordnung mit Ihnen?«

»Ja.« Sie nickte mechanisch. »Ich kenne die 33. Solche Waffen haben wir an Bord der *Achilles* verwendet.«

Reed begriff seinen Fehler und kam sich wie ein Idiot vor.

Er ließ die Waffe sinken.

»Das war sehr dumm von mir. Bitte entschuldigen Sie. Ich hätte wissen müssen, dass die EM-33 für Sie eine besondere Bedeutung hat.«

»Schon gut, Sir.«

»Nein, es ist nicht gut.« Reed hörte eine unbeabsichtigte Schärfe in seiner Stimme und schüttelte den Kopf. »Hören Sie, Alana – Sie sollten mit jemandem über diese Sache reden.«

»Ich kann nicht. Ich habe es Ihnen erklärt ...«

»Dr. Phlox«, schlug Reed vor. »Was auch immer Sie daran hindert, mit mir oder Ihren Kollegen darüber zu sprechen – es gilt nicht für ihn. Als Arzt ist er an die Schweigepflicht gebunden.«

»Mag sein«, erwiderte Hart. »Aber während meiner administrativen Tätigkeit im Hauptquartier der Flotte ließ man mich mit den dortigen Doktoren sprechen. Um ganz ehrlich zu sein: Sie konnten kaum helfen.«

»Die Ärzte im Hauptquartier … Ich schätze, Dr. Phlox unterscheidet sich von ihnen.«

»Ob Starfleet-Ärzte oder nicht – ich glaube, ein Mediziner kann kaum verstehen, was wir durchmachen müssen. Die starken psychischen Belastungen in einer Situation, bei der es um Leben oder Tod geht, weit draußen im All …«

»Mir ist klar, was Sie meinen«, sagte Reed. »Aber Phlox ist anders, das garantiere ich Ihnen.«

»Na schön.« Alana klang nicht überzeugt, aber Reed hielt es für besser, nicht noch länger bei diesem Thema zu verweilen. Sie setzten die Schießübungen mithilfe des holographischen Projektors fort, an diesem Tag und auch am nächsten. Harts Leistungen verbesserten sich. Sie sprachen weder über die *Achilles* noch über Corbett oder sich selbst, nur über den Umgang mit der Phasenpistole.

Beim Abendessen wich Reed Trips Fragen über Alana aus, indem er behauptete, das Probleme wäre gelöst. Er erklärte sich sogar dazu bereit, am nächsten Tag bei gewissen Arbeiten im Maschinenraum zu helfen. Was bedeutete, dass ihm keine Zeit blieb für weitere Schießübungen mit Hart. Er bat Bishop, ihn zu vertreten, und er schickte der jungen Frau eine Nachricht mit einer kurzen Erklärung, mehr nicht.

Zufälligerweise begegnete er Bishop am nächsten Tag und erfuhr von ihm, dass Alana sich für die Phasenpistole qualifiziert hatte. Bei einem kurzen Gespräch mit Phlox stellte sich heraus, dass Hart noch nicht bei ihm gewesen war.

Lass ihr Zeit, sagte er sich.

Er gab ihr zwei Tage. Und dann stellte er einen Kom-Kontakt mit ihr her.

»Lieutenant ...« Es schien Alana zu überraschen, von ihm zu hören.

»Ensign ... Ich bin gerade mit dem Corbett fertig geworden.« Das entsprach nicht ganz der Wahrheit – er war schon seit einigen Tagen mit der Lektüre fertig und das Buch hatte die ganze Zeit über neben seinem Bett gelegen. Aber es war ein guter Vorwand, um mit Alana zu sprechen. »Ich dachte mir, vielleicht sollte ich Sie besuchen, um Ihnen das Buch zu bringen.«

Alana schwieg einige Sekunden lang. »Morgen bin ich für die Tagschicht eingeteilt. Sie können das Buch hier zurücklassen, wenn das einfacher für Sie ist.«

»Eigentlich möchte ich auch mit Ihnen reden. Über Dr. Phlox«, fügte Reed hastig hinzu. »Und darüber, warum Sie nicht zu ihm gegangen sind.«

»Ich habe es nicht für nötig gehalten.«

»Genau darüber möchte ich mit Ihnen sprechen.«

»Sir, ich glaube, ich kann mit dieser Sache auch allein fertig werden.«

»Ich weiß, dass Sie dazu imstande sind. Ich ...« Reed unterbrach sich, als ihm klar wurde: Er hatte vergessen, die Sprechtaste des Kommunikators zu drücken, damit Hart ihn hören konnte.

Er betätigte die Taste. »Es ist doch dumm, auf diese Weise miteinander zu reden. Lassen Sie mich zu Ihnen kommen – oder wir treffen uns im Speiseraum.«

Wieder folgte kurze Stille. »Nein. Kommen Sie ruhig zu mir.«

»Gut. Ich bin in fünf Minuten bei Ihnen. Reed Ende.«

Er schloss den Kom-Kanal und griff nach dem Corbett.

Es ist ein Fehler, sie in ihrem Quartier zu besuchen, flüsterte die Stimme in ihm.

Reed schenkte ihr keine Beachtung. Er war Harts vorgesetzter Offizier und damit auch für ihre optimale geistige und körperliche Gesundheit verantwortlich. Als sich Alanas Tür öffnete und sie beide lächelten, erfreut über das Wiedersehen – da wusste Reed, dass er die richtige Entscheidung getroffen hatte.

»Hier«, sagte er, reichte ihr das Buch und trat ein. »Noch einmal danke dafür.«

»Nichts zu denken.« Hart legte das Buch beiseite, neben ein Glas Wasser.

»Ich habe nachgedacht«, sagte sie. »Und dabei bin ich zu dem Schluss gelangt, dass Sie Recht haben. Ich muss es mir von der Seele reden – das mit der *Achilles* und der Station Dinai, meine ich.«

»Ausgezeichnet.« Reed lächelte. »Sie sind also bereit, morgen zu Dr. Phlox zu gehen?«

»Nein.«

»Ich verstehe nicht.«

Hart sah ihn an. »Ich möchte mit Ihnen darüber reden.«

Und plötzlich ertönte erneut die Stimme in seinem Innern.

Sie klang ein wenig wie Captain Archer.

»Kommen Sie nicht auf die Idee, ihr gegenüber den Betreuer zu spielen, Malcolm. Dabei könnten Sie zu sehr in Versuchung geraten, Ihre Position als vorgesetzter Offizier zu missbrauchen. Deshalb haben wir jene Vorschriften.«

Reed drängte das mahnende Flüstern in einen fernen Winkel seines Selbst zurück.

»Natürlich«, sagte er, zog einen Stuhl heran und setzte sich. »Deshalb bin ich hier.«

»Wir waren dort draußen, um Flagge zu zeigen«, sagte Alana. »In der Nähe von Arkturus. Die Kolonien – und die Piraten – sollten wissen, dass Starfleet präsent ist und die Dinge im Auge behält.«

Sie saß auf der Kante ihres Bettes und Reeds Stuhl stand direkt daneben. Es hatte eine Weile gedauert, bis sie auf das eigentliche Thema zu sprechen kamen. Zuerst gratulierte Reed der jungen Frau zu ihrer Qualifikation mit der Phasenpistole und sie fragte ihn nach der Boje. Sie sprachen über Bishop und einige andere Angehörige der taktischen Abteilung. Beide schafften es, nicht ein einziges Mal zu erwähnen, dass er ihr während der vergangenen Tage aus dem Weg gegangen war. Das erleichterte ihn, denn inzwischen kam er sich deswegen ziemlich dumm vor; ein pubertärer Schuljunge verhielt sich auf diese Weise. Mit ihm und Alana – mit ihm und Hart – war alles in bester Ordnung. Sie würden zu einer guten, kollegialen Beziehung zurückfinden und Freunde sein. Die tief in ihm flüsternde Stimme irrte sich schlicht und einfach.

Alana genehmigte sich einen Drink und bot auch Reed einen an, aber er lehnte ab. Sie trank jetzt einen Schluck und fuhr dann damit fort, ihre Geschichte zu erzählen.

»Die Station Dinai ... Sie wissen doch, wo sie sich befindet, nicht wahr? Ganz am Ende des Starfleet-Patrouillengebietes. Zwei Monate nach Beginn unserer Mission trafen wir dort ein und alles war in bester Ordnung. Wir blieben einige Tage, um uns die Beine zu vertreten, setzten den Flug dann fort. Aber zwei Tage später kehrten wir zurück.« Hart schüttelte den Kopf. »Und dann ging alles schief.«

»Sie kehrten nach Dinai zurück? Warum?«

»Es war ein dummer Zufall.« Alana stand auf. »Beim Protein-Resequencer kam es zu irgendeinem Defekt. Plötzlich wurden die Nahrungsmittel knapp, und wir mussten umkehren, um den Schaden zu beheben. Als wir die Station erreichten, waren die Piraten da.«

Reed schüttelte den Kopf. *Piraten.* Im zweiundzwanzigsten Jahrhundert schien dieses Wort ein Anachronismus zu sein, aber wie sollte man sie sonst nennen? Er hatte genug schreckliche Geschichten von Travis gehört, der an Bord von Frachtern aufgewachsen war, um zu wissen: Es *gab* Raumpiraten und sie stellten eine große Gefahr dar.

»Wahrscheinlich wurden Sie die ganze Zeit über beobachtet«, sagte Reed. »Die Piraten warteten, bis die *Achilles* weiterflog, davon überzeugt, dass sie sich für lange Zeit nicht mehr blicken lassen würde.«

»Das stimmt vermutlich«, erwiderte Hart. »Aber sie sahen uns viel eher wieder als erwartet. Als wir uns mit der Station in Verbindung setzten, merkte Captain Lyman sofort, dass etwas nicht stimmte. Dinais Antwort enthielt eine verschlüsselte Nachricht, einen SOS-Ruf.«

»Und dann?«

»Captain Lyman schickte zwei Angehörige der Sicherheitsabteilung zur Station: mich und Lieutenant Ayers, den Leiter unserer Sektion. Wir gaben uns als Techniker aus, deren Absicht darin bestand, die notwendigen Ersatzteile zu holen. Sobald wir die Lagerräume erreichten, sollten wir durch die Belüftungsschächte kriechen und die Piraten überraschen. Aber die Burschen waren bereits nervös geworden. Sie hatten die Wachen bei den Geiseln verdoppelt und die Schächte blockiert.«

»Hat man Sie erwischt?«, fragte Reed.

»Mich nicht, aber Ayers.« Hart schüttelte den Kopf. »Dadurch verloren wir das Überraschungsmoment. Die Piraten warteten auf uns. Captain Lyman versuchte, Verstärkung zu schicken, aber ... Aus irgendeinem Grund ging alles drunter und drüber. Zum Schluss waren nicht nur zwei Geiseln tot, sondern auch der Captain und fünf Besatzungsmitglieder. Die *Achilles* hatte ein großes Loch in ihrem Rumpf und die Piraten waren mit dem ganzen Dilithium fort.«

Reed schüttelte ebenfalls den Kopf.

»Eine echte Katastrophe«, sagte er. »Es tut mir Leid, dass Sie so etwas durchmachen mussten.«

»Ich?«, erwiderte Hart scharf. »Ich habe überlebt. Für mich war es keine Katastrophe.«

»Ich verstehe noch immer nicht ganz. Warum sollte Starfleet daran gelegen sein, den Zwischenfall geheim zu halten?«

»Weil die beiden Geiseln, die ums Leben kamen, Vulkanier waren«, antwortete Hart. »Und weil sie von einer Starfleet-Waffe getötet wurden.«

»Lieber Himmel.« Plötzlich verstand Reed. Die letzten hundert Jahre der vulkanischen Politik basierten auf der Annahme, dass die Menschheit noch nicht reif genug war, um in die Galaxis aufzubrechen. Erst während der letzten zehn Jahre hatte sich die strenge Einstellung der Vulkanier den Menschen gegenüber ein wenig gelockert. Sie stellten der Erde mehr von ihrer Technik zur Verfügung, wodurch Schiffe wie die *Enterprise* gebaut und zu den Sternen geschickt werden konnten.

Wenn die Ereignisse in der Station Dinai bekannt geworden wären ... Vielleicht hätte man die *Enterprise* dann gar nicht fertig stellen können.

»Kein Wunder, dass Sie darüber schweigen sollten«, kommentierte Reed.

»Es ist noch schlimmer«, sagte Alana. »Ich habe die beiden Vulkanier erschossen.«

Reed sah sie groß an und plötzlich fehlten ihm die Worte.

»Alle Personen, die in der Station arbeiteten, trugen orangefarbene Overalls. Das war ihre Uniform. Als ich durch einen Korridor lief und zwei Gestalten sah, die mir entgegenkamen und keine derartigen Overalls trugen ... Da habe ich sofort geschossen.« Hart leerte ihr Glas. »Mit meiner guten alten EM-33.«

»Alana ...«

»Mit Partikelderivation und so weiter. Hab sie beide getroffen. Allerdings: Die Piraten hatten ihre Geiseln schlauerweise wie böse Buben gekleidet und sie als lebende Schutzschilde benutzt.« Einmal mehr schüttelte Hart den Kopf und füllte ihr Glas. »Verstehen Sie nun, warum ich niemandem davon erzählen konnte, nicht einmal dem Captain?«

Sie hob das Glas.

»Hören Sie auf zu trinken«, sagte Reed. »Das ist ein Befehl.«

Alana trank einen großen Schluck und setzte das Glas ab. »Ich habe dienstfrei, Sir.«

Reed streckte die Hand nach dem Glas aus, um es Hart wegzunehmen. Sie griff im gleichen Augenblick danach. Es kippte …

Und sein Inhalt spritzte auf den Corbett.

»Meine Güte, das tut mir Leid.« Ein Handtuch lag auf dem Tisch. Reed nahm es und wischte damit das Buch ab.

»Lassen Sie nur«, sagte Alana. »Es ist bloß ein Faksimile.«

Ihre Stimme erklang direkt hinter ihm. Reed drehte sich um und die junge Frau war nur wenige Zentimeter entfernt.

»Dies ist echt«, sagte sie und beugte sich vor. Ihre Lippen berührten seine.

Es war echt.

Und es war falsch.

»Alana«, sagte Reed und wich fort. »Ich würde gern, aber … Wir dürfen das nicht. Es tut mir Leid.«

»Es sind dumme Vorschriften, Malcolm«, erwiderte sie.

»Aber es sind Vorschriften«, betonte er. »Ich bin Lieutenant. Und du bist Ensign.«

»Jetzt. Doch nicht immer.« Hart lächelte. »Wenn ich während meiner kurzen beruflichen Laufbahn etwas gelernt habe, so dies: Man weiß nie, zu welcher Katastrophe es morgen kommen kann. Ich meine, wir sind hier, im Jetzt. Und was darüber hinausgeht ...«

Alles in Reed drängte danach, sie in seine Arme zu schließen.

»Ein solches Gespräch darf ich nicht mit Ihnen führen.« Er drehte sich ruckartig um und ging zu Tür.

»Warte. Es tut mir Leid.« Alana stand dort, mit gesenktem Kopf. »Bitte, geh nicht im Zorn.«

»Ich bin nicht zornig«, entgegnete Reed. »Nicht einmal annähernd. Ich ...« Er gestikulierte hilflos. »Ich weiß überhaupt nicht, was ich fühle.«

Alanas Lippen formten ein bittersüßes Lächeln.

»Ich wollte dir nur danken. Dafür, dass du mir zugehört hast. Für alles.«

»Ich habe dir gern geholfen«, erwiderte Reed und ihre Blicke trafen sich. Ganz plötzlich begriff er: Wenn er auch nur eine Sekunde länger blieb, würde er dem Drängen in seinem Innern nachgeben und Alana in die Arme schließen. Und dann blieb es bestimmt nicht bei einem Kuss.

Er verließ das Quartier, ohne noch einmal zurückzusehen. Im Korridor überlegte er, warum sich Alana »für alles« bedankt hatte.

Dieses Rätsel löste sich am nächsten Morgen, als Reed das Computerterminal in seiner Unterkunft einschaltete, um festzustellen, ob Mitteilungen für ihn eingetroffen waren.

Er fand die Kopie eines förmlichen Antrags, mit dem Alana Hart um Versetzung bat.

9

Besprechungsraum
16.01.2151, 22:04 Uhr

»Ein derartiges Verhalten ist äußerst unlogisch.« T'Pol legte die Hände auf den Tisch und presste die Fingerspitzen aneinander. »Die Sarkassianer haben Starfleet und auch die Verbündeten der Erde gegen sich aufgebracht. Die diplomatischen Beziehungen werden über Jahre hinweg darunter leiden.«

»Als Botschafter kann man kaum schlechtere Dienste leisten«, sagte Trip.

»Ja«, pflichtete ihm der Captain bei. »Die Frage lautet: Was verbirgt sich dahinter?«

Die Führungsoffiziere der *Enterprise* – Archer, Trip, T'Pol, Reed und Hoshi – saßen am Tisch des Besprechungsraums. Jemand hatte eine Kanne Kaffee und Sandwiches gebracht. Beides stand unberührt in der Mitte des Tisches.

»Malcolm, Commodore Roan wies Sie darauf hin, dass es sich um einen religiösen Krieg handelt. Glauben Sie …«

»Nein, Sir«, sagte Reed. »Ich glaube, die religiöse Komponente des Kriegs spielt nur für die Ta'alaat eine Rolle, nicht aber für die Sarkassianer. Sie erscheinen mir weitaus pragmatischer. Goridians Ermordung ist die Tat einer …« Er zögerte und suchte nach dem richtigen Wort.

»Einer Fanatikerin?«, warf Hoshi ein.

»Ja.«

Archer schüttelte den Kopf. »Wodurch sich erneut die Frage ergibt, was dahinter steckt.«

»Ein Verbrechen aus Leidenschaft?«, spekulierte Trip nach einigen Sekunden. »Vielleicht brachte er sie mit einer Bemerkung so sehr in Rage, dass sie vorübergehend die Beherrschung verlor.«

»Warum sollte Valay darauf verzichten, sich damit zu rechtfertigen?«, fragte Archer.

Trip zuckte mit den Schultern. »Keine Ahnung.«

»Sir …« Reed fiel plötzlich etwas ein. »Warum hat die Botschafterin nicht irgendetwas in dieser Art als Entschuldigung angeführt, selbst wenn es nicht der Wahrheit entspricht?«

»Wie meinen Sie das?«, fragte Hoshi.

»Ich glaube, ich verstehe.« T'Pol wandte sich an Reed. »Der Lieutenant will auf Folgendes hinaus: Nach dem Mord war das Verhalten der Botschafterin ganz bewusst provozierend. Sie hätte wenigstens versuchen können, das Ganze möglichst herunterzuspielen.«

»Genau«, sagte Reed.

»Womit wir erneut beim *Warum* wären.«

Stille folgte.

»Glauben Sie, Valay hat die Beziehungen zu Starfleet absichtlich torpediert?«, fragte Archer.

»Wir müssen diese Möglichkeit in Erwägung ziehen«, erwiderte T'Pol. »Die Botschafterin wies darauf hin, im Auftrag ihrer Regierung zu handeln.«

»Da können wir nicht sicher sein«, wandte Reed ein. »Commodore Roan betonte, dass sie auf eigene Faust agierte.«

»Schon vor dem Mord verstand sie es gut, alle zu verärgern, Captain«, sagte Trip. »Als sie Goridian umbrachte … In gewisser Weise war das nur der Gipfel der Arroganz.«

»Zwei Fliegen mit einer Klappe schlagen«, sagte Archer. »Goridian loswerden und uns zornig machen. Aber aus welchem Grund? Was sollte den Sarkassianern daran gelegen sein?«

»Sie wollen uns vergraulen«, vermutete T'Pol.

Archer nickte. »Damit wir von hier verschwinden und dem Außenposten keine Beachtung schenken.«

»Das ist die einzige logische Schlussfolgerung. Es gibt dort unten etwas, das wir nicht sehen sollen.«

Der Captain runzelte die Stirn. »Ich weiß nicht. Was Valay getan hat ... Daraus ergeben sich schlimmere Konsequenzen als durch irgendwelche Entdeckungen, die wir in ihrem Außenposten machen könnten.«

»Ich bin geneigt, Ihnen zuzustimmen, Sir.«

»Das ist noch nicht alles«, sagte Reed. »Wir sollten auch den Umstand berücksichtigen, dass der Vorschlag für ein Gespräch unter vier Augen von Goridian stammte. Ohne ihn wäre die Botschafterin kaum in der Lage gewesen, den Gefangenen zu ermorden.«

»Das stimmt«, sagte Trip. »Wenn man die Sache aus diesem Blickwinkel sieht ... Die Einzigen, die von einer Verschlechterung unserer Beziehungen mit den Sarkassianern profitieren, sind Goridian und sein Volk.«

»Aber er ist tot«, warf Archer ein.

»Ja.« Trip hob die Hände und ließ sie wieder sinken. »Wie gesagt, es ist lediglich ein anderer Blickwinkel.«

»Na schön.« Archer sah über den Tisch. »Wir brauchen weitere Informationen. Über den Krieg der beiden Völker. Darüber, welche Anweisungen Botschafterin Valay hatte. Und vor allem über den Außenposten. Hoshi?«

»Aye, Sir.«

»Ich möchte, dass Sie ins Laboratorium gehen und sich die Symbole ansehen, die Lieutenant Reed gefunden hat.«

»Ja, Sir..«

»T'Pol, Sie meinten, die Vulkanier hätten diesen Raumbereich nie erforscht.«

»Das ist korrekt.«

»Aber vielleicht sind sie Leuten begegnet, die sich hier auskennen.«

»Eine solche Möglichkeit existiert.« T'Pol nickte. »Ich werde in den Datenbanken nach Hinweisen suchen.«

»Gut. Malcolm?«

»Sir.«

»Commodore Roan – wollte er sich noch einmal mit Ihnen in Verbindung setzen?«

»Er kündigte einen entsprechenden Versuch an.«

»Lassen Sie uns die Initiative ergreifen«, sagte Archer. »Vielleicht gelingt es Ihnen, einen Kontakt mit ihm herzustellen.«

»Die Sarkassianer reagieren nicht auf unsere Kom-Signale, Sir«, sagte Hoshi. »Lieutenant Reed und ich haben uns vor dieser Besprechung bemüht, den Commodore zu erreichen.«

»Versuchen Sie es auch weiterhin. Geben Sie nicht auf. Ich bin keineswegs bereit, mich mit dem gegenwärtigen Stand der Dinge abzufinden. Wenn Sie eine Möglichkeit sehen, den derzeitigen Status quo zu verändern, so geben Sie mir unverzüglich Bescheid. Alles klar?« Archer sah sich am Tisch um. »Gut. Sie können gehen.«

Reed stand auf und schob seinen Stuhl zurück.

»Wenn ich Sie kurz sprechen könnte, Lieutenant ...«, sagte der Captain.

Sie warteten, bis alle anderen den Raum verlassen hatten.

»Setzen Sie sich«, sagte Archer.

Reed nahm wieder Platz, ebenso der Captain.

»Malcolm, das Ergebnis von Ensign Harts Autopsie ...«

»Ja, Sir«, sagte Reed. »Es liegt noch nicht vor. Der Doktor meinte, er würde mich informieren, sobald er die Resultate hat.«

»Er hat sie, und ich ebenfalls.«
»Sir?«
»Dr. Phlox hat mich vom Ergebnis der Autopsie in Kenntnis gesetzt.«
»Ja, Sir.« Reed blickte starr geradeaus.
»Seien Sie ihm nicht böse. Er hat entsprechende Anweisungen von mir bekommen. Weil ich den Autopsiebericht als Erster sehen wollte.« Archer schüttelte den Kopf. »Ich bin nicht sicher, ob ich ihm mehr entnehmen kann als der Doktor.«
Reed runzelte die Stirn. »Wie meinen Sie das, Sir?«
Der Captain zögerte kurz. »Phlox hat als Todesursache Sauerstoffmangel festgestellt.«
»Was?« Reed glaubte, nicht richtig gehört zu haben.
»Sauerstoffmangel«, wiederholte Archer. »Ensign Hart ist erstickt.«
»Aber warum ...«
»Das wissen wir nicht, Malcolm. Phlox fand auch erhebliche neurologische Schäden. Das könnte die Hauptursache gewesen sein.«
»Ich verstehe.«
Archer seufzte. »Falls Ihnen das etwas nützt: Der Doktor bestätigt, dass die Phasenpistole auf Betäubung justiert war. Normalerweise hätte Ensign Hart nicht sterben dürfen, Malcolm.«
»Ja, Sir.« Reed nickte kurz. »Ich weiß.«
Aber Alana war gestorben.
»Ich muss Starfleet Meldung erstatten«, sagte der Captain. »Was bedeutet, dass ich auch Ihre Version der Ereignisse kennen lernen sollte.«
»Ja, Sir.«
»Ich weiß, dass derzeit viel los ist«, fuhr Archer fort. »Aber sobald Sie Zeit finden ...«
»Bis morgen früh haben Sie meinen Bericht, Sir.«
»Danke. Das weiß ich zu schätzen.« Archer zögerte. »Noch etwas, Malcolm. Nur damit Sie Bescheid wis-

sen – in Hinsicht auf den Zwischenfall habe ich nicht den geringsten Zweifel und stehe hundertprozentig hinter Ihnen.«

»Danke, Sir.«

»Und deshalb nehme ich Sie auch noch in einer anderen Hinsicht beim Wort.«

»Sir?«

»Ganz gleich, was Dr. Phlox herausfand und was nicht – ich glaube wie Sie, dass dort unten etwas mit Ensign Hart geschehen ist. Irgendetwas sorgte dafür, dass sie sich so verhielt, wie sie sich verhalten hat. Und wir werden dieser Sache auf den Grund gehen.«

»Wir setzen den Flug also noch nicht fort?«

»Himmel, nein.«

»Danke, Sir.«

»Ich danke Ihnen«, sagte Archer. »Versuchen Sie heute Abend noch einmal, Roan zu erreichen. Und wenn Ihnen das nicht gelingt … Schlafen Sie. Sie sehen aus, als könnten Sie Schlaf gebrauchen.«

Reed lächelte. »Das ist eine Untertreibung, Captain.«

Archer stand auf. »Sie können gehen.«

Der Captain hatte Recht. Reed brauchte Schlaf. Doch so wie seine Gedanken rasten … Bestimmt fand er keine Ruhe. Aber er konnte etwas essen – seit dem Frühstück hatte er nichts mehr zu sich genommen.

Der Speiseraum war fast leer. Nur ein Mann und eine Frau aus der medizinischen Abteilung saßen in einer Ecke und lachten leise. Bei Kaffee und Kuchen steckten sie die Köpfe zusammen. Sie schienen sich sehr nahe zu stehen – für sie galten die Vorschriften nicht. Jedenfalls nicht auf die gleiche Weise wie für Reed und Alana. Es war nicht fair. Es war sogar verdammt unfair. Trip hatte Recht – jene Regeln würden sich ändern. *Aber nicht rechtzeitig genug für mich,* dachte Reed.

Er wählte eine übrig gebliebene Lasagne und glaubte sich daran zu erinnern, dass der Küchenchef sie als vegetarische Spezialität bezeichnet hatte. Aber nach den ersten Bissen hätte Reed schwören können, Fleisch zu schmecken. Vermutlich synthetisches. Er scherte sich nicht darum.

Während er geistesabwesend aß, dachte er an Alana, an Goridian, Valay und Roan. Er erinnerte sich daran, was er beim Außenposten gesehen hatte. Irgendwie war alles miteinander verbunden, aber die Müdigkeit hinderte ihn daran, die Zusammenhänge zu erkennen.

Kaffee, dachte er und holte sich einen großen Becher voll. Er fügte Milch und sogar Zucker hinzu, auf den er sonst immer verzichtete. Ein wenig zusätzliche Energie.

Mit dem Becher nahm Reed wieder am Tisch Platz. Eines der beiden Besatzungsmitglieder aus der medizinischen Abteilung lachte. Reed hörte das Geräusch von Stühlen, die zurückgeschoben wurden, dann Schritte. Als er aufsah, war er allein.

Er blickte zum leeren Stuhl auf der anderen Seite des Tisches und stellte sich dort Alana vor, an jenem Abend, als er die junge Frau in ihrem Quartier besucht und sie von der Station Dinai erzählt hatte.

»Allerdings: Die Piraten hatten ihre Geiseln schlauerweise wie böse Buben gekleidet und sie als lebende Schutzschilde benutzt«, sagte sie.

Das Bild vor Reeds Augen verschwamm und er glaubte zu sehen, wie sich Alana vorbeugte, bis nur noch wenige Zentimeter ihre Gesichter voneinander trennten und ihre Züge undeutlich wurden.

»Sie waren verkleidet und nicht das, was sie zu sein schienen«, betonte sie. »Verstehst du?«

Reed verstand nicht. Und er erinnerte sich nicht daran, dass sie solche Worte formuliert hatte.

»Malcolm«, sagte Alana und beugte sich noch näher. Sie war wirklich da! »Hör mir zu.«

Ich höre dir zu, flüsterte er innerlich. *Ja, ich höre dir zu.*

Aber er war so müde.

Reed legte den Kopf auf den Tisch, um eine Sekunde auszuruhen.

10

Waffenkammer
13.01.2151, 14:21 Uhr

»Ich weiß genau, wo das Problem liegt«, sagte Trip. Er befand sich etwa zwei Meter über und rechts von Reed. »Zu viel Energie.«

»Deshalb müssen wir die Schaltkreise modifizieren. Es hätte keinen Sinn, den Energiefluss umzuleiten.« Reed kniete auf dem Deck, vor einem offenen Wandsegment mit diversen Schalt- und Kontrollmodulen. Er war damit beschäftigt, den Energietransfer von den Plasmaleitungen zu den zentralen Schaltkreisen zu überprüfen. »Nur mit einer Rekonfiguration des Energiegitters lässt sich gewährleisten, dass das ganze System als Einheit funktioniert.«

Trip schnaubte.

»He, langsam, immer mit der Ruhe, Mister.«

Reed hielt ein Leitungsbündel zwischen Daumen und Zeigefinger, um nicht die Übersicht zu verlieren, sah dann auf.

Dies war die letzte einer ganzen Reihe von Modifikationen, die Reed in Hinsicht auf die Phasenkanonen der *Enterprise* vorgeschlagen hatte. Weder er noch Trip wollten, dass sich wiederholte, was beim letzten Einsatz jener Waffen geschehen war. Zwei Tage lang hatten sie praktisch rund um die Uhr gearbeitet, um die überhitzten Schaltkreise zu reparieren.

Trip richtete ein Diagnosegerät auf Reed. »Wir werden hier nicht das Rad erneut erfinden. Das ist nicht nötig. Wir wollen nur den energetischen Output dieser einen Komponente maximieren, dieses einen Systems.

Außerdem …« Er senkte die Stimme und beugte sich näher zu Reed. »Als ich von zu viel Energie sprach, meinte ich nicht die verdammten Phasenkanonen, Malcolm.« Er lächelte. »Der Hinweis bezog sich auf Sie und Ensign Hart.«

»Oh, um Himmels willen«, sagte Reed und stand auf. »Sie wollen doch nicht schon wieder damit anfangen, oder?«

Trip hob die Hände zu einer Geste der Kapitulation. »Es ging mir nur darum, Ihnen ein wenig Hilfe anzubieten.«

»Ihre Anteilnahme ist rührend«, sagte Reed. »Aber unnötig.«

»Und warum?«, fragte Trip.

»Ensign Hart hat ihre Versetzung beantragt«, antwortete Reed.

Trip sah ihn verdutzt an. »Was?«

»Sie verlässt die *Enterprise*.«

Mit diesen Worten drehte sich Reed um und ging zur gegenüberliegenden Seite des Raums, zur Verbindung mit den energetischen Transferleitungen, die direkt aus dem Maschinenraum zu den Waffensystemen der taktischen Abteilung führten.

»Meine Güte.« Trip schloss zu ihm auf. »Zunächst einmal … Wie will sie die *Enterprise* verlassen? Es ist nicht unbedingt so, dass wir in regelmäßigen Abständen Starfleet-Stützpunkte anfliegen.«

»Der nächste Frachter, die nächste zivile Raumstation, das nächste Schiff eines mit uns verbündeten Volkes, das zur Erde fliegt – Ensign Hart wird an Bord sein.«

»Da soll mich doch …«, brummte Trip. »Warum?«

Vor dem inneren Auge sah Reed Alanas Gesicht, als er am vergangenen Abend in der Tür ihres Quartiers gestanden und sich von ihr verabschiedet hatte.

»Malcolm?«, fragte Trip. »Warum?«

»Da müssen Sie sie selbst fragen«, erwiderte Reed. »Bitte entschuldigen Sie mich.«

Er löste die Verkleidungstafel von der Wand, suchte die zu den Schaltkreisen der Phasenkanonen führenden Transferleitungen und vergewisserte sich, dass sie keine Energie enthielten. Das war schwerer als erwartet. Es sollte eine bessere Möglichkeit geben, das System stillzulegen, ohne auf seine innersten Komponenten zugreifen zu müssen. Zum Beispiel eine Art Sicherheitsschalter. Reed holte seinen Handcomputer hervor und fügte diesen Punkt der Zu-erledigen-Liste hinzu.

Er stellte fest, dass Captain Archer am Nachmittag mit ihm über Alanas Versetzungsgesuch reden wollte. Den Verlauf des Gesprächs ahnte er bereits.

»Ich habe meine Position nicht in dem Sinne missbraucht, Sir«, hörte sich Reed selbst sagen.

Worauf Archer nickte und einige Sekunden schwieg, bevor er fragte: »Wie würden Sie Ihr Verhalten beschreiben?«

Reed stellte sich vor, wie er im Bereitschaftsraum stand, mit den Füßen scharrte und sich räusperte, wie er nach den richtigen Worten suchte, um seine Beziehung zu Alana zu beschreiben.

Wundervoll, dachte er und steckte den Handcomputer wieder ein. *Auf das Gespräch freue ich mich schon.*

Etwa vier Meter entfernt hatte Bishop den Waffenschrank geöffnet und überprüfte die Ladungen der Phasenpistolen. Er arbeitete schweigend, mit geübten, präzisen Bewegungen.

»Was wollen Sie unternehmen?«

Reed sah auf und stellte fest, dass Trip wieder neben ihm stand.

»Wie bitte?«

»In Hinsicht auf Ensign Harts Versetzungsantrag. Was wollen Sie unternehmen?«

»Was kann ich schon tun? Sie möchte die *Enterprise* verlassen und damit hat es sich.«

»Tatsächlich?«, erwiderte Trip. »An Bord kursieren Gerüchte, nach denen Sie und Ensign Hart ...«

»Trip«, sagte Reed und senkte die Stimme. »Falls Sie das noch nicht wissen: Es gibt Vorschriften, die Offizieren zu enge Beziehungen mit ihren Untergebenen verbieten.«

»Vorschriften«, schnaubte Trip abfällig und folgte Reed zu den Abschussvorrichtungen der Torpedos. »Einige Bürohengste in San Francisco haben für das Starfleet-Handbuch aus den Dienstvorschriften der Marine abgeschrieben. Was jene Regel betrifft ... Sie sollte so schnell wie möglich geändert werden.«

»Die Dienstvorschriften der Marine haben durchaus einen Sinn.«

»Es waren andere Zeiten, mein Freund. Was glauben Sie, wie lange wir hier draußen unterwegs sind? Ein Jahr? Zwei?«

»Mindestens«, sagte Reed.

Trip nickte. »Genau. Ich habe Gerüchte gehört, nach denen sogar von fünf Jahren und vielleicht noch mehr die Rede ist. Und wir werden nicht immer in der Nähe einer Starbase oder eines Planeten wie Risa sein. Hinzu kommt: Starfleet ist nicht wie die Marine Ihres Vaters, stimmt's?« Er stieß Reed mit dem Diagnosewerkzeug an. »Früher oder später geschehen die Dinge. Jene Vorschriften sind ein Anachronismus. Ich garantiere Ihnen, dass es Bord von Raumschiffen wie der *Enterprise* nicht nur zu Beziehungen kommen wird, sondern auch zu Ehen.«

»Vielleicht haben Sie Recht«, räumte Reed ein. »Aber bis die Vorschriften geändert werden, ist es unsere Pflicht, sie zu respektieren.«

Er bückte sich und kontrollierte den Energiefluss zu den Abschussvorrichtungen.

Trip bückte sich ebenfalls.

»Sie sollten mit dem Captain reden. Das würde ich an Ihrer Stelle machen. Erzählen Sie ihm von Ihnen und Ensign Hart ...«

Es reichte Reed.

»Trip, soweit es mich betrifft, ist das Thema Ensign Hart abgeschlossen, verstanden?«

Von einem Augenblick zum anderen herrschte Stille.

Reed begriff, dass er lauter als beabsichtigt gewesen war. Er hatte fast geschrien.

Er drehte den Kopf. Bishop sah neugierig in seine Richtung, und als er den Blick des taktischen Offiziers bemerkte, konzentrierte er sich sofort wieder auf seine Arbeit.

Reed wandte sich an Trip.

»Entschuldigung«, sagte er. »Ich wollte Sie nicht anschreien.«

»Ich verstehe Sie, Malcolm«, erwiderte Trip leise. »Ich habe nur versucht, Ihnen ein Freund zu sein.«

Dann ging er zur Rückwand des Raums und beschäftigte sich mit etwas anderem.

Wundervoll, dachte Reed erneut. *Ich habe die Nummer Zwei des Captains verärgert und heute Nachmittag ist der Captain selbst dran.*

Die Tür glitt auf und Alana kam herein.

Bishop und Trip sahen zu ihr und wandten sich dann sofort ab.

Alana blieb abrupt stehen.

»Stimmt was nicht?« Ihr Blick glitt durch den Raum und verharrte bei Reed. Sie wirkte verwundert. Auch Reed war erstaunt, wenn auch aus einem anderen Grund.

»Ensign?«, fragte er. »Was ... was führt Sie hierher? Ihr Dienst beginnt erst heute Abend.«

Alana nahm Haltung an und sah zur Wand hinter Reed.

»Ich bin für Diaz eingesprungen. Sie ist krank.«

Sie vermied es, Reed anzusehen, doch er konnte den Blick nicht von ihr abwenden. Am liebsten wäre er zu Alana gegangen, um ihr zu sagen, dass ihr Versetzungsantrag ebenso dumm war wie er selbst und die Vorschriften; sie sollten Hand in Hand zum Captain gehen und ihn darauf hinweisen.

»Die Vorschriften sind dumm?«, hörte er Archers Stimme.

»Ja, Sir.« Er sah sich selbst, wie er voller Entschlossenheit vor dem Captain stand und ein Lächeln mit Alana teilte.

Archer wandte sich an Hart. »Würden Sie uns bitte entschuldigen, Ensign?«

»Natürlich, Sir.«

Anschließend würde der Captain sich an Reed wenden und sagen: »Lassen Sie uns über Dummheiten reden, Malcolm ...«

Reed schüttelte den Kopf und kehrte in die Realität zurück.

»Na schön, Ensign«, sagte er zu Alana. »Bitte helfen Sie Mr. Bishop bei den Phasenpistolen.«

»Ja, Sir«, erwiderte sie.

Reed kehrte ihnen den Rücken zu und setzte seine Arbeit fort.

Etwa dreißig Sekunden später spürte er, dass jemand neben ihm stand.

Er sah auf und begegnete Alanas zornigem Blick.

»Mir wäre es lieber gewesen, meinen Schiffskameraden selbst von dem Versetzungsgesuch zu erzählen«, brachte sie zwischen zusammengebissenen Zähnen hervor.

»Es tut mir Leid.« Reed richtete sich auf. »Der Commander und ich führten ein privates Gespräch, und dabei wurden wir belauscht.«

»Ja, Sir«, sagte Alana. »Ich schätze, letztendlich spielt es ohnehin keine Rolle.«

»Es spielt eine Rolle. Und ich entschuldige mich.« Reed senkte die Stimme. »Alana, ich wünschte, du wärst vor dem Antrag zu mir gekommen.«

»Es ist meine Entscheidung, Sir. Ich hielt es nicht für notwendig, sie mit Ihnen zu besprechen.«

»Alana.« Reed sprach noch leiser. »Du brauchst mich nicht ›Sir‹ zu nennen.«

»Doch, das ist notwendig«, sagte sie und presste kurz die Lippen zusammen. »Die Vorschriften verlangen es, Sir.«

»Oh, um Himmels willen.« Reed schüttelte den Kopf. »Diese Art von Gespräch ist genau der Grund, warum …«

»Brücke an taktische Abteilung«, ertönte es aus den Kom-Lautsprechern.

Captain Archers Stimme.

»Entschuldige«, sagte Reed zu Alana und ging zum nächsten Interkom.

»Hier Lieutenant Reed, Sir. Ich höre.«

»Wir brauchen Sie hier oben, Lieutenant. Und wenn Commander Tucker bei Ihnen ist …«

»Ja, Captain«, sagte Trip und trat an Reeds Seite. Er wirkte amüsiert. Reed vermutete, dass er sein Gespräch mit Alana mitbekommen hatte.

»Du solltest besser den Maschinenraum aufsuchen, Trip.«

»Was ist denn los, Captain?«, fragte der Commander.

»Hoshi hat Subraumsignale empfangen«, sagte Archer. »Ich möchte, dass alle an ihren Stationen sind.«

»Aye, Sir. Reed Ende.«

»Wir müssen dieses Projekt später fortsetzen, Lieutenant«, sagte Trip. In seinen Augen funkelte es heiter. »Ebenso wie unser vorheriges Gespräch.«

Und damit verließ er den Raum.

Reed wandte sich an Alana.

»Ensign, auch wir müssen unser Gespräch später beenden, fürchte ich.«

»Das ist nicht nötig«, entgegnete sie. »Es ist bereits beendet, Sir.«

Alana Hart ging zum Waffenschrank und fuhr damit fort, die Ladungen der Phasenpistolen zu überprüfen.

Reed wollte etwas sagen, aber ihm fielen nicht die richtigen Worte ein.

Nach einigen Sekunden gab er es auf und ging zum Turbolift.

Auf der Brücke herrschte rege Aktivität. Reed trat zu seiner Station und überprüfte von dort aus die taktischen Systeme. Alle waren im Sollbereich.

»Die Signalstärke nimmt zu, Captain«, sagte Hoshi. »Aber sie bleibt schwach.«

»Ist eine akustische Übertragung möglich?«

»Ja, Sir.«

Statisches Knistern drang aus den Lautsprechern. Reed lauschte, war aber nicht imstande, einzelne Signale zu identifizieren.

»Können Sie die Störungen herausfiltern?«, fragte Archer, drehte seinen Sessel und sah zu Hoshi.

»Ich versuche es, Sir«, erwiderte sie. Ihre Finger huschten über die Kontrollen. Das Knistern wurde ein wenig leiser. Silben erklangen, aber für Reed ergaben sie nicht den geringsten Sinn.

»Das Muster wiederholt sich – sieben einzelne Fragmente«, sagte Hoshi. »Es scheint sich um eine Aufzeichnung zu handeln.« Sie neigte den Kopf ein wenig zur Seite, schloss halb die Augen und horchte.

Auch Reed spitzte die Ohren. Die Stimme war tief und er vermutete, dass sie einem Mann gehörte. Furcht – fast sogar Panik – schien in ihr zu erklingen.

»Hört sich nach einem Notruf an«, sagte der Captain.

Damit sprach er genau das aus, was Reed durch den Kopf ging.

Hoshi nickte. »Durchaus möglich, Sir.«

»Ich möchte Sie beide daran erinnern, dass es gefährlich ist, die eigenen kulturellen Verhaltensmerkmale auf andere zu übertragen«, sagte T'Pol.

»Ich weiß«, erwiderte Hoshi. »Deshalb schicke ich die Signale durch die Translatormatrix.«

Archer stand auf und trat zu Hoshis Station. Fünf Minuten lang stand er dort und die ganze Zeit über blieb es auf der Brücke still. Reed ließ die taktischen Darstellungen von seinem Display verschwinden und rief eine schematische Darstellung des lokalen Raums auf den Schirm.

Schließlich schüttelte Hoshi den Kopf. »Nichts, Sir. Es reicht nicht für eine Übersetzung.«

Archer nickte. »Na schön. Wir gehen von der Annahme aus, dass es sich um einen Notruf handelt. Können wir feststellen, woher er stammt?«

»Das habe ich versucht«, sagte T'Pol. Sie nickte in Richtung Hauptschirm, der normalerweise den Weltraum außerhalb des Schiffes zeigte und jetzt ein Diagramm präsentierte.

»Wir haben gerade das Eris-Alpha-System erreicht«, sagte T'Pol. »Ein Doppelstern-System.« Das Diagramm zeigte zwei große Punkte nebeneinander, umgeben von etwa zwei Dutzend kleineren in unterschiedlichen Abständen. »Eris Alpha Prime ist die größere Sonne. Die Signale kommen von einem der nächsten Planeten oder von einem Ort in ihrer Nähe. Wir müssen den Warptransfer unterbrechen, um Gewissheit zu erlangen.«

Archer nickte. »Bringen Sie uns auf Impulsgeschwindigkeit, Mr. Mayweather.«

Das allgegenwärtige Summen des Warptriebwerks verklang und wich dem leiseren Brummen der Impulskraft.

T'Pol blickte auf die Anzeigen ihrer Station.

»Die Sensoren peilen den Ausgangspunkt der Signale an«, sagte die Vulkanierin. Erneut blickte sie auf die Displays, hob dann den Kopf.

»Es gibt da einen Planetoiden im Orbit von Eris Alpha III«, teilte sie dem Captain und den anderen Brückenoffizieren mit. Einer der kleineren Punkte auf dem Hauptschirm blinkte. »Die Signale kommen von dort.«

Archer nahm wieder im Kommandosessel Platz. »Bringen Sie uns dorthin, Mr. Mayweather. Volle Impulskraft.«

»Aye, Sir.«

Reed schaltete seine Konsole auf Sensoren-Input um und begann mit einer Sondierung des Bereichs, dem sie sich näherten. Er pfiff leise. »Dort gibt es ziemlich starke Hintergrundstrahlung, Sir. Das dürfte die Interferenzen erklären, die wir vorhin gehört haben.«

»Hinzu kommen viele kleine Objekte im Raumgebiet des Planetoiden«, sagte T'Pol.

»Trümmer?«, fragte Archer. »Kamen dort Waffen zum Einsatz?«

Reed wechselte einen raschen Blick mit T'Pol und nickte. »Das ist möglich, Sir. Die energetischen Signaturen deuten auf mehrere kleine Explosionen hin – oder eine große.«

»Wann fand das statt?«

»Vor kurzer Zeit«, antwortete T'Pol. »Innerhalb der letzten vierundzwanzig Stunden.«

Aufgrund der Anzeigen seiner Station war Reed zu den gleichen Schlüssen gelangt. Er berührte die Kontrollen und ordnete damit den Alarmstatus für die taktische Abteilung an.

Archer nickte. »Wie hoch entwickelt ist die dabei verwendete Technik? Haben wir es hier mit einem Volk zu tun, das über Warp-Potenzial verfügt?«

»Das lässt sich von hier aus nicht feststellen«, erwiderte T'Pol.

»Enthält das vulkanische Zivilisationsarchiv Daten, mit denen wir hier etwas anfangen könnten?«

»Die Vulkanier sind nicht so weit draußen gewesen, Sir.«

»Geschätzte Ankunftszeit, Travis?«, fragte Archer den Piloten.

»Dreißig Sekunden, Sir.«

Wieder herrschte Stille und die Zeit verging. Reeds Blick wanderte zwischen den Anzeigen seiner Station und dem Hauptschirm hin und her. Ein Planet geriet in Sicht, eine öde Welt, die nur aus nacktem Felsgestein zu bestehen schien. Zahlreiche Krater zeigten sich in der Oberfläche. Die *Enterprise* schwenkte in eine Umlaufbahn und näherte sich einem kleineren Himmelskörper, der den Planeten umkreiste.

»Der Planet ist Eris Alpha Drei und sein Trabant der bereits erwähnte Planetoid«, sagte T'Pol. »In beiden Fällen fehlt eine Atmosphäre. Auf dem Planetoiden gibt es mehrere Gebäude und einige von ihnen sind noch intakt.«

Die Anzeigen der taktischen Station lieferten Reed die gleichen Informationen. Er sah, dass sich die Gebäude in zwei Gruppen einteilen ließen: Etwa zwei Dutzend kleinere bildeten mehrere Kreis um einige größere. Die kleineren Gebäude bestanden aus einer harten Titanlegierung, die sich gut für Konstruktionen eignete, und die größeren ...

Seltsam ...

»Lebenszeichen?«, fragte Archer.

»Nein«, sagte T'Pol. »Aber angesichts der Strahlung ist auf die Sensordaten nicht hundertprozentig Verlass.«

Reed fragte sich, ob die Strahlung alle Sondierungen und Scans beeinflusste. Er rekonfigurierte die Sensoren, um zu kompensieren, aber die Ergebnisse in Hinsicht auf den zweiten, größeren Gebäudetyp änderten sich nicht.

»Was ist mit den Signalen, Hoshi?«, fragte Archer.

»Wir empfangen sie nach wie vor, Sir.«

»Es könnten sich Überlebende dort unten befinden.« Der Captain sah sich auf der Brücke um. »Nun?«

T'Pol nickte. »Eine solche Möglichkeit lässt sich nicht ausschließen.«

»Ich würde gern eine Landegruppe zum Planetoiden schicken«, sagte Archer.

»Das Strahlungsniveau ist stellenweise lebensbedrohend«, gab T'Pol zu bedenken. »Die Einsatzgruppe müsste bestimmte Bereiche meiden.«

Reed räusperte sich. »Da wäre noch etwas, Sir. Einige der Gebäude auf dem Planetoiden lassen sich nicht sondieren.«

»Wie meinen Sie das?«, fragte Archer.

»Für die Sensoren scheinen sie überhaupt nicht zu existieren.«

»Bestätigung, Captain«, sagte T'Pol und sah von ihrem Display auf. »Einige Bauwerke und auch ein großer Teil der Trümmer bestehen offenbar aus einer Legierung, die von unseren Sondierungssignalen nicht durchdrungen werden kann.«

»Wie ist das möglich?«, fragte Archer.

»Es sollte unmöglich sein«, kommentierte T'Pol.

»Verstehe«, sagte Archer. »Nun, das ist interessant.« Seine Lippen deuteten ein Lächeln an.

Reed konnte die Heiterkeit des Captains nicht teilen. Nach seinen – begrenzten – Erfahrungen in Hinsicht auf die Erforschung des Alls erwiesen sich interessante Dinge zu oft als sehr gefährlich.

»Finden wir heraus, ob dort unten noch jemand lebt.« Archer sah sich erneut auf der Brücke um. »Hoshi, und Malcolm. Und Commander Tucker. Wir treffen uns in zehn Minuten in Hangar Eins.«

Reed trat vor. »Wenn Sie gestatten, Sir – wir sollten zusätzliches Sicherheitspersonal mitnehmen.«

»Lieutenant Reeds Vorschlag hat durchaus etwas für sich, Captain«, sagte T'Pol. »Vielleicht betreten Sie dort unten eine Kampfzone.«

»Na schön«, sagte Archer. »Stellen Sie eine Sicherheitsgruppe zusammen, Mr. Reed. Ihre Leute sollen sich ebenfalls im ersten Hangar einfinden.«

Reed nickte. »Ja, Sir.«

Der Captain und Hoshi verließen die Brücke. Reed nahm wieder an seiner Station Platz und überlegte, welche Angehörige der Sicherheitsabteilung ihn begleiten sollten. Bishop – so viel war klar. Und noch jemand. Immerhin bestand die Möglichkeit, dass sich die Landegruppe auf dem Planetoiden teilen musste, um gleichzeitig verschiedene Bereiche zu untersuchen.

Reed rief den Dienstplan aufs Display und sah, dass Diaz für einen Außeneinsatz an der Reihe war.

Aber Diaz hatte sich krank gemeldet. Alana vertrat sie.

Reed zögerte und dachte an ihr gespanntes Verhältnis. Vielleicht war es besser, jemand anders zu wählen …

Andererseits …

Seine persönlichen Gefühle durften bei dieser Sache keine Rolle spielen. Es ging allein um den Dienst. Und Alana war jetzt voll für einen Außeneinsatz qualifiziert.

Also Bishop und Hart.

Reed öffnete einen Kom-Kanal zur taktischen Abteilung und beorderte beide in den Hangar Eins.

11

Speiseraum
17.01.2151, 04:31 Uhr

»Lieutenant Reed.«

Abrupt hob er die Lider. Für eine Sekunde war er vollkommen desorientiert. Dann hob er den Blick und erkannte Dr. Phlox.

»Meine Güte.« Reed setzte sich auf und blinzelte. Er war am Tisch im Speiseraum eingeschlafen. Auf dem Tisch, um ganz genau zu sein. »Wie spät ist es?«

»Vier Uhr dreißig Bordzeit. Mitten in der Nacht. Oder früh am Morgen, wenn Ihnen das lieber ist.«

»Oooh.« Reed streckte sich, gähnte und blinzelte erneut. »Ich bin eingeschlafen.«

»So viel steht fest.« Phlox lächelte. »Darf ich vorschlagen, dass Sie dafür in Zukunft Ihr Bett verwenden?«

»Ein guter medizinischer Rat, Doktor. Ich werde versuchen, ihn zu beherzigen.« Reed massierte sich den Nacken. »Was führt Sie um diese Zeit hierher?«

»Ich konnte nicht schlafen, weil ich dauernd über die Umstände von Ensign Harts Tod nachgedacht habe.«

Reed war plötzlich hellwach.

»Und?«

»Der Captain hat Sie von den Ergebnissen der Autopsie unterrichtet, nicht wahr?«

»Er fasste sie für mich zusammen, ja.«

»Ich halte die Resultate nicht für besonders befriedigend.« Phlox zog sich einen Stuhl heran. »Darf ich mich zu Ihnen setzen?«

»Natürlich.«

Der Doktor nahm Platz. »Als Sie Ensign Hart zur *Enterprise* zurückbrachten ... Sie erinnern sich vermutlich daran, dass ich in der Krankenstation einige erste medizinische Sondierungen vornahm.«

»Ja.«

»Vielleicht wissen Sie auch, dass die Ergebnisse jener Sondierungen nicht zu denen der ersten Routineuntersuchung passten, die unmittelbar nach Harts Versetzung zur *Enterprise* stattfand.«

»Ja, ich erinnere mich«, sagte Reed und rieb sich die Augen. Er wusste nicht, worauf Phlox hinauswollte. »Fahren Sie fort, Doktor.«

»Natürlich erinnern Sie sich.« Phlox nickte. »Nun, ich verglich die Werte miteinander und ...« Er unterbrach sich und musterte Reed. »Ich bin rücksichtslos, Lieutenant. Während der letzten Tage haben Sie kaum geschlafen und vermutlich nur wenig gegessen.«

»Das ist nicht weiter wichtig«, erwiderte Reed.

»Ah.« Phlox schüttelte den Kopf. »Ernährung ist immer wichtig. Der Verbrennungsmotor des Körpers braucht Treibstoff. Auch die Funktionen des Gehirn hängen davon ab. Sie sollten frühstücken, Lieutenant. Ich habe das Küchenpersonal um eine Frittata gebeten. Haben Sie jemals eine probiert? Das ist eine Eierspeise, die einem Omelett ähnelt. Man fügt ihr ganz nach Belieben Gemüse oder verschiedene Arten von Fleisch hinzu.«

»Fleisch?« Reed verzog das Gesicht bei dieser Vorstellung. »Nein, nein. Ich hole mir später etwas.«

Phlox runzelte die Stirn. »Ich muss darauf bestehen, dass Sie etwas essen, Lieutenant.«

»Doktor ...«

»Zu meinen wichtigsten Pflichten als Bordarzt gehört es, einen optimalen physischen und psychischen Zustand der Crew zu gewährleisten. Jedes Besatzungsmitglied soll in der Lage sein, allen Erfordernissen ...«

»Ich bin in Ordnung, Doktor«, protestierte Reed.

»... gerecht zu werden, die der Starfleet-Dienst von ihm verlangt«, beendete Phlox den Satz. »Nun, ich weiß, dass Sie in den letzten Tagen kaum geschlafen haben, und ich würde meine Pflichten vernachlässigen, wenn ich ...«

»Schon gut, schon gut.« Reed hob kapitulierend die Hände. »Toast. Mit Marmelade. Und Kaffee.«

»Ausgezeichnet. Entschuldigen Sie mich für einen Moment – ich gebe Ihre Bestellung weiter.« Phlox stand auf und ging, um mit dem Küchenchef zu sprechen. Kurze Zeit später kehrte er mit zwei Tellern zurück – den größeren reichte er Reed. Jemand aus der Küche brachte Kaffee.

»Nun ...«, sagte Phlox zwischen zwei Bissen, »um mich kurz zu fassen ... Bei dem Vergleich der verschiedenen Untersuchungswerte in Hinsicht auf Ensign Hart stellte sich heraus, dass überhaupt keine Verbindung zwischen ihnen existiert. Anders ausgedrückt: Bei der Frau, die von der *Achilles* zur *Enterprise* kam, ergaben sich ganz andere Bio-Werte als bei jener, die Sie zum Schiff zurückbrachten.«

Reed trank einen Schluck Kaffee und runzelte die Stirn. »Was bedeutet das?«

Der Arzt schüttelte den Kopf. »Ich habe absolut keine Ahnung.«

»Wie bitte?« Reed glaubte, nicht richtig gehört zu haben.

»Ich kann den Mangel an Gemeinsamkeiten zwischen den jeweiligen Untersuchungsergebnissen nicht erklären. Es handelt sich um Messungen spezifischer Energiestrukturen, die sich bei einem Individuum im Lauf seines Lebens praktisch nicht verändern. Dabei keine Übereinstimmungen zu finden ...« Phlox schüttelte den Kopf. »Es ist unmöglich. Man könnte meinen, ich hätte zwei verschiedene Personen untersucht.«

Reed hatte den Arzt nie so verwirrt erlebt. Er überlegte einige Sekunden lang. »Könnten die veränderten Werte erklären, warum sie sich auf eine Weise verhalten hat, die alles andere als typisch für sie ist?«

»Vielleicht.« Phlox hob und senkte die Schultern. »Andererseits ... Es könnte auch an einem gestörten chemischen Gleichgewicht gelegen haben oder an starken psychischen Belastungen ...«

»Wundervoll«, murmelte Reed. Hatte das schnelle Auf und Ab ihrer Beziehung etwas mit dem zu tun, was Alana später zugestoßen war?

»Lieutenant? Stimmt was nicht?«

Reed sah auf und begegnete dem aufmerksamen Blick des Arztes.

»Nun, ich habe mich nur gefragt, ob ich zu Ensign Harts Zusammenbruch beigetragen habe.«

»Ich bin sicher, dass Ihr Verhalten der jungen Frau gegenüber keine psychische Belastung für sie darstellte.«

»Nun ...« Reed seufzte. »Es ist eine komplizierte Angelegenheit, Doktor.«

»Ich verstehe. Ihre Beziehung zu Ensign Hart hatte nichts mit dem zu tun, was mit ihr geschah, Lieutenant. Das versichere ich Ihnen.«

Phlox lächelte und Reed spürte, wie seine Wangen glühten. »Beziehung. Was ...«

»Sie brauchen nicht zu versuchen, etwas vor mir zu verbergen, Lieutenant.«

Ein oder zwei Sekunden lang war Reed verwirrt. Es klang ganz danach, als hätte sich Alana dem Arzt anvertraut.

Dann begriff er: Wahrscheinlich hatte sie das wirklich.

»Sie hat mit Ihnen darüber gesprochen.«

»Ah.« Phlox lächelte hintergründig. »Ich bin an die ärztliche Schweigepflicht gebunden, Lieutenant. Wie auch immer … Ich kann Ihnen sagen, dass Ensign Hart nach ihrem Versetzungsgesuch zu mir kam. Und ich kann eines bestätigen: Ob sie nun an Bord der *Enterprise* geblieben wäre oder nicht – sie befand sich in einem besseren psychischen Zustand als vorher, und zwar aufgrund der Beziehung zu Ihnen.«

»Tatsächlich?« Reed spürte, wie ein Lächeln an seinen Mundwinkeln zupfte.

»Wenn Sie mir einige Bemerkungen gestatten …« Phlox wartete keine Antwort ab und fuhr fort: »All das geheim zu halten, was an Bord der *Achilles* und in der Station Dinai geschah – es war eine sehr schwere Bürde für Ensign Hart. Sie verlor dadurch fast ganz ihre Fähigkeit, anderen Personen zu vertrauen. Sie fürchtete sich davor, anderen Leuten zu nahe zu kommen und enge Beziehungen zu knüpfen. In Bezug auf ihr geistig-emotionales Wohlergehen war die Freundschaft mit Ihnen für Ensign Hart ein wichtiger Schritt nach vorn. Sie halfen ihr dabei, mit ihren Gefühlen fertig zu werden. Bis Sie in ihr Leben traten, blockierten Schuld und Kummer die Weiterentwicklung der jungen Frau.«

Reed wusste nicht, was er dazu sagen sollte. Es freute ihn, dass er in der Lage gewesen war, Alana zu helfen, und gleichzeitig …

»Schuld und Kummer, Lieutenant. Ensign Hart hatte lang damit gelebt, und es waren keine angenehmen Begleiter.« Phlox beugte sich über den Tisch vor. »Verstehen Sie, was ich meine?«

Reed begegnete seinem Blick und sah die Sorge in den Augen des Arztes.

Phlox sprach über ihn, begriff er plötzlich, über die Schuld, die seit Alanas Tod auf ihm lastete. Reed begann zu ahnen, dass kein Zufall hinter dieser Begegnung mit dem Arzt steckte. Vermutlich war Phlox so früh am Morgen zu ihm gekommen, um dieses Gespräch mit ihm zu führen.

»Ensign Hart fand bei Ihnen Mitgefühl und ein offenes Ohr«, sagte der Doktor. »Bestimmt wären viele Besatzungsmitglieder bereit gewesen, ihr zu helfen. Sie hätten es für ein Privileg gehalten, ihr Gehör zu schenken. Oder irre ich mich?«

»Bestimmt haben Sie Recht«, erwiderte Reed.

»Ja. Und ich glaube, die Besatzungsmitglieder dieses Schiffes wären bereit, *allen* Kollegen und Freunden Gehör zu schenken, die sich etwas von der Seele reden müssen. Wenn Sie verstehen, was ich meine.«

Reed nickte. »Ich denke schon. Danke, Doktor.«

»Gut.« Phlox stand auf. »Ich kehre jetzt zur Krankenstation zurück. Wenn ich dem Autopsiebericht noch etwas hinzufügen muss, so bleibt mir nicht mehr viel Zeit dazu. Genießen Sie Ihr Frühstück.«

»Das werde ich. Nochmals besten Dank, Doktor.«

»Gern geschehen.«

Reed sah Phlox nach. Der Arzt hatte wirklich Recht, wurde ihm klar: Er sollte mit jemandem über das reden, was geschehen war. Vielleicht mit Trip oder dem Captain. Oder er sprach noch einmal mit dem Doktor. Aber nicht jetzt sofort …

Arbeit wartete auf ihn. Er hatte dem Captain versprochen, die Ereignisse aus seiner Sicht zu schildern und an diesem Morgen einen entsprechenden Bericht abzuliefern. *Schreib ihn jetzt,* dachte er. *Und schlaf anschließend noch einige Stunden.* Er nahm einen Bissen vom Toast und stand auf.

Plötzlich spürte er, wie hungrig er war.

Reed setzte sich wieder und aß das ganze Frühstück, bevor er sein Quartier aufsuchte.

Er schrieb den Bericht für Captain Archer und zwang sich, nicht bei den Details zu verweilen. Nachdem er ihn abgeschickt hatte, zog er sich aus, um lange und heiß zu duschen. So heiß, wie er es ertragen konnte. Viel länger als nötig ließ er das Wasser auf sich herabströmen, stand völlig reglos und benommen, wie halb im Schlaf. Er dachte an Phlox und die seltsamen Untersuchungsergebnisse, die sich der Arzt nicht erklären konnte. Die Erklärung für Alanas sonderbares Verhalten?

Bilder entstanden vor Reeds innerem Auge, so als hätte jemand einen Diaprojektor eingeschaltet. Durcheinander gewürfelte Szenen der vergangenen Tage, einzelne Teile des Puzzles, in die Luft geworfen – allein der Zufall bestimmte, wo sie auf dem Boden landeten.

Valay und Goridian, die sich gegenseitig anschrien. Die blutige Spange der Botschafterin.

Phlox, der sich in der taktischen Abteilung über Alanas Körper beugte.

Goridian in seiner Zelle: Er lächelte, als er dem Captain versicherte, dass er nichts mit dem zu tun hatte, was Ensign Hart zugestoßen war.

Und Alana. Plötzlich lebte sie wieder und saß hinter ihm in der Shuttlekapsel, als sie zu den Ruinen des sarkassianischen Außenpostens flogen.

12

Shuttlekapsel Zwei – Auf dem Weg zum sarkassianischen Außenposten 13.01.2151, 15:31 Uhr

Fünf Flugminuten trennten sie sowohl von der *Enterprise* als auch vom sarkassianischen Außenposten. Trip bediente die Navigationskontrollen. Archer und Hoshi hatten auf den Klappsitzen unmittelbar hinter ihm Platz genommen. Bishop und Reed saßen in der nächsten Reihe, hinter ihnen Alana, die sich große Mühe gab, ihn zu ignorieren. Alle trugen Schutzanzüge, noch ohne die Helme.

»Fünfzig Kilometer«, sagte Trip. »Manövrierdüsen.«

Archer betätigte die Kontrollen einer Konsole. »Aktiviert.«

»Los geht's.« Trip schaltete das Impulstriebwerk aus und Reed spürte eine sanfte Beschleunigung, als die Schwerkraft des Planetoiden die Kapsel erfasste und vom Schub der Manövrierdüsen ausgeglichen wurde.

Reed hatte die taktischen Sensoren des Shuttles mit den Systemen der *Enterprise* verbunden. Leeres All erstreckte sich um sie herum. Nach wie vor empfingen sie die Signale, die sie für einen Notruf hielten – sie kamen vom südlichen Ende des Gebäudekomplexes. Im Norden, wo die Schäden besonders groß waren, stellten die Sensoren energetische Signaturen fest. Die meisten Trümmer dort bestanden aus jener Legierung, die sich nicht analysieren ließ. Reed wollte einige Proben zur *Enterprise* mitnehmen und hatte den Captain darauf angesprochen.

»Damit sollten wir noch etwas warten, Lieutenant«,

erwiderte Archer. »Zumindest bis wir mehr über die Situation wissen. Denken Sie daran, was wir davon halten würden, wenn jemand Teile der *Enterprise* nach einem Kampf fortbringen würde.«

»Und wenn sich die Erbauer der Station dort unten als Gegner herausstellen?«, fragte Reed. »Ein Material, das wir nicht sondieren können, gäbe ihnen einen wichtigen strategischen Vorteil. Bei allem Respekt, Sir, ich glaube, in diesem besonderen Fall sollten wir vor allem an unsere eigenen Interessen denken.«

»Ich lasse es mir durch den Kopf gehen, Lieutenant«, sagte Archer. »Zunächst einmal bleibt alles an seinem Platz, in Ordnung?«

»Ja, Sir«, bestätigte Reed.

Trotz der Entscheidung des Captains hatte Reed einige kleine Probenbehälter in die Taschen des Schutzanzugs geschoben. Nur für den Fall, dass Archer seine Meinung änderte.

Er schwang das Sensordisplay nach oben und zur Seite, erhaschte dabei einen flüchtigen Blick auf Alana im Sitz hinter ihm. Sie wirkte ganz ruhig. Ihm keine Beachtung zu schenken … Das gab ihr etwas, worauf sie sich konzentrieren konnte. Vermutlich war das eine gute Sache.

Er beugte sich vor und sah durchs Bugfenster der Shuttlekapsel. Der Außenposten kam gerade in Sicht, ein grauer Fleck auf dem rotbraunen, felsigen Planetoiden. Als sie sich ihm näherten, erkannte Reed einzelne Gebäude: drei große (das kleinste davon, auf einer Anhöhe in der Mitte des Komplexes, wie eine Pyramide geformt), umgeben von einer Hand voll kleinerer Bauwerke. Überall lagen Trümmer, die meisten an der nördlichen Peripherie der Station. Reed gewann den Eindruck, dass es dort zu einer Explosion gekommen war. Der Boden wies große schwarze Brandflecken auf und selbst aus dieser Entfernung sah er deformierte Metallfragmente.

»Dort drüben, auf der linken Seite«, sagte Archer. »Sieht nach einem Landefeld aus.«

Von seiner Position aus konnte Reed nicht sehen, was der Captain meinte.

Im Gegensatz zu Trip.

»Ich glaube, du hast Recht«, erwiderte der Commander. »Möchtest du einen Rundflug oder soll ich landen?«

»Bring uns runter«, sagte Archer. »Kümmern wir uns sofort um den Notruf.«

Der Shuttle neigte sich nach links und ging tiefer. Reed bekam einen besseren Blick auf das pyramidenförmige Gebäude, aber nur für einen Moment. Es schien aus einem Stück zu bestehen, aus Metall oder Stein. Unten reichte eine schmale Plattform rings um das Gebäude, und eine lange Treppe führte dazu empor. Es fehlten Reed Bezugspunkte, um die Größe der Pyramide und der Treppenstufen abzuschätzen. Er fragte sich, wer die Pyramide wohl errichtet haben mochte.

Er schwang das Sensordisplay wieder nach vorn und aktivierte es.

Keine Daten. Die Pyramide bestand aus der für Sondierungssignale undurchdringlichen Legierung.

Mit einem kaum spürbaren Ruck setzte die Shuttlekapsel auf. Reed schob das Sensordisplay einmal mehr zur Seite, damit es nicht störte, und stand dann auf.

»Na schön, Sie kennen Ihre Gruppen«, sagte Captain Archer. Er stand vorn im Shuttle, den Helm des Schutzanzugs in der einen Hand. »Hoshi und ich nehmen uns den Ausgangspunkt der Signale am südlichen Rand des Komplexes vor. Trip, du gehst nach Norden und stellst fest, was es mit den seltsamen energetischen Signaturen auf sich hat. Ensign Hart,

Mr. Bishop, Sie begleiten mich. Malcolm, Sie brechen mit Tucker auf.«

»Achten Sie auf das Strahlungsniveau«, sagte Trip. »Wir wissen nicht, was hier explodiert ist und welche Partikelströme noch unterwegs sind.«

»Sicherheitskontrollen alle fünf Minuten«, fügte Reed hinzu.

Alle bereiteten sich auf den Ausstieg vor. Reed setzte den Helm auf und aktivierte die Siegel. Sauerstoff strömte ins Innere des Anzugs und er rümpfte die Nase. Bei diesen Schutzanzügen war der Geruch recycelter Luft ziemlich unangenehm. Bisher hatte es Reed nicht geschafft, von Trip eine zufriedenstellende Erklärung dafür zu bekommen, dass die Luft der *Enterprise* nicht ebenso roch.

Er schauderte und sah Alanas Gesicht, als sie ihren Helm versiegelte – sie schnitt ebenfalls eine Grimasse.

Reed lächelte.

»Ich weiß nicht, ob ich mich jemals an diesen Geruch gewöhnen werde«, sagte er.

»Ja, Sir«, erwiderte Alana und ihr Gesicht wurde schlagartig ausdruckslos.

Sie folgte Trip aus dem Shuttle.

So viel zum Thema Smalltalk, dachte Reed.

Die Oberfläche des Planetoiden war so öde wie die des irdischen Monds, felsig und leblos. Aus der Umlaufbahn betrachtet hatte sie rötlich und orangefarben gewirkt, aber wenn man sie aus der Nähe sah, verblasste alles zu einem uniformen Braun. Vage Staubschleier hingen über dem Felsgestein.

Trip und Reed brauchten weniger als fünf Minuten, um das erste der kleineren Gebäude zu erreichen. Als sie sich näherten, wurde klar, dass es sich gar nicht um Gebäude handelte.

»Das waren Raumschiffe«, sagte Reed. »Fusionstriebwerke, kleine Crewabteile ...«

»Ja.« Trip trat näher an eins der vermeintlichen Bauwerke heran. »Erinnert mich an die alten Mondlandeeinheiten, wissen Sie noch? Ich meine die Landefähren der Apollo-Astronauten.«

Reed nickte. Ja, er hatte entsprechende Bilder gesehen. Das Etwas vor ihnen sah zunächst einmal wie ein Würfel mit einer Kantenlänge von etwa sechs Metern aus. Unterschiedlich lange und dicke Anhängsel ragten daraus hervor. Sie wirkten funktional. Reed vermutete, dass sie einst zur Sondierung und Kommunikation gedient hatten.

»Jemand kam mit diesen Dingern herunter und ließ sie hier zurück. Und zwar vor nicht allzu langer Zeit.« Trip strich mit der Hand über die Seite eines Würfels. »Sehen Sie nur die geringe Korrosion. Ein Jahr, würde ich sagen.«

»Nicht einmal so lange«, meinte Reed. »Höchstens sechs Monate.«

Er holte seinen Tricorder hervor und versuchte, Daten zu gewinnen.

»Eine Mischung aus Duranium und Titan. Nicht sehr alt.«

»Malcolm.« Reed drehte sich um und sah, dass Trip neben dem ersten Würfel stand und ihn herbeiwinkte. »Kommen sie.«

Reed steckte den Tricorder ein und trat näher. Etwas lag vor Trip auf dem Boden. Zuerst vermutete er einen weiteren Anhängsel des Würfels.

Doch dann erkannte er das Objekt als Leiche.

Ein Humanoide – mehr ließ sich ohne genaue Untersuchung nicht feststellen. Wer oder was auch immer jenes Geschöpf gewesen war: Es trug keinen Schutzanzug. Die Leiche lag direkt am Würfel, halb begraben in einer Ansammlung aus Sand und Staub.

»Meine Güte«, sagte Trip.

Reed ging in die Hocke und untersuchte die Reste mit dem Tricorder.

»Kein Mensch«, sagte er und blickte auf die Anzeigen des Geräts. »Dünnere Knochen, ein anders strukturiertes Skelett ...«

Trip schüttelte den Kopf. »Was diesen Burschen wohl dazu gebracht hat, einen Spaziergang ohne Raumanzug zu machen?«

»Vielleicht war es gar nicht seine Idee.« Reed rejustierte den Tricorder und runzelte die Stirn. »Sehen Sie dort, wo der Körper gegen den Würfel geprallt ist.«

»Ja, ich seh's«, erwiderte Trip. Flecken zeigten sich dort. »Blut?«

»Ich denke schon. Und der Schädel weist hinten eine tiefe Delle auf.«

»Von einem Sturz?«

»Nein. Die Fraktur ist zu stark, um allein auf einen Sturz zurückzugehen. Ich glaube, das Geschöpf wurde gegen den Würfel geschleudert.«

»Von wem oder was?«

Reed stand auf und sah sich um.

»Ich bin mir nicht sicher.«

Auch Trip ließ den Blick umherschweifen. »He, Moment mal. Diese Anordnung ... die Würfel im Kreis ... Vielleicht gab es hier ein Schirmfeld.«

»Und darin eine Atmosphäre?« Reed nickte. »Das ergäbe durchaus einen Sinn. Es ist die einfachste Erklärung dafür, warum unser Freund hier ohne einen Schutzanzug unterwegs war.«

»Explosive Dekompression in einem solchen Maßstab ...« Trip bückte sich neben dem Würfel und grub dort, wo dieser den Boden berührte. »Diese Dinger stecken ziemlich tief – deshalb konnten sie der Druckwelle standhalten«, sagte er einige Sekunden später. »Aber alles andere ...«

»Flog davon.« Reed sah zu den übrigen, kreisförmig angeordneten Würfeln und nickte. »Könnte sein. Vielleicht sind dies Kraftfeldgeneratoren …

»Oder diese Apparaturen dienten dazu, eine Schicht aus Monofasern stabil zu halten.«

»Wie eine Art großes Zelt«, sagte Reed.

»Beziehungsweise ein Ballon«, fügte Trip hinzu. »Und jemand hat ihn platzen lassen.«

»Absichtlich?«

»Ich schlage vor, wir sehen uns weiter um. Vielleicht finden wir zusätzliche Hinweise.«

Sie gingen in einem weiteren Bogen um das größere Gebäude herum und überprüften zwei andere Würfel. Unterwegs entdeckten sie noch eine Leiche, im gleichen Zustand wie die erste. Auch in diesem Fall fehlte ein Schutzanzug.

Trip fand eine stabförmige Komponente, die vermutlich zu einem der Würfel gehört hatte und wie ein Speer im Boden steckte. Ein Tuchfetzen aus einem dünnen Material war daran befestigt.

»Monofaser«, sagte Trip und rieb es zwischen den im Handschuh steckenden Fingern. Das Material zerfiel und sank wie Fragmente von Spinnweben zu Boden. »Ich schätze, es kann kaum mehr ein Zweifel daran bestehen, dass es hier eine Atmosphäre gegeben hat.«

Der Commander aktivierte seinen Kommunikator.

»Tucker an Captain Archer.«

»Hier Archer. Ich höre.«

»Wir haben etwas Interessantes gefunden, Captain.« Trip berichtete von den Leichen und der Atmosphäre.

Archer schwieg einige Sekunden lang.

»Captain?«, fragte Trip.

»Wir haben ebenfalls Leichen gefunden«, sagte

Archer schließlich. »Vier. Von einer Partikelwaffe getötet. Zwei in den Rücken.«

Wieder herrschte kurze Stille.

Auch Reed aktivierte seinen Kommunikator. »Seit wann sind sie tot?«

»Seit etwa zwei Tagen, Sir«, antwortete Bishop und beschrieb die Leichen.

»Offenbar gehören sie zur gleichen Spezies wie die, die wir fanden«, sagte Trip. »Wir können also davon ausgehen, dass dieser Ort angegriffen wurde.«

»Captain«, sagte Reed, »ich schlage vor, dass Sie, Commander Tucker und Hoshi zur *Enterprise* zurückkehren. Bitte geben Sie mir Gelegenheit, eine größere Sicherheitsgruppe hierher zu bringen und die Lage zu erkunden, bevor wir weitere Nachforschungen anstellen.«

»Wer auch immer den Außenposten angegriffen hat – er scheint fort zu sein«, erwiderte Archer. »Nirgends lassen sich Lebensformen orten. Außerdem nähern wir uns dem Ausgangspunkt der Signale. Wenn es hier Überlebende gibt, so brauchen sie vielleicht unsere Hilfe.«

»Sir …«

»Ich nehme Ihre Besorgnis zur Kenntnis, Lieutenant. Und ich weiß Sie zu schätzen. Haltet mich über eure Entdeckungen auf dem Laufenden, Trip.«

»In Ordnung. Gib uns Bescheid, wenn ihr etwas findet. Tucker Ende.« Er schloss den Kom-Kanal.

»Commander …« Ein Hauch von Ärger erklang in Reeds Stimme. »Ich halte es nicht für richtig, dass sich der Captain hier möglichen Gefahren aussetzt.«

»Ich habe ein ähnliches Gespräch mit ihm geführt, Malcolm. Und wie Sie dabei den Kürzeren gezogen.«

»Es ist unvorsichtig.«

»Gelinde gesagt. Aber er ist der Captain.« Trip lächelte. »Und damit hat es sich. Falls Sie möchten, können Sie es noch einmal zur Sprache bringen, wenn wir zur *Enterprise* zurückkehren. Obwohl es sicher kaum etwas nützt. Nun, finden wir uns damit ab ...« Trip sah auf die Anzeigen seines Tricorders, hob dann wieder den Kopf. »Ich habe die energetischen Signaturen lokalisiert, die uns beim Anflug aufgefallen sind.« Er deutete zum großen Gebäude in der Mitte des Komplexes. »Dort. Kommen Sie.«

Sie gingen wieder los. Reed ließ sich absichtlich ein wenig zurückfallen, reaktivierte den Kommunikator und wählte einen privaten Kanal.

»Ensign Hart, hören Sie mich?«, fragte er leise.

»Ja, Sir.«

»Hat Mr. Bishop die Führung übernommen?«

»Ja, Sir. Ich bilde den Abschluss.«

»Gut«, sagte Reed. »Schalten Sie Ihren Tricorder auf maximale Empfindlichkeit und behalten Sie die Anzeigen im Auge.«

»Wonach soll ich Ausschau halten, Sir? Nach Lebensformen?«

»Nein, Bishop hat seinen Tricorder sicher darauf justiert. Ich möchte, dass Sie auf erhöhte Strahlung und Strukturschwächen bei den Gebäuden und Aggregaten achten. Hier haben einige katastrophale Ereignisse stattgefunden.«

»Ja, Sir. Ich rekonfiguriere meinen Tricorder.«

»Geben Sie mir sofort Bescheid, wenn Sie irgendetwas Ungewöhnliches bemerken. Haben Sie verstanden?«

»Ja, Sir.«

Reed hörte den Ärger in Alanas Stimme.

»Ich spiele Ihnen gegenüber nicht den Babysitter, Ensign.«

»Nein, Sir.«

Der Ärger war noch da.

»Alana, ich zweifle nicht daran, dass Sie Ihre Arbeit gut erledigen. Aber wenn es um den Captain geht, fühle ich mich immer persönlich verantwortlich.«

»Ja, Sir.« Sie klang noch immer nicht besänftigt.

Reed hatte nicht die Zeit, weitere Erklärungen hinzuzufügen.

»Ich melde mich wieder. Reed Ende.«

Er schloss zu Trip auf, als der den nächsten Würfel erreichte. Dort fanden Sie nichts Neues, keinen Hinweis darauf, was sich innerhalb des von den Mikrofasern geschützten Bereichs befunden und wer den Außenposten angegriffen hatte. Auch die drei restlichen Würfel des Rings gaben keinen Aufschluss darüber.

Als sie sich dem größeren Gebäude in der Mitte näherten, bemerkte Reed auf der linken Seite mehrere flache Mulden im Boden. Sie waren rechteckig, gut sieben Meter lang und etwa halb so breit.

Er blieb abrupt stehen, denn die Mulden erinnerten ihn plötzlich an etwas. Aber so er sich auch bemühte – das Erinnerungsbild blieb vage, verriet keine Einzelheiten.

»Warten Sie, Commander«, sagte Reed und holte seinen Tricorder hervor. »Was halten Sie hiervon?«

Trip drehte sich um und sah in die Richtung, in die Reeds Hand deutete. »Was auch immer es sein mag – es ist zweifellos künstlichen Ursprungs.«

»Nach den Anzeigen des Tricorders zu urteilen, reichen die Mulden bis in eine Tiefe von etwa drei Metern, zu einer ebenen Fläche.« Reed schüttelte den Kopf. »Was hat es damit auf sich?«

»Vielleicht finden wir es später heraus«, sagte Trip und setzte sich wieder in Bewegung. »Kommen Sie, Malcolm. Je schneller wir diese Angelegenheit hinter uns bringen, desto eher kann der Captain sicher auf das Schiff zurückkehren.«

»Na schön«, erwiderte Reed. Aber er blieb noch einige Sekunden lang stehen und fragte sich erneut, warum die Mulden so vertraut wirkten. Dann schüttelte er den Kopf und folgte Trip.

Sie näherten sich dem zentralen Gebäude und Reed stellte fest: Was er zuvor für ein einzelnes, monolithisches Gebäude gehalten hatte, bestand in Wirklichkeit aus zwei Teilen: einem Rechteck oben und einem Quadrat, das unten einen Sockel bildete. Allerdings ... Es waren nicht genau ein Rechteck und auch nicht genau ein Quadrat. Die Proportionen wirkten ... verzerrt.

Sehr seltsam. Sehr fremdartig. Und vor allem sehr, sehr alt.

»Verdammt.« Trip blickte auf die Anzeigen seines Tricorders und schüttelte den Kopf. »Für die Sensoren gibt es vor uns ein mehr als dreißig Meter großes Loch. Sie orten überhaupt nichts.«

»Es liegt an jener sonderbaren Legierung«, sagte Reed geistesabwesend. Seine Aufmerksamkeit galt nicht so sehr Trips Worten, sondern in erster Linie dem großen Gebäude. Er stand jetzt dicht vor dem Sockel, der knapp vier Meter aus dem Boden ragte und eine fugenlose, glatte Oberfläche zeigte. Metall oder Stein – es ließ sich noch immer nicht feststellen. Nirgends zeigte sich auch nur ein einziger Riss. Nichts deutete auf Verwitterung hin. Reed streckte die Hand aus, um das Material zu berühren ...

Und zuckte überrascht zurück.

»Eine Art Energiefeld umgibt den Sockel.«

»Ein niederenergetisches Magnetfeld«, sagte Trip. Er trat an Reeds Seite und streckte ebenfalls die Hand aus. »Ich fühle es.«

Es knackte in den Kom-Lautsprechern im Innern der Helme.

»Archer an Tucker.«

»Ich höre«, erwiderte Trip.

»Wir haben den Sender gefunden. Das Kommunikationsgerät befindet sich in einem der kleineren Gebilde und ist darauf programmiert, die Signalfolge ständig zu wiederholen. Hinweise auf Überlebende gibt es nicht. Wir haben auch noch etwas anderes entdeckt: einen nach unten führenden Tunnel. Den sehen wir uns jetzt an.«

Das gefiel Reed nicht sonderlich.

»Sir ...«

»Ich verstehe Ihre Besorgnis, Lieutenant. Ensign Hart hat vorgeschlagen, dass wir einen Kom-Kanal geöffnet lassen, sodass Sie die ganze Zeit über wissen, was hier bei uns geschieht.«

»Gute Idee«, sagte Trip.

Dem musste Reed beipflichten.

»Wo bist du, Trip?«, fragte der Captain.

»Direkt bei der Quelle der von uns gemessenen energetischen Signaturen. Bei einem der großen Gebäude. Aber derzeit sehe ich keine Möglichkeit festzustellen, woher die Energie stammt.«

»Nun, finde so viel wie möglich heraus und kehre dann zum Shuttle zurück. Dort brauchen wir dich bald.«

»In Ordnung. Tucker Ende.« Er sah Reed an. »Ich gehe zur anderen Seite des Gebäudes.«

»Bleiben Sie wachsam, Sir.« Reed schaltete seinen Kommunikator auf Sendung. »Ensign Hart?«

»Ja, Sir?«, meldete sich Alana sofort.

»Ich empfange auf dem Kanal, den wir zuvor benutzt haben.«

»Verstanden, Sir. Gehe jetzt auf Dauersendung.«

Reed lauschte. Er hörte Alanas Atem, ihre Schritte auf dem harten Boden des Tunnels.

»Bitte beschreiben Sie mir, was Sie sehen, Ensign«, sagte er.

»Nicht viel. Es gibt hier kaum Licht. Der Tunnel ist

etwa halb so breit wie die Korridore an Bord der *Enterprise* und genauso hoch. Die Wände bestehen aus ...« Alana zögerte kurz. »Zum größten Teil aus Silizium, behauptet der Tricorder.«

Reed rief sich sein Wissen über Silizium ins Gedächtnis zurück. Sehr leicht. Und ein guter Leiter für Energie. Er hatte noch nie davon gehört, dass man Silizium als Baumaterial verwendete.

»Wir sind in Ihre Richtung unterwegs«, fuhr Alana fort. »Der Tunnel endet ...« Es knackte im Lautsprecher. »... dreißig Metern.«

»Ich habe nicht alles verstanden«, sagte Reed. »Die Übertragung wird schlechter.«

»Wir bekommen Interferenzen. Ich glaube von ...« Wieder knackte und knisterte es. »... in Ihrer Nähe.«

»Verstärken Sie Ihr Signal, Ensign.«

»Aye, Sir.« Alanas Stimme wurde plötzlich lauter. »Ist es jetzt besser?«

»Viel besser. Bitte wiederholen Sie die letzte Mitteilung.«

»Die Interferenzen kommen von der Energiequelle in Ihrer Nähe.«

»Das gefällt mir nicht.«

»Wir müssen damit rechnen, dass die Interferenzen stärker werden, wenn wir uns Ihnen weiter nähern.«

Das Knacken im Kom-Lautsprecher schien Alanas Worte bestätigen zu wollen.

Reed überlegte, ob er Hart auffordern sollte, den Captain zur Umkehr zu bewegen. Vermutlich hätte es ohnehin keinen Sinn gehabt.

»Malcolm!«

Das war Trips Stimme. Reed drehte sich um und sah, wie der Commander winkte.

»Auf der anderen Seite des Gebäudes gibt es eine Öffnung. Eine Tür.«

Reed winkte zurück. »Na schön, Ensign«, wandte

er sich mithilfe des Kommunikators wieder an Alana. »Ich bleibe weiterhin auf Empfang für Ihre Signale.«

Er ging zur anderen Seite des Gebäudes und näherte sich Trip, der dort am Sockel stand, wo eine Stelle zu fehlen schien. Diesen Anschein hatte es zumindest auf den ersten Blick.

Als Reed genauer hinsah, erkannte er, dass es eine Tür war. Sie hatte sich geöffnet – oder war mit Gewalt zur Seite geschoben worden. Schwarze Flecken zeigten sich am Sockel in ihrer Nähe, der abgesehen davon aber völlig unbeeinträchtigt wirkte.

»Ich bin etwa drei Meter weit ins Innere gegangen«, sagte Trip. »Dort gibt es Stufen, die nach unten führen. In einen Tunnel, der dem zu ähneln scheint, in dem der Captain unterwegs ist.«

»Vielleicht existiert hier ein ganzes Netz von Tunneln, das die Gebäude miteinander verbindet. Es ergäbe durchaus einen Sinn.«

Trip öffnete einen Kom-Kanal. »Tucker an Archer.«

»Ich bin ganz Ohr, Trip.«

Rauschen und Knistern untermalte die Stimme des Captains.

»Die Übertragung ist sehr schlecht«, sagte Trip. »Versuchen wir es mit einem anderen Kanal.«

»Zwecklos«, warf Reed ein. »Die Interferenzen stammen von der hiesigen Energiequelle.« Die Statik in dem Kanal, den Ensign Hart offen gelassen hatte, nahm ebenfalls zu, aber er hörte noch immer die von der Gruppe des Captains verursachten Geräusche, als sie den Weg fortsetzte.

Trip nickte. »Wir haben einen ähnlichen Tunnel gefunden, Captain. Er führt nach unten.«

»Nun, wir sind in eure Richtung unterwegs. Vielleicht treffen wir uns.«

»Mag sein. Tucker Ende.«

Jeder Schutzanzug war mit zwei Lampen ausgestattet, die sich rechts und links am Helm befanden. Trip schaltete seine ein.

»Was halten Sie von einem kleinen Forschungsausflug?«, fragte er.

»Unter einer Bedingung.« Reed klappte den Tricorder zu und schob ihn in die Tasche. »Ich gehe voran.« Er zog seine Phasenpistole und trat zur Öffnung des Tunnels.

13

Lieutenant Reeds Quartier
17.01.2151, 07:08 Uhr

Das Interkom summte, zum Glück – andernfalls wäre Reed vielleicht unter der Dusche eingeschlafen, während heißes Wasser auf ihn herabprasselte.

»Brücke an Lieutenant Reed.«

Er trat aus der Kabine und sofort unterbrach die Automatik den Fluss des Wassers. Mit der einen Hand griff Reed nach einem Handtuch und mit der anderen nach dem Interkom.

»Hier Reed. Ich höre.«

»Guten Morgen, Lieutenant. Der Captain erwartet Sie unverzüglich im Situationsraum.«

Das war Travis – Ensign Mayweather. Reed warf einen Blick aufs Chronometer und stellte fest, dass ihm noch fast zwei Stunden bis zum Beginn seines Dienstes blieben.

»Worum geht's?«

»Ich weiß es nicht. Der Captain hat mich früh zur Brücke gerufen, damit ich O'Neil vertrete. Sie wird bei der Besprechung zugegen sein, wie auch alle Führungsoffiziere.«

O'Neil – damit war Lieutenant Donna O'Neil gemeint, von allen »D.O.« genannt, wachhabender Offizier der dritten Schicht. Nachtdienst auf der Brücke. Wenn Archer sie ebenfalls in den Situationsraum gebeten hatte, so bedeutete das: Es ging um Ereignisse, zu denen es während der Nachtschicht gekommen war.

»In Ordnung«, sagte Reed und fragte sich, was ihn erwartete. »Danke, Travis.«

»Gern geschehen.«

»Nehmen Sie jetzt die Pflichten des wachhabenden Offiziers wahr? Sind Sie allein auf der Brücke?«

»Ja.«

»Halten Sie sich von dem Sessel fern.«

»Sehr komisch. Brücke Ende.«

Reed lächelte. Zu Beginn ihrer Mission hatte er Mayweather einmal im Kommandosessel überrascht und das ließ er ihn nie vergessen. Bei jeder Gelegenheit, die sich ihm bot, zog er ihn deshalb auf. Mayweather trug es mit Fassung. Er war ein guter Junge – bestimmt wurde einmal ein ausgezeichneter Offizier aus ihm. Er neigte dazu, leicht in Aufregung zu geraten, aber bei welchem jungen Ensign war das nicht der Fall?

Alana, dachte er. Bei ihr war das nicht der Fall.

Reed streifte die Uniform über und betrat kurze Zeit später den Situationsraum. Eigentlich war es gar kein Raum in dem Sinne, sondern ein separater Bereich im rückwärtigen Teil der Brücke. Archer, Trip, Hoshi und O'Neil saßen bereits am Tisch.

»Malcolm ...«, sagte der Captain und nickte ihm einen Gruß zu. Dann wandte er sich an O'Neil. »T'Pol ist unterrichtet?«

»Ja, Sir. Sie beendet nur noch die Analyse der Interferenzen.«

Reed vermutete, dass sich O'Neils Worte auf die Probleme mit den Sensoren bezogen. Aber warum sollte T'Pol ausgerechnet jetzt an einer entsprechenden Analyse arbeiten?

»Na schön. Wir können auch ohne sie beginnen. Über das meiste weiß sie ohnehin Bescheid.« Archer sah sich am Tisch um. »Tut mir Leid, dass ich Sie so früh hierher geholt habe. Aber Sie werden gleich sehen, dass die Situation es rechtfertigt. D.O.?«

»Danke, Sir«, sagte O'Neil. »Vor ungefähr fünfundvierzig Minuten haben wir im sarkassianischen Außenposten die energetischen Emissionen von Handwaffen geortet. Die Energiestärke lässt sich mit der unserer Phasenpistolen vergleichen. Wir glauben, dass ein Kampf stattfand. Die von den Sensoren ermittelten Daten sind nicht ganz zuverlässig, aber wir sind so gut wie sicher, dass der Konflikt mehrere Personen das Leben kostete.«

»Goridian hatte Freunde«, vermutete Reed. »Sie griffen die Sarkassianer an.«

»Das war auch mein erster Gedanke«, sagte Archer. »Dann sahen wir dies.«

Während der Captain gesprochen hatte, war O'Neil aufgestanden und zum Computerterminal an der Rückwand des Situationsraums gegangen. Dort drehte sie den Monitor so, dass alle den Bildschirm sehen konnten.

»Als im Außenposten der Kampf stattfand, empfingen wir dies«, sagte sie. »Wir haben versucht, die Signale von allen Störungen zu trennen, aber ... Nun, sehen Sie es sich selbst an.«

O'Neil betätigte einige Tasten. Rauschen und Knistern drang aus den Lautsprechern, dann verzerrte Stimmen. Grauweiße Schlieren zeigten sich auf dem Schirm und plötzlich entstand ein Bild.

Commodore Roan blickte in die Kamera, die seine Signale übertrug. Rauchschwaden wogten hinter ihm und irgendwo erklang ein Schrei.

Roans Umhang – der gleiche, den er an Bord der *Enterprise* getragen hatte, stellte Reed fest – war blutverschmiert.

»... an den Zentralrat. Roan an den Zentralrat, hören Sie mich? Ich weiß nicht, warum ich keine Antwort auf meine vorherigen Mitteilungen bekommen habe, aber ...«

Die nächsten Worte verloren sich im lauten Rauschen und Knistern. Das Bild wurde undeutlich, verschwand dann ganz. Reed sah zu Archer.

Der Captain hob die Hand. »Warten Sie.«

Roan erschien erneut auf dem Monitor.

»... zwei Tote und für den Rest von uns reicht die Atemluft nur noch für etwa eine Stunde in ...« Weitere Störungen überlagerten die Worte und machten sie unverständlich. »... Botschafterin lehnte es ab, unsere Kapitulation anzuerkennen oder ...«

Neuerliche Statik. Und einmal mehr löste sich das Bild auf.

O'Neil betätigte eine Taste und es wurde still im Raum.

»Das ist alles«, sagte Archer.

Reeds Blick wanderte am Tisch entlang. In den meisten Mienen bemerkte er Erstaunen oder sogar schockierte Überraschung. Vermutlich zeigte sein eigenes Gesicht etwas Ähnliches.

»Alles deutete darauf hin, dass der Kampf zwischen Roan und Valay sowie ihren Verbündeten stattfand«, sagte Reed langsam.

»Ich schätze, die Sendung lässt nur diese eine Interpretation zu«, erwiderte der Captain.

»Scheint ein ziemliches Durcheinander zu sein«, sagte Trip. »Was geht dort unten vor? Eine Art Bürgerkrieg?«

»Möglicherweise. Oder es handelt sich um eine Fortsetzung dessen, was wir hier an Bord beobachtet haben. Das gespannte Verhältnis zwischen Roan und Valay war kaum zu übersehen.«

»Solche Spannungen sind eine Sache, aber die Ereignisse auf dem Planetoiden ...« Trip schüttelte den Kopf. »Sie sind ganz etwas anderes.«

»Die Frage lautet: Was unternehmen wir?« Der Captain sah seine Offiziere an. »Ich würde gern Ihre Meinungen hören.«

»Sie haben den Commodore gehört, Sir«, sagte Reed. »Er wies darauf hin, dass die Atemluft nur noch für eine Stunde reicht. Das war vor fünfundvierzig Minuten.«

»Er sprach von *ungefähr* einer Stunde«, schränkte Trip ein.

»Also bleiben ihm jetzt noch rund fünfzehn Minuten«, sagte Reed und sah den Captain an. »Wir müssen ihn retten, Sir.«

»Das ist eine Möglichkeit«, meinte Archer.

Die Tür des Turbolifts öffnete sich mit einem leisen Zischen und T'Pol kam herein. Archer winkte sie näher.

»Sie kommen gerade rechtzeitig, Subcommander. Wir haben über Roans Sendung und darüber gesprochen, was wir unternehmen sollen.«

»Eine Rettungsaktion, Sir«, wiederholte Reed. »Wir dürfen Commodore Roan nicht einfach sterben lassen.«

»Ich empfinde ebenso wie Sie, Lieutenant, aber ...« Trip runzelte die Stirn. »Mein Kopf sagt mir, dass wir uns besser nicht in einen Bürgerkrieg einmischen sollten.«

»Wir könnten uns direkt mit der sarkassianischen Regierung in Verbindung setzen«, schlug Hoshi vor. »Um herauszufinden, wer die Wahrheit sagt.«

»Ich weiß, auf welche Seite ich setzen würde«, sagte Reed.

»Selbst die Kontaktaufnahme mit der sarkassianischen Regierung liefe auf Einmischung hinaus«, gab T'Pol zu bedenken. »Damit würden wir uns zwischen die beiden Parteien des Konflikts stellen.«

»Da muss ich Ihnen widersprechen, Subcommander«, sagte Reed. »Wir wären nicht bestrebt, Partei zu ergreifen. Es ginge uns nur darum, die Wahrheit herauszufinden.«

T'Pol richtete einen verwunderten Blick auf ihn. »Ich

empfehle Ihnen, gründlicher über diese Sache nachzudenken, Lieutenant.«

Reed verabscheute es, wenn sie ihn so gönnerhaft behandelte. »Ich habe darüber nachgedacht. Und es dürfte wohl ein Unterschied bestehen zwischen direkter Einmischung und der Formulierung von Fragen.«

»Lieutenant, indem wir der Regierung Fragen stellen, nehmen wir Einfluss auf eine Situation, dessen objektive Wahrheit wir festzustellen versuchen.«

»Für mich klingt das ein wenig zu theoretisch«, erwiderte Reed.

»Diese ganze Diskussion ist theoretischer Natur. Wir können uns gar nicht mit der sarkassianischen Regierung in Verbindung setzen.«

»Warum nicht?«

»Das Störfeld hindert uns daran.«

»Wie bitte?« T'Pols Hinweis schien Hoshi noch mehr zu überraschen als Roans Sendung. »Wir haben kein Störfeld geortet.«

»Bis vor kurzer Zeit war es nicht aktiv. Nach den Sensoraufzeichnungen entstand es irgendwann während der letzten fünf Komma sechs Stunden.«

»Einen Augenblick«, sagte Archer. »Wir können keinen Kontakt mit den Sarkassianern herstellen?« Das schien ihn wirklich zu verblüffen.

O'Neils Gesicht zeigte eine ähnliche Reaktion.

»Ich dachte, das Störfeld wirkt sich nur auf die von Roan benutzte Frequenz aus«, sagte sie.

»Ursprünglich war das der Fall«, erwiderte T'Pol. »Aber bei der genaueren Analyse habe ich festgestellt, dass die Störungen offenbar durch den Sender selbst erzeugt werden. Anders ausgedrückt: Die Sarkassianer haben ein Gerät entwickelt, das das elektromagnetische Spektrum sondiert und nach Signalen mit repetitivem Charakter sucht. Solche Muster kommen in der Natur normalerweise nicht vor und dienen deshalb als Hinweis auf eine künstliche Modulation. Wenn das Gerät solche Signale findet, erzeugt es gewissermaßen ein Spiegelbild der Welle und fügt es dem Original hinzu, wodurch ein Nullsignal entsteht.«

»Haben Sie den Ausgangspunkt des Störfelds lokalisiert?«

»Ein kleines sarkassianisches Schiff befindet sich in einem geosynchronen Orbit über dem Außenposten. Ich glaube, das Störfeld wird dort erzeugt.«

»Wir müssen es neutralisieren«, sagte Reed.

»Und wie wollen Sie das bewerkstelligen, Lieutenant?«, fragte T'Pol.

Reed lächelte. »Dafür stehen uns mehrere Mittel zur Verfügung. Photonentorpedos, Phasenkanonen, Plasma-Entladungen.« Er lächelte erneut. »Eine Drohung mit dem nötigen Nachdruck könnte den gewünschten Zweck erfüllen.«

T'Pol wölbte eine Braue. »Lieutenant, selbst Sie müssen zugeben, dass es auf eine direkte Einmischung hinausläuft, wenn wir unsere Waffen gegen ein sarkassianisches Schiff einsetzen.«

»Wir würden uns nur zur Wehr setzen«, entgegnete Reed. »Das Störfeld ist eindeutig eine feindselige Maßnahme uns gegenüber.«

»Es dient den Sarkassianern zur Sicherung ihres Raums.«

»Was?«

»Wir befinden uns in ihrem stellaren Territorium«, sagte T'Pol. »Außerdem ...«

»Das gibt ihnen noch lange nicht das Recht, unsere Kom-Signale zu blockieren.«

»Außerdem«, fuhr T'Pol fort, »sollten wir unsere derzeitige Situation berücksichtigen. Wir befinden uns tief in einem unbekannten Raumbereich, umgeben von feindlichen Schiffen, ohne die Möglichkeit, mit Starfleet zu kommunizieren.«

Reed seufzte. Er wusste, dass die Vulkanierin Recht hatte, aber trotzdem …

»Ich verstehe Ihren Ärger, Lieutenant«, sagte Archer. »Aber wir können nicht einfach auf die Sarkassianer schießen.«

»Ja, Sir.«

»Was unternehmen wir in Hinsicht auf Roan, Captain?«, fragte Trip. »Wenn wir noch lange warten, brauchen wir gar keine Entscheidung mehr zu treffen. Weil er dann tot ist.«

»Ich bin mir durchaus bewusst, dass die Zeit drängt, Commander«, sagte Archer und wandte sich an O'Neil. »Wissen wir, woher die Sendung des Commanders kam?«

O'Neil nickte. »Der Ausgangspunkt lässt sich ziemlich genau feststellen.«

»Nun, wir können keinen Shuttle hinunterschicken, um Roan zu retten«, sagte Trip. »Die Botschafterin und ihre Leute würden vermutlich nicht sehr freundlich darauf reagieren.«

Reed stimmte dieser Einschätzung zu. Es blieb nur eine Alternative.

»Wir müssen den Transporter benutzen«, fuhr Trip fort und sprach damit Reeds Gedanken aus. »Das ist die einzige Möglichkeit, die wir haben.«

»Was ist mit den von der Energiequelle ausgehenden Interferenzen?«, fragte Archer.

»Wir sollten in der Lage sein, sie zu kompensieren.«

»Und wenn die Sarkassianer den Transporterstrahl entdecken?«, gab Archer zu bedenken. »Dann sind wir plötzlich in die internen Machtkämpfe eines anderen Planeten verwickelt. Und sie gehen uns nichts an.«

Reed glaubte, dass die Worte des Captains nicht nur seinen Offizieren galten, sondern auch ihm selbst.

»Wir müssen uns fragen, welche Dinge uns hier etwas angehen«, sagte O'Neil leise.

»Ja«, pflichtete Trip ihr bei. »Soweit es mich betrifft, ist die Sache ganz einfach. Ich möchte wissen, was die Sarkassianer in dem Außenposten dort unten angestellt haben und ob es einen Zusammenhang mit den Dingen gibt, die Ensign Hart zugestoßen sind.«

»Genau«, sagte Reed. »Ich glaube, wir erhalten eher von Roan als von Valay Antworten auf diese Fragen.«

»Es gibt noch einen anderen Situationsaspekt, den wir berücksichtigen sollten«, ließ sich T'Pol vernehmen.

Archer nickte. »Fahren Sie fort.«

»Wir können vermutlich davon ausgehen, dass das Störfeld auf Botschafterin Valays Initiative zurückgeht.«

»Das scheint offensichtlich zu sein«, sagte Archer.

»Wir müssen uns also fragen: warum?«

Reed hielt die Antwort auf diese Frage ebenfalls für offensichtlich. »Wie Commander Tucker angedeutet hat: Vielleicht findet ein Bürgerkrieg statt. Valay wollte Roan daran hindern, um Hilfe zu rufen.«

»Aber das Störfeld beeinträchtigt alle Kom-Signale, die abgehenden ebenso wie die eintreffenden.«

Reed begriff plötzlich, worauf die Vulkanierin hinauswollte. »Valay will nicht nur verhindern, dass Roan mit der Regierung spricht. Niemand soll mit niemandem sprechen können.«

»Ja. Und dafür gibt es eigentlich nur einen plausiblen Grund: Die Botschafterin befürchtet, dass man ihre Position unterminieren könnte.«

»Commodore Roan hat also die Wahrheit gesagt«, meinte Archer. »Sie handelt gegen die ausdrücklichen Wünsche der Regierung.«

»Diese Möglichkeit muss in Erwägung gezogen werden«, sagte T'Pol.

»Na so was«, brummte Trip. »Auch der Wurm krümmt sich, wenn er getreten wird.«

T'Pol sah ihn an und hob eine Braue. »Wie bitte?«

»Eine Redensart«, sagte Trip. »Ich wollte damit zum Ausdruck bringen, dass Sie normalerweise nicht zu den Leuten zählen, die an so etwas beteiligt werden wollen.«

»Ich setze mich nicht für irgendwelche Maßnahmen ein«, erwiderte T'Pol. »Ich habe nur auf etwas hingewiesen.«

»Und Ihr Hinweis legt nahe, dass wir Roan als den legitimen Repräsentanten des sarkassianischen Volkes sehen und zu seinen Gunsten in den Konflikt eingreifen sollten«, sagte Archer.

»Ich spreche mich nicht dafür aus, dass wir in dem Konflikt aktiv werden sollten«, entgegnete T'Pol. »Unter den gegenwärtigen Umständen halte ich das für unklug.«

»Bei allem Respekt«, sagte Reed. »Ich glaube, Sie sehen die Situation aus dem falschen Blickwinkel. Roans Leben zu retten, ist kein strategischer Schachzug, sondern eine humanitäre Maßnahme.«

»Der Weg zur Hölle und so weiter«, kommentierte Trip.

Reed warf ihm einen verärgerten Blick zu.

»Eine weitere Redensart, Commander?«, fragte T'Pol.

Trip nickte. »Eine, die ich besonders mag. Sie bedeutet, dass bei den besten Vorsätzen der Schuss manchmal nach hinten losgeht.«

»Ein Schuss, der nach hinten losgeht?«

Trip winkte ab. »Lassen wir das.«

»Etwas geht hier nicht mit rechten Dingen zu. Ich fühle es.« Archer runzelte die Stirn.

»Sir?«, fragte Trip.

»Schon gut, Commander. Nun, ich danke Ihnen allen für Ihre Meinungen.« Archer blickte in die Runde, und Reed glaubte fast zu sehen, wie sich kleine Zahnräder in seinem Kopf drehten.

»Verdammt, ich ruiniere noch meinen Ruf«, sagte der Captain.

Reed lächelte. »Wir retten also den Commodore?«

Archer nickte. »Das würde ich gern. Wenn ... T'Pol? Können wir ein eigenes Störfeld erzeugen? Damit die Sarkassianer nicht merken, was wir vorhaben?«

»Ich bin nicht sicher, ob die sarkassianischen Sensoren selbst unter optimalen Bedingungen imstande sind, einen Transporterstrahl zu orten. Wie dem auch sei: Mit der Modifikation eines niederenergetischen Sondierungsstrahls sollte sich die gewünschte Wirkung erzielen lassen.«

»Gut. Machen Sie sich an die Arbeit.«

»Einen Augenblick«, warf Trip ein. »Die Sarkassianer können ein Störfeld erzeugen, das ganz automatisch künstliche Signale im elektromagnetischen Spektrum erkennt und sie blockiert? Und sie sollen nicht in der Lage sein, einen Materie transferierenden Transporterstrahl zu erkennen? Das scheint nicht mir nicht viel Sinn zu ergeben.«

»Meine Schlussfolgerungen basieren auf den von unseren Sensoren ermittelten Daten. Wie auch immer ...« T'Pol nickte. »Ihr Einwand hat durchaus etwas für sich. Es gibt Widersprüche in der technologischen Entwicklung der Sarkassianer.«

»Leute«, sagte der Captain, »dies ist bestimmt ein wichtiger Punkt, aber derzeit müssen wir uns um eine Rettungsmission kümmern.«

»Noch eine letzte Sache, Sir«, sagte Reed. »In der Sendung hat Commodore Roan so ausgesehen, als könnte er medizinische Hilfe gebrauchen.«

»Ja. Hoshi, geben Sie Dr. Phlox Bescheid; er soll zum Transporter kommen.« Der Captain sah sich noch einmal am Tisch um und nickte. »Na schön. Die Besprechung ist beendet. Sie können gehen. Du kommst mit mir, Trip. Sie ebenfalls, Malcolm.«

»Aye, Sir«, sagte Reed. Als sie zum Turbolift gingen, sah er noch einmal aufs Chronometer. Nach seiner Schätzung blieben Roan höchstens noch fünf Minuten, bevor ihm die Atemluft ausging.

Ungefähr fünf Minuten, verbesserte er sich.

Reed hatte seinen Körper schon mehrmals vom Transporter zerlegen und wieder zusammensetzen lassen; deshalb begegnete er dieser Technik nicht mit dem Unbehagen, das ihr viele andere Besatzungsmitglieder entgegenbrachten. Trotzdem musste er zugeben, erleichtert zu sein, als die vollständige Gestalt von Commodore Roan auf der Plattform erschien.

Doch seine Erleichterung war nur kurz, als er das Blut sah. Beim Betrachten der Bilder auf dem Monitor hatte er den richtigen Eindruck gewonnen – Roans Umhang war blutverschmiert.

Der Commodore sah sich erstaunt im Transporterraum um. Desorientierung zeigte sich in seinen Augen.

»Materietransfer«, sagte er mit schwach klingender Stimme. »Die Theorie ist uns vertraut, aber …«

Roan trat einen Schritt vor und schwankte. Die Beine gaben unter ihm nach und er sank auf die Kante der Transporterplattform.

Phlox war sofort bei ihm und nahm eine Untersuchung mit dem medizinischen Tricorder vor.

»Extensive Verbrennungen an der rechten Körperhälfte, ernste Dehydrierung, Sauerstoffmangel und Erschöpfung«, diagnostizierte der Arzt.

»Ich bin soweit in Ordnung, Doktor, das versichere ich Ihnen.« Roan stützte die Hände auf die Plattform und wollte aufstehen. »Ich muss …«

»Derzeit müssen Sie vor allem ausruhen, Sir«, sagte Phlox mit Nachdruck. Er griff nach Roans Schulter und zwang ihn, sitzen zu bleiben. »Sie sind ganz und gar nicht in Ordnung.«

»Was ist mit dem Blut an Ihrem Umhang?«, fragte Archer besorgt.

»Es stammt nicht von mir«, sagte Roan. »Mein Adjutant … Wir gerieten in einen Hinterhalt.«

»Für den vermutlich Botschafterin Valay verantwortlich ist«, spekulierte der Captain.

»Ja. Sie …« Roan seufzte schwer und schüttelte den Kopf. »Ich habe dies nicht von ihr erwartet. Oder von denen, die sie repräsentiert. Die Lage ist schlimmer, als ich befürchtet habe.«

»Wir müssen zur Krankenstation«, sagte Phlox und klappte den medizinischen Tricorder zu. »Dort kann ich Sie gründlicher untersuchen.«

»Für eine gründliche Untersuchung haben wir keine Zeit, Doktor«, erwiderte Roan. »Die Aktionen von Botschafterin Valay sind Teil eines größeren Schismas in unserer Regierung. Wenn ich nicht sofort agieren kann, um den Schaden in Grenzen zu halten, ist ein Bürgerkrieg unvermeidlich.«

»Handelt Valay auf eigene Verantwortung?«, fragte Archer.

Roan schüttelte den Kopf. »Nein. Ich kenne sie seit Jahren. Zu so etwas ist sie nicht fähig …«

»Sie hat alle Kommunikationsfrequenzen in diesem Sonnensystem blockiert.« Archer erklärte, was sie herausgefunden hatten.

»Aber das ist …« Einmal mehr schüttelte Roan den Kopf. »So etwas sieht ihr ganz und gar nicht ähnlich. Ich habe keine Erklärung dafür, Captain.«

»Es gibt viel, das ich nicht verstehe, Commodore. Es beginnt mit dem Zweck Ihres Außenpostens. Hinzu kommt die Geschichte des Krieges zwischen Ihrem Volk und den Ta'alaat. Um nur zwei Dinge zu nennen.«

Roan schwieg.

»Glauben Sie nicht, dass es an der Zeit ist, uns zu erzählen, was hier vor sich geht?«

»Ich bin mir gar nicht sicher, ob ich weiß, was hier geschieht«, sagte Roan. Er wirkte müde, alt und verwirrt. Als Reed diesen Ausdruck in seinem Gesicht sah, hatte er plötzlich die Situation vor Goridians Zelle wieder vor Augen, als Valay zum Vorschein kam, mit Blutflecken an ihrem Umhang.

Es gab eine Verbindung – da war Reed ganz sicher. Aber so sehr er sich auch bemühte, sie zu finden, sie blieb ihm verborgen.

»Bitte helfen Sie mir auf«, sagte Roan und hob die Hand.

Der Captain ergriff sie und zog den Commodore auf die Beine. Roan strich seinen Umhang glatt.

»Jemand sagte mir einmal, dass Beziehungen auf Vertrauen basieren müssen.« Der Blick des Commodore suchte Reed und fand ihn. Er lächelte. »Es wird Zeit für mich, jemandem zu vertrauen, Captain. Lassen Sie uns einen Ort aufsuchen, wo wir miteinander sprechen können. Dann sage ich Ihnen alles, was ich weiß.«

»Bitte entschuldigen Sie«, warf Phlox ein. »Sie können damit beginnen, indem Sie mir sagen, was Ihre Spezies isst und trinkt. Sie brauchen dringend Nährstoffe.«

Roan nickte. »Ich komme Ihrer Aufforderung gern nach.«

»Ich schlage vor, wir suchen mein Esszimmer auf«, sagte Archer. »Dort können wir reden und etwas essen.«

»Lassen Sie uns dies benutzen, Commodore.« Phlox zog die Rollbahre heran, die er zum Transporterraum mitgebracht hatte. »Sie sind noch immer sehr schwach.«

Roan schüttelte den Kopf. »Nein.«

»Commodore …«

»Ich kann gehen, Doktor. Vielen Dank.«

Sie verließen den Transporterraum, zuerst Archer, dann Roan und die anderen.

Reed bildete den Abschluss. An der Tür blieb er noch einmal stehen.

Sand vom Außenposten lag auf dem Boden des Transporterraums. Roan musste ihn an den Schuhen gehabt haben, als er an Bord gebeamt wurde.

Das Bild bewegte etwas in Reed und Erinnerungen erwachten in ihm.

14

Sarkassianischer Außenposten
13.01.2151, 16:26 Uhr

»Es ist tatsächlich Silizium«, sagte Trip. »So etwas habe ich noch nie zuvor gesehen.«

Seit etwa fünf Minuten befanden sie sich in dem Tunnel. Reed lauschte noch immer den Geräuschen, die aus dem Kom-Lautsprecher in seinem Helm kamen und von der Gruppe des Captains stammten. Allerdings wurden die Störungen, verursacht von der Energiequelle vor ihnen, immer stärker.

»Ich verstehe das nicht«, sagte Reed. »Warum Silizium? Es ist kein besonders festes Material.«

»Nein, das ist es nicht.« Trip strich mit dem Handschuh über die Tunnelwand und sah dann wieder auf die Anzeigen seines Tricorders. »Darunter befindet sich eine andere Schicht, bestehend aus einer schweren Substanz – es scheint sich um Titan zu handeln. Sie bildet gewissermaßen einen Rahmen für das Silizium.«

»Das Silizium erfüllt also einen bestimmten Zweck?«, fragte Reed. »Aber welchen?«

»Wofür verwendet man es normalerweise? Es ist ein guter Leiter. Energetischer Transfer. Die Weiterleitung von Energie.«

»Niemand braucht Transferleitungen von diesem Ausmaß.«

»Wir nicht«, sagte Trip. »Aber vielleicht die Erbauer dieses Gebäudes.«

»Aus welchem Grund?«

»Derzeit fällt mir keiner ein. Bestimmt finden wir Antworten, wenn wir die Energiequelle erreichen. Von dort gehen alle Tunnel aus, wie Speichen von einer Radnabe. Nach den Anzeigen des Tricorders zu urteilen sind wir auf halbem Wege dorthin.«

Plötzliche Statik prasselte laut aus dem Kom-Lautsprecher.

»Ensign Hart?«

»Hier, Sir.« Reed hörte ihre Stimme kaum.

»Wie ist Ihre Situation?«

Rauschen. Dann Stille. Dann lautes Knistern und ein Wort, das nach »Teilen« klang.

Reed versuchte, das eigene Signal zu verstärken, sah aber, dass er bereits mit maximaler Energie sendete.

»Wie ist Ihre Situation?«, wiederholte er und rief fast.

Die Antwort war unverständlich.

»Verdammt«, brummte Reed.

»Es überrascht mich kaum. Auch dieses Ding ist praktisch nutzlos geworden.« Trip klappte den Tricorder zu. »Es dürfte ohnehin klar sein, wohin wir gehen.«

»Mir wäre es lieber zu wissen, was uns dort erwartet«, erwiderte Reed.

»Tja.« Trip zuckte mit den Schultern. »Eine Überraschung, schätze ich.«

Sie setzten den Weg fort und Reed übernahm wieder die Spitze. Er ging recht schnell und bedauerte, nicht auf dem Einsatz einer vollen Sicherheitsgruppe bestanden zu haben. Es gefiel ihm ganz und gar nicht, dass die fremde Energiequelle auch die Sondierungssignale der Tricorder beeinträchtigte. Wer auch immer den Außenposten angegriffen hatte – vielleicht wartete er in dem Raum vor ihnen auf sie. Oder auf den Captain.

Regeln, dachte Reed. *Es sollte bestimmte Regeln geben, die bei einer Landegruppe in einer solchen Situation zur Anwendung kommen.*

Er wusste, was der Captain von einem solchen Vorschlag halten würde. Archer stürzte sich gern mitten hinein ins Getümmel und legte Wert darauf, die Lage aus nächster Nähe zu beurteilen, anstatt an Bord zu bleiben und sich von irgendwelchen Vorschriften die Hände fesseln zu lassen. Reed sah die Sache ganz anders. Er glaubte, dass Regeln schnellere Entscheidungen ermöglichten, insbesondere dann, wenn der Faktor Zeit eine wichtige Rolle spielte. Regeln eliminierten die Grauzonen. Regeln …

Er dachte an Alana in ihrem Quartier, an den nassen Corbett auf dem Tisch. *»Es sind dumme Vorschriften, Malcolm«*, hatte sie gesagt.

Im Tunnel wandte sich Reed nach links und hob die Hand zum Kommunikator, um erneut zu versuchen, einen Kontakt herzustellen.

Diese Bewegung rettete ihm das Leben.

Als er sich umdrehte, sah er aus dem Augenwinkel einen Lichtschimmer, etwa in Taillenhöhe. Er war zu schnell gegangen und zu sehr mit seinen Gedanken beschäftigt gewesen – andernfalls hätte er das Licht sicher rechtzeitig bemerkt. Ein dünner Strahl reichte durch den Tunnel.

Und Reed war in ihn hineingetreten.

Ein Alarm. Eine Falle. Und er hatte sie ausgelöst.

Die nächsten Sekunden schienen sich zu dehnen.

»Zurück!«, rief Reed, ohne sich umzudrehen. Er bewegte sich noch immer nach vorn und musste dieses Bewegungsmoment nutzen. Mit dem rechten Fuß stieß er sich ab und sprang, gewann in der niedrigen Schwerkraft für eine Sekunde den Eindruck zu fliegen.

Dann bekam er die Wucht der Explosion zu spüren und er flog tatsächlich. Die energetische Druckwelle schleuderte ihn durch den Tunnel, vorbei an den Wänden.

Mit dem Gesicht voran prallte er auf den Boden und etwas knackte.

Der Helm. Explosive Dekompression, dachte er und das Herz schlug ihm bis zum Hals empor. Er dachte an die

Toten auf der Oberfläche des Planetoiden und stellte sich vor, wie die Luft aus dem Schutzanzug entwich.

Aber nichts geschah.

Einige Sekunden lang blieb er wie betäubt liegen, stand dann auf. Im Nackenbereich schien etwas verrenkt zu sein, doch abgesehen davon war alles in Ordnung. Ein Wunder.

Reed drehte sich um und sah einen großen Schutthaufen dort, wo zuvor der Tunnel gewesen war.

»Trip!«, rief er in den Kommunikator. »Trip!«

Keine Antwort.

Er schaltete auf einen anderen Kanal um, mit dem gleichen Ergebnis. Es war ganz plötzlich zu der Explosion gekommen – Trip musste schnell reagiert haben, um ihr zu entgehen. Andernfalls …

»Commander Tucker!«, rief er. »Hören Sie mich? Bitte kommen!«

Nicht einmal statisches Rauschen drang aus dem Lautsprecher des Kommunikators.

Reed schaltete auf den Kanal, der ihm Geräusche von Harts Gruppe übermittelt hatte. Stille.

Der Kommunikator konnte beim Sturz beschädigt worden sein. Vielleicht stand das Knacken, das Reed gehört hatte, damit in Zusammenhang.

Oder dort draußen gab es niemanden mehr, der ihn hören konnte. Weder Trip noch Alana oder jemand anders aus der Gruppe des Captains. Möglicherweise warteten hier noch andere Fallen auf Unvorsichtige.

Reed trat an den Schutthaufen heran und überlegte, ob er sich hindurchgraben und Trip auf der anderen Seite erreichen konnte. Aber als er nach den ersten Brocken griff, wurde ihm die Aussichtslosigkeit eines solchen Unterfangens klar. Fragmente des Duranium-Gerüsts bildeten die oberste Schicht und waren so schwer, dass er sie nicht bewegen konnte.

Aber vielleicht war das auch gar nicht nötig.

Er holte die Phasenpistole hervor und schoss auf den größten Brocken. Zwei oder drei Sekunden lang betätigte er den Auslöser und das Duranium löste sich im Strahl auf.

Reed lächelte und zielte auf den nächsten Brocken.

Dann merkte er, dass die mehrere Sekunden lange Emission zwanzig Prozent der Ladung gekostet hatte.

Er seufzte, ließ die Phasenpistole sinken und schob sie ins Halfter zurück. Eins stand fest: Er konnte sich den Weg zu Trip nicht freischießen. Damit blieb Reed nur eine Möglichkeit – er musste den Weg in die andere Richtung fortsetzten.

Und vielleicht warteten dort jene Geschöpfe auf ihn, die die Fallen vorbereitet hatten.

Reed war noch nicht sehr lange unterwegs, als er weiter vorn ein mattes gelbes Glühen bemerkte. Er nahm die Phasenpistole wieder zur Hand und schob sich durch den Tunnel, bis er einen Seitengang erreichte, aus dem das Licht kam. Er zögerte kurz, beugte sich dann vor und spähte um die Ecke. Er sah gelbes und orangefarbenes Leuchten, dahinter die Andeutung eines offenen Raums.

Reed presste sich flach an die Wand und wartete. Zehn Sekunden. Zwanzig. Nichts. Keine Reaktion.

Er blickte erneut um die Ecke, länger diesmal. Nirgends regte sich etwas. Er trat in den Seitengang.

Das Licht füllte die Öffnung vor ihm, schimmerte und pulsierte wie lebendig. Es bildete eine Art Vorhang, der Reed den Blick auf alles, was sich dahinter befand, verwehrte. Irgendetwas vermittelte ihm den Eindruck eines großen, offenen Raums, in dem sich vage Konturen und bunte Farben abzeichneten.

Reed streckte die Hand aus und berührte das Licht.

Er spürte eine Vibration durch den Handschuh – ein Kraftfeld.

Er drückte mit der Hand zu, langsam erst, dann fester.

Der Arm rutschte durch den energetischen Vorhang.

Reed gab einen überraschten Schrei von sich und zog den Arm hastig zurück. Besorgt hielt er nach Anzeichen von Schäden am Ärmel des Schutzanzugs Ausschau und fand keine. Daraufhin schob er den Arm erneut durch den Energievorhang, zog ihn zurück und schüttelte ihn mehrmals. Alles in Ordnung. Die Integrität des Schutzanzugs war nicht beeinträchtigt.

Reed holte tief Luft, trat vor und hatte kurz das Gefühl, unter Wasser zu gehen – er spürte Widerstand. Dann lag das Kraftfeld hinter ihm.

Das Licht im Innern des Raums strahlte viel heller, als es auf der anderen Seite der energetischen Barriere den Anschein gehabt hatte. Es war jetzt kein gelbes und orangerotes Glühen mehr, sondern ein gelblich-weißes Gleißen, wie das grelle Licht eines Scheinwerfers. Reed blinzelte mehrmals, als sich seine Augen anpassten. Schließlich konnte er Einzelheiten wahrnehmen und sah sich um.

Der Raum war rund beziehungsweise oval und durchmaß knapp zwanzig Meter. Der Boden hatte die gleiche sandige Farbe wie die Tunnel und die stahlgrauen Wände wölbten sich nach oben, formten etwa sechs Meter über Reed eine kuppelförmige Decke. In Abständen von jeweils zwei Metern befanden sich weitere Öffnungen in den Wänden, wie die, die Reed passiert hatte, und auch in ihnen pulsierten Energiefelder.

Vor einer dieser Öffnungen, fast genau auf der gegenüberliegenden Seite, bemerkte er etwas auf dem Boden. Er näherte sich dem Objekt und identifizierte es als einen Schutzanzug von der *Enterprise*. Eine halbe Sekunde später begriff er, wem er gehörte.

Alana.

Was mochte sie veranlasst haben, ihn abzulegen? Oder hatte ihr jemand den Schutzanzug abgenommen? Es spielte keine Rolle. Ohne ihn war sie tot. Es sei denn …

Reed tastete nach dem Tricorder und stellte erleichtert fest, dass das Gerät noch immer am Gürtel steckte – die energetische Druckwelle der Explosion hatte es zum Glück nicht fortgerissen. Er klappte es auf, nahm eine Sondierung vor und stellte fest, dass der Raum eine Atmosphäre enthielt, etwa fünfundsiebzig Prozent Stickstoff und dreiundzwanzig Prozent Sauerstoff, außerdem einige Edelgase.

Atembar.

Reed nahm den Helm ab und sah sich erneut um.

Wo war Alana?

Er blickte auf die Anzeigen des Tricorders. Keine Lebenszeichen in Ortungsreichweite, aber …

Das Gerät registrierte einen geringfügigen Temperaturunterschied in der Luft. Die Ursache: der Schutzanzug auf dem Boden.

Körperwärme, wurde ihm eine Sekunde später klar. Es war recht kühl im Raum und Alana hatte eine thermale Spur hinterlassen.

Vielleicht konnte er ihr folgen.

Rasch rekonfigurierte er den Tricorder und kurze Zeit später stand er vor einer der anderen Öffnungen. Die Anzeigen des Ortungsgeräts deuteten darauf hin, dass Alana diesen Energievorhang durchschritten hatte.

Reed hakte den Tricorder an den Gürtel, griff nach der Phasenpistole und schritt durchs Kraftfeld.

Diesmal hatte er nicht das Gefühl, durch Wasser zu gehen. Der Widerstand war größer, so als müsste er sich einen Weg durch eine große Schneewehe bahnen. Die Haut in seinem Gesicht prickelte, als empfinge sie das Licht einer sehr hell und warm scheinenden Sonne.

Reed bemühte sich weiter. Zehn Sekunden, schätzte er. Fünfzehn. Plötzlich verschwand der Widerstand. Das Licht trübte sich und die Luft wurde dünner. Reed nahm einen sonderbaren Geruch wahr, den er nicht zu deuten verstand, und als er den Kopf hob … Nie zuvor in seinem Leben hatte er in einem so großen Raum gestanden.

Er blickte nach oben und sah keine Decke. Er blickte zur anderen Seite und hatte Mühe, die gegenüberliegende Wand zu erkennen.

Zuerst glaubte er, im Innern des Planetoiden zu sein, in einem natürlichen Hohlraum. Dann bemerkte er die geraden Linien der schräg nach oben reichenden Wände und den glatten Boden.

Eine Erkenntnis reifte in ihm heran: Er befand sich im Innern der Pyramide, die er vom Shuttle aus gesehen hatte.

Sie war größer, als er vermutet hätte – er schätzte die Entfernung zur gegenüberliegenden Wand auf knapp einen halben Kilometer. Der erste Eindruck vermittelte ihm ein Gefühl der Leere, aber das täuschte. Überall ragten frei stehende Gebilde auf, wie aufrecht stehende Bücher. Es waren hunderte, vielleicht sogar tausende, und sie erinnerten Reed an Grabsteine.

Er holte den Tricorder hervor und sondierte erneut nach Lebenszeichen. Noch immer nichts. Wenn sich Alana an diesem Ort befand, so blieb sie verborgen. Vielleicht war auch gar keine Ortung möglich, denn Boden, Wände und selbst die Grabsteingebilde bestanden aus der Legierung, die auch den Sondierungssignalen der Shuttlesensoren getrotzt hatte.

Mehr denn je wünschte sich Reed eine Probe davon.

Er trat vor – und hörte plötzlich ein leises, kaum wahrnehmbares Geräusch, das aus der Nähe zu kommen schien.

Es klang so, als spräche jemand, aber er konnte kein

einziges Wort verstehen und auch die Stimme – oder Stimmen – nicht identifizieren.

Einmal mehr nahm er die Phasenpistole in die Hand und ging so leise wie möglich in die Richtung, aus der die Geräusche kamen. Als er einen Fuß vor den anderen setzte, fiel ihm erneut der Geruch auf, den er unmittelbar nach seiner Ankunft wahrgenommen hatte.

Diesmal konnte er ihn deuten.

Es war der Geruch von Elektrizität – sie knisterte in der Luft. Von einem Augenblick zum anderen wusste Reed: Er stand mitten in dem, was die Sondierungssignale gestört hatte.

Der Geruch trug ihn zwanzig Jahre weit in die Vergangenheit, zurück zur Erde; in dem Sommer nach seinem katastrophalen zweiten Schuljahr hatten ihn die Eltern zu seiner Tante und seinem Onkel geschickt, auf ihr Landgut in Sussex. Eines Abends waren mehrere Schuppen auf dem Gelände durch Blitze in Brand geraten. Zusammen mit Tante und Onkel hatte Reed auf einer Hügelkuppe gestanden und nicht nur das Feuer gerochen, sondern auch die Luft um ihn herum.

Er erinnerte sich an die Worte, die er damals an seinen Onkel gerichtet hatte: »Es riecht wie in einem Schwimmbad.«

»Das ist Chlor, Malcolm. Ein solcher Geruch wird durch elektrische Entladungen in Sauerstoff erzeugt. Dadurch entsteht Ozon.«

Reed hatte geschwiegen, das Unwetter beobachtet und die Elektrizität in der Luft gespürt.

Auch hier fühlte er Energie und fragte sich, welchem Zweck sie diente.

Er ging weiter. Das Geräusch lockte ihn zur Mitte der Pyramide und immer wieder nutzte Reed die Deckung der grabsteinartigen Gebilde. Erneut dachte er daran, dass ihm vielleicht eine Begegnung mit den Wesen bevorstand, die für die Falle verantwortlich waren.

Je mehr er sich dem Zentrum des gewaltigen Raums näherte, desto leichter fiel es ihm, Deckung zu finden, denn die Abstände zwischen den rechteckigen Objekten schrumpften. Reed hatte das Gefühl, über einen Friedhof zu schleichen, von Grabstein zu Grabstein zu springen, um nicht entdeckt zu werden.

Dann trat er hinter einer der Platten hervor und sah Alana.

Für ein oder zwei Sekunden war Reed wie gelähmt und rührte sich nicht.

Seit über einem Jahr befand er sich im All. In dieser Zeit hatte er viel gesehen, Tod und auch einige Dinge, die schlimmer waren als der Tod: zum Beispiel, als der Captain und Trip halb von einem fremden Geschöpf absorbiert wurden. Oder von der Kabale zerfetzte Suliban-Rebellen. Und auch schon vor der *Enterprise* hatte Reed einige scheußliche Dinge erlebt. Er erinnerte sich daran, als Kadett an einer Besichtigungstour durch die Forschungsstation Cochrane auf Sirius IV teilgenommen zu haben, als der Reaktor explodierte. Zwanzig Personen saßen im radioaktiven Kern fest – Reed stand im abgeschirmten Aussichtsraum und beobachtete, wie sie starben. Einer von ihnen war ein anderer Kadett im ersten Ausbildungsjahr: John Mayhill, ein Engländer, den Reed nie richtig kennen gelernt hatte.

Mayhill verbrachte seine letzten Stunden damit, Reed gegenüberzustehen, auf der anderen Seite des Fensters, und per Kom-Verbindung mit ihm zu sprechen. Je schwächer Mayhill wurde, desto mehr Mut zeigte er. Bei Reed war genau das Gegenteil der Fall, obwohl er sich alle Mühe gab. Er konnte die Tränen nicht zurückhalten, als der andere Kadett entkräftet und sterbend zu Boden sank.

Manchmal erinnerten Albträume Reed an jenen Tag.

Trotzdem war er damals nicht so entsetzt gewesen wie jetzt, als er Alana sah.

Sie lag auf dem Boden, direkt vor den rechteckigen Objekten. Aber *lag* war nicht das richtige Wort, denn sie *ruhte* nicht, sondern bebte am ganzen Leib, trat mit den Beinen und schlug mit den Armen. Es schien ein Anfall zu sein – aber einen solchen Anfall hatte Reed noch nie gesehen.

Alana zuckte wie im Todeskampf.

Die Laute, die ihr über die Lippen kamen, ergaben keinen Sinn.

Krankenstation, dachte Reed, ließ die Phasenpistole fallen, griff nach dem Kommunikator und aktivierte ihn.

Nichts. Nicht einmal Statik.

Er ging neben Alana in die Hocke und griff nach ihren Schultern. Ihr heftiges Zittern dauerte an, erinnerte Reed an einen Wassertropfen, der über ein heißes Backblech tanzte. Tausend Volt schienen den Körper der jungen Frau zu peinigen.

»Ruhig«, sagte Reed. »Ganz ruhig. Es ist alles in Ordnung. Ich bin hier.«

Seine Worte bewirkten nichts.

Er musste Alana irgendwie zur *Enterprise* zurückbringen. Und zwar sofort. Dazu war es nötig, sie in den Raum zu tragen, in dem ihr Schutzanzug lag, anschließend durch die Tunnel zum Shuttle.

Das war unmöglich zu schaffen, solange der Anfall andauerte.

Reed zog in Erwägung, Alana mit der Phasenpistole zu betäuben. Er sah sich um, hielt nach ihr Ausschau …

Und bemerkte einen Mann, der drei Meter entfernt auf dem Boden lag. Zuvor war er hinter den Platten verborgen gewesen. Reed sah genauer hin. Nein, es handelte sich nicht um einen Mann, sondern um ein fremdes Wesen mit blasser, fast durchsichtiger Haut. Die Augen waren weit aufgerissen.

Aber ihr Blick reichte ins Leere. Das Geschöpf schien tot zu sein. Hatte es irgendetwas mit dem zu tun, was Alana zugestoßen war?

Reeds Tricorder begann zu piepen. Lebensformen. Und sie kamen näher.

Er hörte Stimmen, drehte den Kopf und sah Captain Archer, der ihm entgegenlief.

15

Esszimmer des Captains
17.01.2151, 08:51 Uhr

»Drei Weltkriege«, sagte Archer. »Der letzte zerstörte fast unseren Planeten. Wir brauchten knapp hundert Jahre, um eine neue Zivilisation aufzubauen – und die Sterne zu erreichen.«

»Das sind große Leistungen in einer vergleichsweise kurzen Zeit«, sagte Roan. »Ich gratuliere Ihnen dazu.«

»Menschen streben nach immer größeren Leistungen«, meinte Phlox. »Das ist einer der Gründe, warum ich mich bereit erklärte, an der Mission der *Enterprise* teilzunehmen – ich möchte Teil der menschlichen Erfolge sein.«

»Und Ihr Volk, Doktor? Die Denobulaner, sagten Sie?«

Phlox nickte. »Ja. Wir sind relativ neu im All, zumindest im Vergleich mit den Vulkaniern.«

Er lächelte und sah zu T'Pol, die auf der anderen Seite des Tisches saß. Sie waren zu sechst im Esszimmer des Captains: Archer und Trip an den beiden Enden des Tisches, Roan und Phlox auf der einen Seite, Reed und T'Pol auf der anderen. Der Captain hatte über Starfleet und die Entwicklung der irdischen Flotte gesprochen, dem Commodore dadurch Gelegenheit gegeben, zu essen und seine Kräfte zu erneuern.

»Im Vergleich mit den Vulkaniern sind wir alle neu im All«, sagte Roan.

T'Pol musterte ihn neugierig. »Sie kennen also unsere Geschichte und unser Volk?«

»Ja.«

»Das finde ich erstaunlich. In unseren Datenbanken werden keine Kontakte mit Sarkassianern erwähnt.«

»Oh, ich wollte nicht andeuten, dass wir Vulkaniern begegnet sind. Aber wir wissen von Ihnen.«

»Woher?«

»Nun, aus unseren Aufzeichnungen«, sagte Roan und schien Unbehagen zu empfinden.

T'Pol wollte nachhaken, aber der Captain kam ihr zuvor.

»Wie ist das Essen, Commodore?«

»Ausgezeichnet. Dies hier ...« Roan deutete mit der Gabel auf den Teller.

»Eier«, sagte Archer. »Ein Omelett.«

»Eine Frittata, um ganz genau zu sein, Captain«, warf Phlox ein.

»Wundervoll«, sagte Roan. »Sehr lecker.«

»Ich glaube, es ist noch mehr da«, erwiderte Archer.

»Nein, nein, ich habe genug gegessen.« Der Commodore schob den Teller beiseite. »Danke. Sie haben Recht in Hinsicht auf die Speisen an Bord Ihres Schiffes. Eine weitere bemerkenswerte Leistung. Wenn unsere Köche so geschickt gewesen wären, hätte ich meine Dienstjahre auf angenehmere Weise verbringen können.«

»Es sollte eigentlich möglich sein, Ihnen das eine oder andere Rezept zu überlassen«, sagte Archer.

»Auch Sie haben beachtenswerte technische Leistungen vollbracht«, meinte T'Pol. »Zum Beispiel das von Botschafterin Valay eingesetzte Störfeld. Eine enorm große Computerkapazität ist nötig, um im ganzen elektromagnetischen Spektrum künstliche Signale zu erkennen und sie sofort zu neutralisieren.«

Roan nickte. »Ja, es ist tatsächlich eine sehr eindrucksvolle Technik.«

Reed gewann erneut den Eindruck von Unbehagen bei ihrem Gast, und der Captain nahm diese emotionale Reaktion des Sarkassianers ebenfalls zur Kenntnis.

»Verzeihen Sie mir meine Offenheit, Commodore«, sagte Archer, »aber Sie scheinen nicht besonders stolz darauf zu sein.«

»Nein, das bin ich nicht.« Roan seufzte. »Wissen Sie, während ich die köstliche Mahlzeit genossen habe, war mir klar, dass sie nicht umsonst ist. Ich muss einen Preis dafür bezahlen – indem ich Ihnen ein Geheimnis anvertraue, das mein Volk seit Jahrhunderten hütet.«

»Einen Augenblick«, sagte der Captain. »Unsere Hilfe hat keinen Preis, Commodore. Deshalb haben wir Sie nicht gerettet.«

»Wir erwarten auch nicht von Ihnen, dass Sie die Behandlung irgendwie bezahlen«, fügte Phlox hinzu, während er den Commodore mit einem medizinischen Tricorder sondierte. »Da wir gerade dabei sind: Ich sollte mich um Ihre Brandwunden kümmern. Sie dürften recht schmerzhaft sein.«

Roan winkte ab. »Ich bin an Schmerzen gewöhnt. Vor allem dann, wenn es dabei um Verbrennungen geht.« Er deutete auf die roten und blauen Flecken in der einen Gesichtshälfte.

»Ich könnte Ihnen etwas geben, damit Sie sich besser fühlen«, sagte Phlox.

»Nein. Ich brauche alle meine geistigen Kräfte, Doktor. Um mit Valay fertig zu werden – und um Ihnen die Situation zu erklären.«

Roan schwieg einige Sekunden lang und alle warteten darauf, dass er fortfuhr.

»Wir haben über Ihre Technik gesprochen«, sagte Archer. »Über das Störfeld.«

»Nein.« Roan schüttelte den Kopf. »Es ist nicht unsere Technik.«

»Botschafterin Valays Störfeld ...«

»Nein«, wiederholte Roan. »Sie verstehen nicht. Das Störfeld, seine Technik ... Wir haben sie nicht selbst entwickelt.«

»Moment mal«, warf Trip ein. »Wenn die Technik nicht von Ihnen stammt – von wem dann?«

Reed hatte eine plötzliche Ahnung. »Von den Ta'alaat. Deshalb der Krieg zwischen Ihren Völkern.«

»Nein, nein.« Roan lächelte schief. »Obwohl ... In gewisser Weise haben Sie Recht. Bei dem Krieg geht es tatsächlich um Technik. Um Technik und darum, dass mein Volk sie sich angeeignet hat.«

»Ich bin ein wenig verwirrt, Commodore«, sagte Archer. »Wenn es nicht die Technik der Ta'alaat ist – wieso sind sie dann so erzürnt?«

»Weil sie glauben, einen berechtigteren Anspruch darauf zu haben. Allerdings wäre es den meisten Ta'alaat lieber, wenn niemand Zugang zu jener Technologie hätte – abgesehen von ihren rechtmäßigen Eigentümern.«

»Und wer sind die rechtmäßigen Eigentümer?«, fragte der Captain.

»Das wissen wir nicht. Niemand weiß es.«

»Da komme ich nicht mehr mit«, sagte Trip.

»Es ist ganz einfach. Während der letzten Jahrhunderte hat sich mein Volk nicht auf der Grundlage eigener Anstrengungen weiterentwickelt, sondern durch die Entdeckung der Maschinen eines anderen Volkes. Maschinen, die trotz ihres enormen Alters weit über die Errungenschaften unserer Wissenschaft hinausgehen. Für uns grenzt ihre Technik oft an ein Wunder.«

Plötzlich ergab für Reed alles einen Sinn.

»Jenes Volk, das Sie gerade erwähnten ...«, sagte er. »Es baute den Außenposten auf dem Planetoiden.«

»Ja. Und es verließ ihn vor etwa zehntausend Jahren.«

Reed erinnerte sich an die Mulden in der Oberfläche des Asteroiden und begriff, worum es sich handelte. Ausgrabungsstätten. »Sie haben dort archäologische Ausgrabungen vorgenommen.«

»Ja. Unsere Wissenschafter hatten gerade das Tunnelsystem gefunden, als der Angriff erfolgte.«

»Verfügen Sie über Aufzeichnungen mit detaillierten Angaben über die von Ihren Wissenschaftlern entdeckten Maschinen, Commodore?«, fragte Phlox. »Entsprechende Informationen könnten uns dabei helfen herauszufinden, was mit unserem Besatzungsmitglied geschehen ist.«

»Ich bin ziemlich sicher, dass solche Aufzeichnungen existieren«, sagte Roan. »Aber leider befinden sie sich dort unten auf dem Planetoiden – und wir sind hier oben.«

»Wer waren die Fremden, die den Außenposten gebaut haben?«, fragte Archer.

»Das wissen wir nicht. Im Lauf der Jahrhunderte fanden wir in diesem Raumsektor Dokumente, die verschiedene Namen für jenes Volk nannten: die Anu'anshee, die Krytallaner, die Irakua. Es ist uns nie gelungen, ihre Schriftsprache zu entziffern und festzustellen, wie sie sich selbst nannten.«

»Die Anu'anshee«, wiederholte T'Pol. »Interessant. Wenn ich mich recht entsinne, wird dieser Name in einer vulkanischen Datenbank genannt und bezieht sich auf das erste bekannte Volk in der Galaxis mit Warp-Potenzial.«

»Das überrascht mich nicht. Unsere Wissenschaftler gelangten zu dem Schluss, dass die Fremden vor vielen Jahrtausenden praktisch überall im Quadranten präsent waren.«

»Das erklärt noch immer nicht, warum zwischen Ihrem Volk und den Ta'alaat Krieg herrscht«, sagte Trip. »Warum ist die Technik für die Ta'alaat so wichtig?«

»Sie halten die Anu'anshee für Götter.« Roan trank einen Schluck Wasser. »Zur ersten Begegnung mit den Ta'alaat kam es vor einigen hundert Jahren, bei einem unserer ersten Warpflüge. Sie waren weitaus primitiver als wir und hatten gerade den Übergang von einer nomadischen Kultur zu einer landwirtschaftlich geprägten Zivilisation hinter sich. Wir wollten ihren Planeten verlassen, ohne einen Kontakt herzustellen – bis wir anomale energetische Signaturen in einer ihrer Städte orteten.«

»Ich nehme an, sie stammten von einer Energiequelle wie der in der Pyramide«, spekulierte Reed.

»Ja«, bestätigte der Commodore. »Wir fanden einen so hoch entwickelten und komplexen Kraftfeldgenerator, dass man weitere Nachforschungen für notwendig hielt. Unglücklicherweise befand sich der Generator in einem Tempel der Ta'alaat, an einem heiligen Ort.«

»Mir wird allmählich klar, worum es hier geht«, sagte Archer.

»Mir auch«, fügte Trip hinzu. »Sie haben die Ta'alaat aus ihrem Tempel hinausgeworfen. Nun, das dürfte ihnen kaum gefallen haben.«

»Ich versuche nicht zu rechtfertigen, was vor Jahrhunderten geschehen ist«, sagte Roan. »Ich möchte nur erklären. Mein Volk war auf anfänglichen Hass vorbereitet – wir hatten bereits entschieden, die Früchte der neuen Technik mit den Ta'alaat zu teilen, als eine Art Wiedergutmachung. Aber wir unterschätzten damals, wie sehr sie jene Orte verehrten.«

»Wenn man bei jemandem das Blut in Wallung bringen möchte, so fängt man am besten damit an, Respektlosigkeit der Religion gegenüber zu zeigen.«

»Wenn ›Blut in Wallung bringen‹ so viel wie ›zornig machen‹ bedeutet … Es ist eine Untertreibung, Commander. Wir hatten keine Ahnung, wozu die Ta'alaat bereit sind, um ihren Glauben zu verteidigen. Innerhalb von hundert Jahren wurden aus Steine werfenden Wilden Krieger mit Energiewaffen. Ihre Angriffe wurden immer gefährlicher. Was auf dem Planetoiden unter uns geschah, ist die bisher schlimmste Einzelaktion: sechzig Tote, unschuldige Wissenschaftler.«

»Bitte verzeihen Sie«, sagte T'Pol, »aber aus dem Blickwinkel der Ta'alaat gesehen, sind die Wissenschaftler so schuldig wie Leute, die einen ihrer Tempel entweihen.«

»Selbst im Krieg ist es ein Unterschied, ob man Soldaten angreift oder Zivilisten.«

»Logisch gesehen ist letztendlich alles eine Frage der Perspektive.«

»Das erklärt, warum Goridian und die Ta'alaat Ihr Volk hassen«, sagte Captain Archer. »Aber es erklärt nicht den Kampf zwischen Ihnen und Botschafterin Valay.«

»Es ist alles Teil des gleichen Kampfes, Captain«, erwiderte Roan. »Einige von uns – und ich gehöre zu ihnen – glauben, dass wir nur dann einen Ausweg aus dieser Situation finden, wenn die Politik der vergangenen Jahrhunderte geändert wird. Andere, unter ihnen Botschafterin Valay, sieht in unserem Konflikt mit den Ta'alaat einen echten Krieg, den wir unbedingt gewinnen müssen.«

»Ihre bisherigen Ausführungen deuten darauf hin, dass es ein recht einseitiger Krieg wäre«, sagte Reed.

»Die Ta'alaat verfügen inzwischen über eigene Waffen«, entgegnete Roan. »Aber der Kampf wäre nur kurz. Eigentlich könnte man gar nicht in dem Sinne von einem Kampf sprechen. Es käme zu einem *Massaker*.«

»Das erklärt, warum Valay Goridian umbrachte. Aber für ihren Angriff auf Sie steht noch immer eine Erklärung aus.«

»Mein Ruf«, sagte Roan. »Das, was ich bin. Wissen Sie, meine Einstellungen den Ta'alaat gegenüber haben sich früher kaum von denen der Botschafterin unterschieden. Ich galt als eine Art Held, muss ich leider sagen. Wegen gewisser Ereignisse.«

»Dar Shalaan«, vermutetet Reed. Das Fehlen von Überraschung im Gesicht des Commodore zeigte ihm, dass er Recht hatte. »Aber was verspricht sich Valay von Ihrem Tod?«

»Ich habe versucht, eine Antwort auf diese Frage zu finden«, sagte Roan. »Vielleicht will Valay behaupten, die Ta'alaat hätten mich umgebracht, um dadurch noch mehr Unterstützung für ihre Sache zu gewinnen.«

»Ihr Tod würde nur garantieren, dass die Feindschaft zwischen Ihrer Partei und der der Botschafterin wächst«, meinte der Captain.

»Größer kann sie kaum werden«, erwiderte Roan. »Meiner Ansicht nach stehen wir seit Monaten unmittelbar vor einem Bürgerkrieg, aus dem niemand als Sieger hervorgehen würde.«

»Das stimmt nicht ganz«, sagte Reed. »Den Ta'alaat würde ein sarkassianischer Bürgerkrieg zweifellos zum Vorteil gereichen.«

»Glauben Sie, die Botschafterin steht insgeheim auf der Seite der Ta'alaat?«, fragte Roan. »Das bezweifle ich. Immerhin hat sie Goridian getötet. Nein, derzeit lässt sich einfach nicht feststellen, welche Pläne sie verfolgt. Ich muss versuchen, mich mit unserer Regierung in Verbindung zu setzen.«

T'Pol und Archer wechselten einen Blick.

Bevor einer von ihnen antworten konnte, stand Phlox auf. »Zunächst einmal müssen Sie mich zur Krankenstation begleiten, Commodore. Dort möchte ich die Untersuchungen zum Abschluss bringen und mich vergewissern, dass Ihre Verletzungen heilen.«

Roan schüttelte den Kopf. »Ich weiß Ihre Besorgnis zu schätzen, Doktor, aber die Lage ist so ernst, dass ich für solche Dinge keine Zeit erübrigen kann …«

»Ich erkenne den besonderen Tonfall in Phlox' Stimme, Commodore«, sagte Captain Archer. »Sie sollten sich ihm besser fügen. Andernfalls betäubt er Sie vielleicht, um Sie anschließend auf diesem Tisch hier zu untersuchen.«

Archer lächelte bei diesen Worten, aber er gab ihnen auch einen fast befehlenden Klang. Er wollte, dass Roan zusammen mit Phlox ging, damit er die Situation mit den Führungsoffizieren besprechen konnte.

»Nun ...« Roan sah vom Captain zum Arzt und nickte langsam. Reed hatte das Gefühl, dass der Commodore genau wusste, was vor sich ging. »Das sollten wir besser vermeiden, nicht wahr?«

»Ja«, pflichtete ihm Archer bei.

»Na schön«, sagte Roan. »Also zur Krankenstation.«

»Gut. Folgen Sie mir. Captain, ich werde Sie so bald wie möglich über den Zustand des Commodore informieren. Ich wünsche Ihnen allen einen guten Morgen.«

Phlox verließ den Raum, gefolgt von Roan. In der offenen Tür blieb der Commodore noch einmal stehen und sah zu Archer.

»Wie auch immer Sie entscheiden, Captain – Sie haben mir das Leben gerettet und dafür danke ich Ihnen.«

»Gern geschehen«, sagte Archer.

Roan trat nach draußen und hinter ihm schloss sich die Tür.

»Was für ein Schlamassel«, sagte Trip. »Wir sind nicht nur in einen Krieg geraten – es ist auch noch ein Bürgerkrieg.«

»Wir müssen den Commodore mithilfe des Transporters zurück auf den Planetoiden transferieren und uns anschließend zurückziehen«, sagte T'Pol.

»Da stimme ich ihr zu«, ließ sich Trip vernehmen. »Wir haben ihm das Leben gerettet und das ist eine gute Sache, aber jetzt wird's Zeit für uns, diesen Ort zu verlassen.«

»Bevor wir herausfinden, was mit Ensign Hart geschehen ist?«, fragte Reed.

»Wir wissen, was mit ihr geschehen ist«, sagte T'Pol. »Sie starb. Wenn Sie vorschlagen möchten, dass wir auf dem Planetoiden nach Hinweisen darauf suchen sollten, was jene Verhaltensmuster bewirkte, die schließlich zum Tod von Ensign Hart führten ... Eine solche Aktion wäre sehr töricht. Entsprechende Informationen sind nicht das Risiko wert, in einen Bürgerkrieg verwickelt zu werden.«

Trip seufzte schwer. »Auch in dieser Hinsicht muss ich ihr Recht geben, Malcolm. Tut mir Leid. Selbst wenn wir Hart einmal beiseite lassen: Wenn wir den Planetoiden noch einmal aufsuchen, fordern wir es geradezu heraus, dass man auf uns schießt.«

»Da bin ich nicht so sicher«, sagte Archer leise.

»Captain?« Trip sah ihn überrascht an. »Du hast doch hoffentlich nicht vor, hier mitzumischen, oder? Wir bekämen es noch einmal mit einer Sache wie bei den Suliban-Flüchtlingen zu tun. Die Leute würden ebenso davon hören wie Zobral und dann wäre es nur noch eine Frage der Zeit, bis sie an unsere Tür klopfen und um Essen, Waffen und Gott weiß was sonst noch bitten.«

»Ich glaube nicht«, erwiderte Archer. »Valay hat Goridian umgebracht, sich große Mühe gegeben, uns zu verärgern, und Roan angegriffen ... Mein sechster Sinn sagt mir, dass dies in keinem Zusammenhang steht mit den politischen Meinungsverschiedenheiten zwischen ihr und dem Commodore.«

T'Pol sah ihn fragend an. »Ihr sechster Sinn?«

»Eine Redensart von uns Menschen. Damit ist der Instinkt gemeint.«

»Dann muss ich Ihnen widersprechen. Der Instinkt bildete keine zuverlässige Basis für Entscheidungen. Vulkanier vertrauen Präzedenzfällen und der Wahrscheinlichkeit.«

»Dann vertrauen Sie mir.« Archer lächelte. »Denn die

Präzedenzfälle zeigen, dass ich aller Wahrscheinlichkeit nach Recht habe.«

T'Pol schwieg und ihr Gesichtsausdruck veränderte sich nicht.

Trip hob die Hände und ließ sie wieder sinken. »Zum Teufel auch, ich weiß gar nicht, warum wir überhaupt solche Besprechungen veranstalten. Du lässt dich ohnehin nicht umstimmen, wenn du einmal eine Entscheidung getroffen hast?«

»Welche Maßnahmen wollen Sie ergreifen, Captain?«, fragte T'Pol.

»Darüber muss ich erst noch nachdenken«, sagte Archer, ging zum Fenster und sah zum Planetoiden unter der *Enterprise*.

Reed folgte seinem Blick, vorbei an den sarkassianischen Schiffen zum Außenposten.

Sein sechster Sinn – sein Instinkt, die leise Stimme in seinem Innern, wie auch immer man es nennen wollte – teilte ihm mit, dass sich die Antworten dort unten befanden. Die Antworten auf die Fragen nach Goridians Verhalten, Valays Reaktionen und vor allem …

Und vor allem die Antwort auf die Frage, was mit Alana geschehen war.

16

Shuttlehangar Zwei
13.01.2151, 17:04 Uhr

Halten Sie sie fest«, sagte Phlox. Der Arzt lud den Injektor in seiner Hand mit einer Ampulle.

Alana lag auf dem Wagen vor ihm. Reed stand auf der einen Seite, Trip auf der anderen. Jeder von ihnen hielt einen Arm der jungen Frau und Bishop kümmerte sich um die Beine. Es fiel ihnen nicht leicht, sie festzuhalten. Die Anfälle hatten nicht nachgelassen, waren sogar noch schlimmer geworden. Reed fragte sich, wie lange Alana das noch ertragen konnte.

Vielleicht gab ihr Körper irgendwann einfach auf.

»Was ist nur mit ihr los?«, fragte Trip und schnitt eine Grimasse, während er den Arm blockierte. Schweiß glänzte auf seiner Stirn und er wirkte völlig fassungslos. Das galt für sie alle: Trip, den Captain, selbst Phlox.

Die ganze Landegruppe – sowie Phlox und Ensign Cutler – befand sich im Shuttlehangar. Hinzu kam der Fremde, den Reed in der Pyramide gefunden hatte, in Harts Nähe. Er war nicht tot, sondern komatös. Cutler sondierte ihn gerade mit einem medizinischen Tricorder.

»Wenn ich wüsste, was mit Ensign Hart los ist, könnte ich sie behandeln, Commander«, erwiderte Phlox gereizt.

»Gibt es keinen Hinweis auf die Ursache ihres Zustands?«, fragte Archer.

»Nein. Um es laienhaft auszudrücken: In ihrem Gehirn kam es zu einem Kurzschluss und ich kann die betreffende Stelle in der Verdrahtung nicht finden. Ensign Hart hat nie zuvor an solchen Anfällen gelitten und nichts deutet auf ein physisches Trauma hin.« Der Arzt kontrollierte den Injektor und überprüfte die Dosis. »Das dürfte genügen.«

Mit einer schnellen Bewegung senkte er den Injektor und presste ihn an die Schulter der jungen Frau. Reed verzog voller Anteilnahme das Gesicht.

Alana reagierte nicht auf die Injektion.

»Das sollte helfen«, sagte Phlox. »In einigen Minuten.«

»Was haben Sie ihr gegeben?«, fragte Archer.

»Diaphragen«, antwortete der Arzt.

»Ist das nicht ein Gift?«, entfuhr es Reed erschrocken.

»In diesem Fall wirkt das Mittel dämpfend«, erklärte Phlox. »Ich kann nichts gegen die Ursache der Anfälle unternehmen, wohl aber gegen ihre physiologische Manifestation.«

»Warum haben Sie ihr nicht einfach ein Sedativ verabreicht, um sie schlafen zu lassen?«

»Nein. Das Diaphragen lähmt nur die großen Muskelgruppen. Aber sie komplett zu betäuben, während sie an diesen Anfällen leidet ... Das könnte Auswirkungen auf ihr vegetatives Nervensystem und damit auch die Atmung haben. In der Krankenstation wäre ich vielleicht bereit, so etwas zu riskieren, aber nicht hier.«

Alana warf sich nach rechts und fast hätte sich ihr Arm aus Reeds Griff gelöst. Sie zuckte so heftig, als wäre sie elektrischen Entladungen ausgesetzt. Ein Kurzschluss – so hatte es der Arzt genannt.

Elektrizität.

Der Geruch in der Pyramide ...

Zusammen mit Trip hielt er Alana fest, bis das Schlimmste vorbei war. Dann berichtete er Phlox von seinen Eindrücken in der Pyramide.

»Interessant«, sagte der Arzt. »Ein starker elektrischer

Schlag – das könnte einige der Messwerte erklären, die ich bei der Untersuchung gewonnen habe. Aber Ihnen fiel keine Waffe auf, oder?«

Reed schüttelte den Kopf. »Auch keine Maschinen irgendeiner Art.«

»Dann müssen wir auf den Planetoiden zurückkehren«, sagte Phlox. »Um herauszufinden, was die Anfälle verursachte.«

»Sie können mit einer Analyse meiner Tricorderdaten beginnen, Doktor«, sagte Archer. »Wir hatten noch keine Gelegenheit, sie auszuwerten.«

Der Captain, Hoshi und Bishop waren ebenfalls in der Pyramide gewesen – ihre Lebenszeichen hatte Reed geortet, während er Hart in den Armen hielt. Sie hatten sich von Alana getrennt, als sich der Tunnel, in dem sie unterwegs gewesen waren, teilte und in zwei verschiedene Richtungen führte. Natürlich hatte Reed das erst später erfahren, an Bord des Shuttles. Angesichts von Harts Zustand war das Zusammentreffen mit den anderen weniger freudig, als es sonst der Fall gewesen wäre.

Alanas Zuckungen ließen nach.

»Doktor«, sagte Reed und lenkte die Aufmerksamkeit des Arztes auf die Patientin.

»Ah. Das Diaphragen scheint zu wirken. Gut.«

Reed ließ Alanas Arm los; er sank neben ihr auf den Wagen.

»Wir müssen sie sofort zur Krankenstation bringen.« Phlox begann damit, der Reglosen Gurte anzulegen, und Reed half ihm dabei.

»Was ist mit ihm?«, fragte Archer und nickte in Richtung des Fremden.

»Er zeigt keine vergleichbaren Symptome, wenn Sie das meinen«, sagte Phlox. »Ich hatte noch keine Zeit für eine gründliche Untersuchung, aber was ich bisher festgestellt habe …«

Das Interkom summte.

»Brücke an Captain Archer. Brücke an Captain.«

Mayweather. Und er klang sehr aufgeregt.

»Hier Archer.«

»Wir haben zwei Raumschiffe geortet, die sich uns schnell nähern.«

»Ich bin unterwegs.« Archer wandte sich an Phlox. »Geben Sie mir sofort Bescheid, wenn sich an Ensign Harts Zustand etwas ändert. Alle anderen – kehren Sie zu Ihren Stationen zurück.«

Trip, Hoshi und T'Pol folgte dem Captain durch die Tür.

Reed zögerte.

»Sie können nichts für sie tun, Lieutenant.«

Er drehte sich um und begegnete dem Blick des Arztes.

»Gehen Sie«, sagte Phlox. »Sie hören von mir, sobald sich irgendetwas ergibt.«

Reed nickte. »Danke.«

Im Laufschritt verließ er den Shuttlehangar.

Reed trat aus dem Turbolift und stellte fest, dass der Hauptschirm einen Humanoiden zeigte – er saß in einem Raum, der das Äquivalent zur *Enterprise*-Brücke zu sein schien. Er erweckte den Eindruck, zum gleichen Volk zu gehören wie der Fremde, den sie in der Pyramide gefunden hatten: die Haut bleich, fast durchsichtig, das Haar schneeweiß. Andererseits wirkten der Mann auf dem Bildschirm und die anderen Gestalten, die Reed im Hintergrund sah, wie gestreckte Versionen des Überlebenden aus dem Außenposten. Diese Geschöpfe waren groß und dünn, nach menschlichen Maßstäben sogar ausgezehrt.

Reed hielt sich nicht für einen Experten in Hinsicht auf Körpersprache, aber ihm fiel auf: Zwar sprach der Humanoide scheinbar ruhig und entspannt, doch er schien sich alle Mühe zu geben, seine wahren Gefühle unter Kontrolle zu halten und zu verbergen. Und eines dieser Gefühl war zweifellos Zorn.

»Er sieht nicht sehr glücklich aus«, sagte Reed.

»Vielleicht gehört der Außenposten dort unten ihm.« Archer nahm im Kommandosessel Platz. »Unterbrechen Sie die Audio-Übertragung, bis der Translator genug Daten für eine Übersetzung hat.«

»Aye, Sir.« Ensign Carstairs saß an Hoshis Station und betätigte die Kontrollen. Die Stimme des Fremden verstummte.

Reed reaktivierte das taktische Display und begann mit einer Sondierung der beiden Raumschiffe. Während er damit beschäftigt war, hörte er Gesprächsfetzen.

Mayweather:

»... kommen aus Richtung null null sechs Komma vier. Sie versuchten sofort, einen Kom-Kontakt herzustellen, und wir antworteten mit den üblichen Grußsignalen ...«

Hoshi:

»... läuft die Frequenzanalyse. Ich lasse die Daten durch die Donaldson-Matrix laufen. Das sollte uns bald eine Grundlage geben ...«

T'Pol:

»... zwei Schiffe, beide zusammen etwa die Hälfte der *Enterprise*-Masse«, sagte die Vulkanierin. »Warp-Kapazität.«

»Malcolm?«

Reed sah auf und stellte fest, dass der Captain den Kommandosessel in seine Richtung gedreht hatte.

»Welche Informationen haben Sie für mich?«, fragte Archer.

»Ich möchte es Ihnen auf dem Schirm zeigen.«

»In Ordnung.«

»Können Sie auf eine Außenansicht der Schiffe umschalten, Travis?«, fragte Reed.

»Aye, Sir«, erwiderte Mayweather. Der Humanoide

verschwand vom Schirm und wich der Darstellung des Alls außerhalb der *Enterprise*.

Eins der beiden fremden Schiffe beanspruchte einen großen Teil des Projektionsbereichs.

Es sah gefährlich aus – ein für den Kampf bestimmtes Raumschiff. Die Form entsprach der einer Pfeilspitze und der Rumpf schien aus einem einzelnen, silbrig-schwarzen Metallkörper zu bestehen. Ohne das matte grüne Glühen, das sich vor der Schwärze des Alls abzeichnete, wäre er kaum sichtbar gewesen.

»Scheußlich«, sagte Travis.

»So soll es aussehen.« Reed sah auf die Anzeigen der taktischen Station und nannte die wichtigsten Daten.

»Die Sensoren orten sechs Waffenstationen, in gleichen Abständen am Rumpf verteilt. Es scheint sich um Projektoren für Energiestrahlen zu handeln. Nichts deutet auf Fusionswaffen hin. Das matte grüne Glühen stammt von einem Schirmfeld. Ich schätze, für unsere Kanonen stellt es kein nennenswertes Hindernis dar.«

»Hoffen wir, dass wir es nicht herausfinden müssen«, sagte Archer. »Wo ist das andere Schiff?«

»Es befindet sich hinter uns, in der gleichen Umlaufbahn«, antwortete T'Pol.

»Perfekte Angriffsposition«, kommentierte Reed. »Ich empfehle die Polarisierung unserer Rumpfplatten, Sir.«

»Noch nicht, Malcolm«, sagte Archer. »Versuchen wir zuerst, miteinander zu reden.«

»Captain …«

Archer wandte sich der Kommunikationsspezialistin zu.

»Der Translator hat jetzt genug Daten. Die Fremden nennen sich Sarkassianer und ihr Kommandant ist ein gewisser Commodore Roan.«

»Gute Arbeit. Auf den Schirm.«

Der Humanoide erschien wieder auf dem Hauptschirm und gleichzeitig erklang seine Stimme. Diesmal waren die Worte verständlich.

»… erklären Sie Ihre Präsenz. Wir sind …«

»Entschuldigen Sie bitte«, sagte der Captain.

Der Fremde – Roan – sah auf. Für eine Sekunde zeigte sich Überraschung in seinem Gesicht, dann erschien ein Lächeln auf den Lippen.

»Ihre Übersetzungsgeräte arbeiten schneller als unsere«, sagte er.

Archer erwiderte das Lächeln. »Uns standen mehr Daten zur Verfügung. Ich bin Captain Jonathan Archer vom Raumschiff *Enterprise*.«

»Commodore Roan S'acree von der Verteidiger *Talbot*. Ich repräsentiere das Sarkassianische Reich. Sie befinden sich in unserem Raumgebiet.« Das Lächeln blieb auf Roans Lippen, aber der Glanz in seinen Augen passte nicht dazu.

Reed erkannte Argwohn. Der Commodore misstraute ihnen.

»Wir wussten nichts von Ihren Ansprüchen auf diesen Raumbereich«, erwiderte Archer. »Wir haben auf Signale reagiert, die von dem Außenposten auf dem Planetoiden kamen und die wir für einen Notruf hielten.«

»Der Außenposten wurde zerstört«, sagte Roan. »Was wissen Sie darüber?«

»Ich kann Ihnen mitteilen, was wir gesehen haben.«

»Sie sind dort unten gewesen?« Roan riss die Augen auf und versuchte nicht mehr, seinen Zorn zu verbergen.

»Wie ich schon sagte: Wir glaubten, einen Notruf zu empfangen.« Archer fasste die Beobachtungen im Außenposten zusammen und erwähnte auch den Überlebenden, den sie an Bord der *Enterprise* gebracht hatten.

»Sie werden uns jenen Mann unverzüglich überlassen.«

»Er liegt im Koma. Unser Bordarzt behandelt ihn gerade.«

»Unsere medizinischen Experten kennen sich viel besser mit unserer Physiologie aus, Captain. Wir sollten uns selbst um unsere Leute kümmern.«

Archer zögerte. »Ich bitte unseren Arzt, Ihnen die Untersuchungsergebnisse zu übermitteln. Ihre Mediziner können ihn beraten.«

»In Ordnung.«

Archer nickte einem Ensign zu, der sofort zum nächsten Interkom eilte, um Dr. Phlox zu verständigen.

»Ich möchte Sie und einige Mitglieder Ihrer Crew einladen, an Bord der *Enterprise* zu kommen«, sagte der Captain. »Unseren Grußsignalen können Sie entnehmen, dass Starfleet eine Organisation ist, die auf Respekt unseren Nachbarn gegenüber und den Prinzipien des Friedens basiert.«

»Aber abgesehen von Ihren Friedensprinzipien ist die *Enterprise* mit Energiewaffen und Fusionstorpedos ausgestattet«, sagte Roan. »Vielleicht gehen die Beschädigungen unseres Außenpostens darauf zurück.«

»Wir haben Ihren Außenposten nicht angegriffen.«

Roan nickte. »Wir werden sehen.«

Ein anderer Sarkassianer trat vor und flüsterte Roan etwas ins Ohr. Sein Gesichtsausdruck blieb unverändert, als er zuhörte.

»Captain, ich muss unseren Kontakt unterbrechen«, sagte Roan. »Ich melde mich gleich wieder.«

Er verschwand vom Schirm.

»Die Sarkassianer empfangen Kom-Signale auf einer Subraum-Frequenz«, sagte Hoshi. »Sie sind verschlüsselt, aber wir sollten eigentlich in der Lage sein …«

»Nein«, unterbrach Archer die Kommunikationspezialistin. »Die Signale gehen uns nichts an.«

Sie warteten. Reed überlegte, ob er die Situation nutzen sollte, um sich nach Alanas Zustand zu erkundigen. Er streckte die Hand zur Kom-Taste seiner Station aus, zögerte dann aber.

Phlox hatte versprochen, ihm sofort Bescheid zu ergeben, wenn er mehr herausfand oder sich das Befinden seiner Patientin veränderte. Er konnte also davon ausgehen, dass sich Alanas Zustand bisher nicht geändert hatte.

Vor dem inneren Auge sah er noch immer, wie sie zuckend auf dem Medo-Wagen lag.

»Die *Talbot* setzt sich wieder mit uns in Verbindung, Sir.«

»Auf den Schirm.«

Roan erschien auf dem Hauptschirm.

»Captain Archer ...«, sagte er ohne Einleitung, »ich bin angewiesen, Ihnen Folgendes mitzuteilen: *Enterprise*, Ihre Präsenz im sarkassianischen Raumgebiet ist ein Akt der Aggression und für uns ein Hinweis darauf, dass Feindseligkeiten zwischen unseren Völkern bestehen. Wenn sie eine Erklärung in Hinsicht auf Ihre Präsenz abgeben möchten, so muss sie auf der Grundlage der Protokolle des Kontakts zwischen unserem Reich und anderen Völkern erfolgen. Möchten Sie eine solche Erklärung abgeben?«

»Ich habe Ihnen bereits gesagt ...«

»Captain, möchten Sie sich mit einer entsprechenden Erklärung an einen offiziellen Repräsentanten unserer Regierung wenden?«

Reed sah zum Captain und stellte fest, dass es ihm schwer fiel, die Beherrschung zu wahren. Dann weckte ein akustisches Signal der taktischen Station seine Aufmerksamkeit. Er blickte auf die Anzeigen.

Die beiden sarkassianischen Raumschiffe leiteten Energie in ihre Waffensysteme.

Er drehte den Kopf, um Captain Archer zu warnen, begegnete dabei T'Pols Blick. Sie hob den Finger.

Warten Sie.

Archer atmete tief durch. »Ich möchte eine solche Erklärung abgeben. Einem offiziellen Repräsentanten Ihrer Regierung gegenüber.«

Roan nickte bestätigend.

Die beiden sarkassianischen Schiffe deaktivierten ihre Waffensysteme.

»Dann behalten Sie Ihre gegenwärtige Position bei und warten Sie, bis eine offizielle Regierungsdelegation eintrifft.«

»Wie lange dauert das?«, fragte Archer.

»Etwa anderthalb Rotationen des Planetoiden unter uns.«

»Sechsundzwanzig Stunden«, fügte T'Pol hinzu.

»Na schön«, sagte Archer. »In der Zwischenzeit ... Ein Mitglied meiner Crew wurde verletzt, als wir uns in dem Außenposten umsahen. Wir fragen uns nach der Ursache ...«

»Tut mir Leid, Captain. Aber die Kontaktprotokolle verbieten mir, das Gespräch mit Ihnen fortzusetzen.«

»Wir können uns inoffiziell unterhalten, Commodore.«

»Ich bedauere, aber so etwas kommt für mich nicht in Frage.«

Roan verschwand erneut vom Hauptschirm.

»Offenbar wird Commodore Roan an einer kurzen Leine gehalten«, sagte Reed.

Archer wandte sich an T'Pol. »Wissen Sie etwas über das Sarkassianische Reich? Welche Regierung gibt es dort? Wo befindet sich die Zentralwelt?«

»Mir sind keine derartigen Informationen bekannt, aber ich werde in der vulkanischen Datenbank suchen«, erwiderte T'Pol.

Das Interkom summte.

»Krankenstation an Captain Archer.«

Das war Phlox. Reed versuchte, ruhig zu bleiben.

»Hier Archer. Ich höre, Doktor.«

»Ensign Harts Zustand hat sich verändert«, sagte Phlox.

»Wie geht es ihr?«, entfuhr es Reed. Etwas stimmt nicht – er hörte es in der Stimme des Arztes.

»Ich glaube, Sie sollten hierher kommen«, sagte Phlox.

17

Enterprise
17.01.2151, 09:49 Uhr

Verwirrt zögerte Reed am Eingang der Krankenstation.

Was führte ihn hierher? Phlox hatte ihn von der Brücke gerufen. Weil sich Alanas Zustand verändert hatte. Aber …

Er runzelte die Stirn. *Nein, unmöglich.* Alana war tot. Und die Aufforderung des Arztes, zur Krankenstation zu kommen, lag Tage zurück.

Reed schüttelte den Kopf. Immer wieder erlebte er so etwas. Erinnerungen erwachten plötzlich und zwangen ihn, die schmerzlichen Momente der letzten Tage noch einmal zu erleben. Schlafmangel, vermutete er. Allerdings: Zu derartigen Auswirkungen war es nie zuvor gekommen. Nun, er musste sich konzentrieren …

Plötzlich fiel ihm wieder ein, welche Aufgabe ihn hier erwartete: Er sollte Commodore Roan abholen.

Reed holte tief Luft, straffte die Schultern und betrat die Krankenstation.

»Sie kommen genau zur richtigen Zeit, Lieutenant«, sagte Phlox. »Wir sind gerade fertig.«

»Ist alles in Ordnung?«, fragte Reed.

»Ja«, sagte Roan und schwang die Beine vom Diagnosebett.

»Nicht unbedingt«, schränkte Phlox ein. »Der Commodore hat extensive Brandverletzungen erlitten. Ich habe ihm ein Mittel gegeben, das den Schmerz lindert. Innerhalb der nächsten drei Stunden sollte er für eine zweite Dosis hierher zurückkehren.«

»Danke, aber das ist nicht nötig«, sagte Roan.

»Lieutenant ...« Phlox legte die Hände auf den Rücken und seine Lippen formten ein unnatürlich breites Lächeln, das Reed für übertrieben fröhlich hielt. »Bitte teilen Sie meine medizinischen Empfehlungen dem Captain mit.«

»Ja«, sagte Reed. »Allerdings ist der Commodore in drei Stunden vielleicht gar nicht mehr an Bord.«

Phlox runzelte die Stirn. Roan lächelte.

»Ihr Captain hat beschlossen zu helfen«, vermutete der Commodore.

»Und er bittet gleichzeitig um Hilfe«, sagte Reed.

Er hatte die Anweisung erhalten, Roan zum wissenschaftlichen Laboratorium auf dem E-Deck zu bringen. Unterwegs berichtete er ihm von Archers Plan.

»Mir scheint, bei dieser Vereinbarung schneide ich besser ab, Lieutenant.«

»Für uns sind verschiedene Dinge von Bedeutung, Commodore.«

»Wann beginnen wir?«, fragte Roan.

»Sobald uns T'Pol Bescheid gibt. Wenn Sie der Sache gewachsen sind.«

»Spielen Sie auf die Brandwunden an?« Roan schüttelte den Kopf. »Wie ich schon sagte: Ich bin an solche Verletzungen gewöhnt. Seien Sie unbesorgt.«

Reed sah zu den Flecken am Hals und im Gesicht des Commodore.

»Jene Wunden waren schlimmer«, sagte Roan, als er Reeds Blick bemerkte. »Sie erforderten Hauttransplantationen.«

»Es muss sehr schmerzhaft gewesen sein.«

»Um ganz ehrlich zu sein: Zum betreffenden Zeitpunkt habe ich nichts gespürt. Später, während der Rekonvaleszenz ... Da hatte ich starke Schmerzen.«

»Ich möchte Ihnen nicht zu nahe treten, Sir, aber ....

Phlox könnte etwas gegen die Verfärbungen unternehmen.«

»Dazu wären auch unsere Ärzte imstande. Aber ich lasse die Brandwunden lieber so, wie sie sind. Sie dienen mir als Erinnerung.«

»An Dar Shalaan?«

Roan nickte. »Ja.« Seine Augen trübten sich und Reed vermutete, dass er etwas anderes sah als den Korridor vor ihnen. »Bitte, Lieutenant … Ich möchte lieber nicht darüber reden.«

»Entschuldigen Sie, Sir. Ich wollte Sie nicht bedrängen.«

Doch nach einigen schweigend zurückgelegten Metern begann Roan wieder zu sprechen.

»Stellen Sie sich den wichtigsten religiösen Schrein auf Ihrer Welt vor. Stellen Sie sich vor, dass darum herum eine Stadt entstanden ist, im Lauf von Jahrtausenden, eine ganz dem Heiligtum gewidmete Stadt. Das war Dar Shalaan. Nicht die Hauptstadt der Ta'alaat, auch nicht ihre größte Metropole oder ihr wirtschaftliches Zentrum, aber trotzdem ihre wichtigste Stadt. Und ich habe sie zerstört.«

Die Worte strömten so aus dem Commodore, als hätte er sie zu lange zurückgehalten – jetzt wollte er sich endlich von ihnen befreien.

»Es war Krieg«, sagte Reed. »Im Krieg geschehen schreckliche Dinge.«

»Ja.« Roan blieb stehen. »Es war Krieg. Ein taktischer Gegenschlag. Ein Zwischenfall, dessen Konsequenzen niemand vorhersehen konnte. Ein Massaker. Dar Shalaan war dies alles – und noch etwas: meine Schuld. Ich trage die Verantwortung.«

»Als wir über die Geschichte der Erde sprachen, erwähnte der Captain drei Weltkriege«, sagte Reed. »In jedem dieser Kriege geschahen Dinge, die den Soldaten zu schrecklich erschienen, um sie jemals zu vergessen oder zu verzeihen. Und doch … Hier sind wir – Starfleet. Wir repräsentieren eine Welt, ein Volk. Wir haben die Vergangenheit überwunden.«

»Sie *sind* ein Volk«, erwiderte Roan. »Genau darum geht es. Die Ta'alaat hingegen sind eine andere Spezies.«

»Aber es ist die gleiche Situation. In unseren Kriegen ging es um gemeinsame Ressourcen, um Dinge, die wir nicht teilen wollten. Ihr Krieg betrifft die Hinterlassenschaften der Anu'anshee.«

»Wir haben versucht, sie mit den Ta'alaat zu teilen, Lieutenant. Dar Shalaan war das Ergebnis.«

Roan setzte sich wieder in Bewegung.

Er schien alles gesagt zu haben.

Der Commodore schwieg, bis sie das Laboratorium erreichten.

»Das ist Ensign Hoshi«, sagte Reed. »Unsere linguistische Expertin. Hoshi, Commodore Roan.«

»Ensign …«, sagte Roan. »Freut mich, Sie kennen zu lernen.«

»Gleichfalls.«

Hoshi nahm am einen Ende des langen Metalltisches Platz, vor einem mobilen Computerterminal. Einige der aus dem Außenposten stammenden Fragmente bildeten daneben einen Haufen. Weitere Objekte dieser Art lagen an anderen Stellen auf dem Tisch.

»Ist Ihnen bereits eine Übersetzung gelungen?«, fragte Reed.

Hoshi schüttelte den Kopf. »Ich habe einfach nicht genug Daten. Mir liegen nur vierzehn Symbole vor und es gibt keinen Hinweis darauf, was es damit auf sich hat. Es könnten Hieroglyphen sein, Buchstaben aus einem Alphabet, musikalische Noten …«

»Der Captain möchte, dass ich bei der Übersetzung helfe?«, fragte Roan.

»Ja.«

Der Commodore griff nach einem Fragment und betrachtete es einige Sekunden lang.

»Dies ist *Phondrikaar*.«

»Entschuldigen Sie bitte«, sagte Hoshi. »Könnten Sie das Wort wiederholen?«

»*Phondrikaar*.«

»Und was bedeutet es?«

»Es ist unser Name für die Legierung, aus der die Fragmente bestehen.« Roan sah zu Reed. »Diese Dinge stammen aus dem Außenposten.«

»Stimmt«, bestätigte der Lieutenant.

»Einige unserer Angriffsschiffe verwenden das Material, um nicht von den Sensoren des Gegners geortet zu werden. Im Kampf haben sich jene Schiffe als recht erfolgreich erwiesen.«

»Kann ich mir vorstellen«, sagte Reed.

Roan zögerte. »Ich muss zugeben, dass ich hierbei gemischte Gefühle habe, Lieutenant. Sie im Besitz wichtiger Teile unserer Technik zu sehen ... Es erinnert mich daran, dass wir derzeit zwar verbündet sind, aber nicht unbedingt die gleichen Interessen haben.«

»Wenn ich Sie an Ihre eigenen Worte erinnern darf, Sir – es ist nicht Ihre Technik.«

Roan rang sich ein Lächeln ab. »Guter Hinweis. Und doch ...«

»Wenn es Sie beruhigt ... Ich bin angewiesen, Ihnen mitzuteilen, dass wir die Fragmente Ihnen übergeben, bevor wir dieses Sonnensystem verlassen. Wir sind weniger an ihnen interessiert als an den Informationen, die sie enthalten.«

»Nun, wie dem auch sei ... Ich kann Ihnen nicht helfen. Ich schätze, nicht einmal unsere auf die Anu'anshee spezialisierten Fachleute wären dazu imstande. Sie sind ebenfalls bestrebt gewesen, die Zeichen zu deuten – ohne Erfolg. Wir haben nur eine begrenzte Anzahl der Symbole des Anu'anshee-Alphabets gefunden – wenn es ein solches Alphabet überhaupt gab –, und sie waren immer gleich angeordnet. Tut mir Leid.«

Hoshi nickte. »Trotzdem vielen Dank, Sir.«

Reed legte ihr kurz die Hand auf die Schulter. »Weitermachen, Ensign.«

Hoshi lächelte schief. »Was vermutlich bedeutet, dass ich meine Bemühungen fortsetzen soll, oder?«

»Ich habe keine anders lautenden Befehle erhalten.«

»Na schön.« Hoshi zuckte mit den Schultern und wandte sich wieder dem Terminal zu.

»Gibt es sonst noch etwas, Lieutenant?«, fragte Roan.

»Ja. Noch eine Sache – sehen wir uns kurz die vulkanische Datenbank an.« Reed führte den Commodore zur anderen Seite des Laboratoriums und aktivierte das dortige Terminal.

»Warum?«, fragte Roan.

»Wegen der Anu'anshee. Vielleicht enthalten die Aufzeichnungen etwas, das uns helfen könnte, den Zweck des Außenpostens auf dem Planetoiden und der Maschinen dort zu bestimmen.«

»Ich verstehe. Sie versuchen noch immer festzustellen, was mit dem Ensign geschehen ist.«

»Ja, Sir.«

»Das ist erstaunlich viel Mühe für ein einzelnes Besatzungsmitglied.«

»Man könnte sagen, dass wir uns auch in Hinsicht auf Sie viel Mühe gegeben haben, Commodore.«

Roan lachte, zum ersten Mal, seit Reed ihn kennen gelernt hatte.

»Na schön, Lieutenant. Sehen wir uns das Wissen der Vulkanier an.«

Die vulkanische Datenbank enthielt überraschend viele Informationen über die Anu'anshee. An zahlreichen Stellen wurden sie erwähnt – es gab hunderte von Hinweisen. Die meisten von ihnen waren irrelevant, apokryph und ungenau, historische Fragmente, in Form von religiösen oder mythologischen Texten überliefert. Manchmal wurden die Anu'anshee als Götter mit unglaublicher Macht beschrieben: Angeblich waren sie imstande, in vielen Sprachen gleichzeitig zu sprechen, innerhalb eines Augenblicks große Entfernungen zurückzulegen, Berge zu zerschmettern, die Umlaufbahn von Planeten zu verändern und so weiter. Es klang unglaublich, aber die Technik der *Enterprise* hätte es Reed ermöglicht, ähnliche Wunder zu vollbringen.

Andere Hinweise klangen noch fantastischer.

»›Selbst der Tod konnte sie nicht besiegen, denn ganz nach Belieben ließen sie die Substanz dieser Welt hinter sich zurück und wechselten von Fleisch zu Fleisch, ohne dass sich etwas an ihrer ewigen Essenz änderte. Sie gehörten zu dieser Welt und waren doch nicht Teil von ihr.‹« Reed runzelte die Stirn. »Ich bin mir nicht sicher, ob ich das verstehe.«

»Für mich ist das völlig unverständlich.«

Reed sah auf und stellte fest, dass Hoshi neben Roan stand.

»Entschuldigung«, sagte sie. »Ich habe es zufällig mitgehört.«

»Schon gut.« Reed stand auf. »Hier, ich überlasse Ihnen meinen Platz. Sie können sicher besser mit der Datenbank umgehen – Sie haben weitaus mehr Erfahrung damit als ich.«

Hoshi setzte sich und rückte den Stuhl näher an den Tisch. Dann blickte sie auf den Monitor und runzelte die Stirn.

»Ich beginne damit, indem ich den Suchbereich mit genaueren Abfrageparametern einschränke.«

»Wir wollen nichts übersehen, Ensign.«

»Nein, vertrauen Sie mir, Lieutenant. Solche Hinweise haben nicht den geringsten Informationswert für uns.« Sie deutete auf den Schirm und las: »›Sie sprachen als unsere Oberhäupter, mit der Stimme unserer Oberhäupter und im Fleisch unserer Oberhäupter, aber es waren noch immer Götter.‹« Sie schüttelte den Kopf. »Damit lässt sich nichts anfangen. Nun, mal sehen.«

Hoshis Finger huschten über die Tasten. Einige Sekunden lang zeigte der Monitor nichts, dann erschien ein neuer Text.

Reed lächelte. »Schon besser«, sagte er und beugte sich vor.

Er blickte auf eine Liste von etwa drei Dutzend Artikeln. Es waren längere Einträge, neueren Datums, und sie enthielten detailliertere Hinweise auf die Anu'anshee. Ein Artikel erwähnte von Vulkaniern durchgeführte archäologische Ausgrabungen in den Kandoge- und Camus-Systemen; in einem anderen ging es um die Etymologie des Namens Anu'anshee – vom cyreanischen Wort für *Sammler*, obwohl Hoshi darauf bestand, dass die genaue Übersetzung des Wortes »jene, die bewahren« lautete. Hinzu kamen Fotos von anderen Außenposten der Anu'anshee. Sie zeigten die gleiche Art von sonderbar geformten Gebäuden, die Reed auf dem Planetoiden gesehen hatte. Hoshi betätigte einige Tasten und sorgte dafür, dass jeweils ein Bild auf dem Monitor erschien.

»Commodore?«, fragte Reed. »Wirkt irgendetwas vertraut?«

»Es wirkt alles vertraut – die Anu'anshee hatten einen charakteristischen architektonischen Stil. Aber nichts ähnelt ...«

Er unterbrach sich.

Reed sah gerade rechtzeitig zum Monitor, um zu beobachten, wie das Bild einer zerstörten Stadt verschwand.

»Halten Sie die Darstellung an«, sagte er und legte Hoshi die Hand auf die Schulter. »Commodore? Ist Ihnen etwas aufgefallen?«

Roan starrte auf den Bildschirm.

»Zurück zum letzten Bild, Hoshi«, sagte Reed.

Die Ruinenstadt erschien erneut. Das Ausmaß der Zerstörung war enorm: geborstene Gebäude, rußgeschwärzte Grundmauern; Finger aus zerrissenem Metall deuteten wie anklagend oder beschwörend gen Himmel.

Mit dem Bild stimmte etwas nicht.

Mitten in der Darstellung zeigte sich ein silbrig-grüner Fleck.

»Hoshi«, sagte Reed und deutete darauf.

Sie verstand und vergrößerte den betreffenden Bereich.

Der silbrig-grüne Fleck schwoll an und zeigte einige Gebäude, umgeben von Bäumen, völlig unbeeinträchtigt von dem Etwas, das die Stadt in Schutt und Asche gelegt hatte.

»Wie ist das möglich?«, fragte Reed.

Hoshi kehrte zur ursprünglichen Darstellung der Stadt zurück und sie fanden einen weiteren grünen Fleck in der oberen rechten Ecke des Bilds. Die Linguistin holte auch ihn heran.

»Ein Park«, sagte sie.

Reed wechselte einen verwunderten Blick mit ihr.

Sie entdeckten noch einige andere silberne und grüne Flecken, die sich als unbeschädigte Bereiche der Stadt erwiesen.

»Was ist dies?«, fragte Reed. »Woher stammt das Bild?«

»Vom Planeten Ondahar VII«, sagte Hoshi und las die Hinweise am unteren Bildschirmrand. »Wir sehen die Reste der Hauptstadt, die durch eine enorme Explosion zerstört wurde, vor etwa sechstausend Jahren. Nach diesen Aufzeichnungen hatte die Stadt damals dreihunderttausend Einwohner. Die meisten von ihnen kamen ums Leben. Abgesehen von diesem Bild gibt es kaum mehr etwas, das an die ondaharische Zivilisation erinnert.«

»Hier muss irgendein Fehler vorliegen«, sagte Reed. Jemand schien zwei verschiedene Bilder der Stadt – das eine vor der Zerstörung, das andere danach – aufs Geratewohl übereinander kopiert zu haben.

»Nein«, widersprach Roan, der die ganze Zeit über geschwiegen hatte. Er beugte sich ebenfalls vor. »Ich habe dieses sonderbare Zerstörungsmuster schon einmal gesehen.«

»Aber ... es gibt gar kein Muster«, wandte Reed ein.

»Die von den Anu'anshee eingesetzten Energien ... Unsere Wissenschaftler meinen, sie unterliegen nicht den Regeln der linearen Raum-Zeit. Wenn diese Energien freigesetzt werden, so wirken sie sich nicht gleichförmig aus. Ein Gebäude wird zerstört, das daneben bleibt verschont. Im einen Augenblick hält eine Mutter die Hand ihres Kinds und im nächsten existiert das Kind nicht mehr.«

»Das ist kaum vorstellbar.«

»Den Beweis dafür sehen Sie hier auf dem Monitor. Und ich habe so etwas direkt erlebt. Was bei mir zu Brandwunden im Gesicht und am Hals führte, ließ zweihundert meiner Soldaten verschwinden.«

»So etwas wie in dieser Stadt geschah auch in Dar Shalaan«, vermutete Reed.

»Ja«, sagte Roan. »Aber in einem viel größeren Maßstab.«

Dreihunderttausend Personen waren bei der Katastrophe ums Leben gekommen, die die Hauptstadt des Planeten Ondahar VII zerstört hatte. Reed überdachte seine frühere Einschätzung der Macht und Fähigkeiten der Anu'anshee, des Potenzials ihrer Maschinen. Was hatten sie mit Alana angestellt?

Einmal mehr erinnerte er sich an den Geruch in der Pyramide – Ozon, Elektrizität. Aber er hatte dort keine Maschinen gesehen, nur aufrecht stehende rechteckige

Platten. Und auch Archers Tricorderdaten boten keinen Hinweis.

Was war geschehen?

Er hörte erneut die Stimme des Arztes:

»Wir müssen auf den Planetoiden zurückkehren«, hatte Phlox gesagt. *»Um herauszufinden, was die Anfälle verursachte.«*

Und plötzlich sah er den Doktor in der Tür der Krankenstation, mit deutlicher Sorge im Gesicht.

18

Krankenstation
13.01.2151, 21:54 Uhr

Lieutenant …«, sagte Phlox. »Hier entlang.« Er führte Reed an den Diagnosebetten vorbei – eins befand sich hinter einem Vorhang, vermutlich das von Alana – und in sein Büro.

Der große Monitor auf dem Schreibtisch des Arztes zeigte Alana: Sie saß auf dem Bett, noch immer in ihre Starfleet-Uniform gekleidet. Reed beobachtete, wie sie mit der Hand über die Bettkante strich, dann den diagnostischen Sensor daneben berührte, so neugierig, als sähe sie ihn zum ersten Mal.

Der Anblick ließ ihn lächeln. Er hatte mit dem Schlimmsten gerechnet, als er zur Krankenstation gekommen war.

»Es ist alles in Ordnung mit ihr«, sagte er. »Dem Himmel sei Dank.«

»In physischer Hinsicht geht es ihr gut. Die Anfälle haben aufgehört.«

»Das Diaphragen hat also seinen Zweck erfüllt.«

»Nein. Als ich mit Ensign Hart die Krankenstation erreichte, wirkte das Diaphragen schon nicht mehr. Die Anfälle begannen erneut. Die Körpertemperatur stieg um fünf Grad, das Herz schlug immer schneller, und der Blutdruck erreichte gefährliche Werte. Beim Muskelgewebe drohte ein Kollaps …« Phlox schüttelte den Kopf. »Ich war sehr besorgt.«

»Welche Maßnahmen haben Sie ergriffen?«

»Keine«, erwiderte der Arzt. »Die Anfälle hörten von ganz allein auf.«

»Ich sollte der Brücke Bescheid geben.« Reed streckte die Hand nach dem Kommunikator aus und dachte daran, dass sich der Captain nach einem so problematischen Tag bestimmt über eine gute Nachricht freuen würde. Archer hatte ihn allein zur Krankenstation geschickt – er wollte mit T'Pol reden, die in der vulkanischen Datenbank auf einige interessante Hinweise gestoßen war.

»Das sind die guten Nachrichten«, sagte Phlox. »Der Captain möchte sicher auch die schlechten hören.«

Reed erstarrte, die Hand auf halbem Wege zum Interkom.

»Fahren Sie fort«, wandte er sich an den Arzt.

»Ensign Hart scheint an Amnesie zu leiden.«

»Was?« Reed hätte viele Dinge für möglich gehalten, die mit Alana nicht in Ordnung waren, aber Amnesie …

»Sie hat ihr Gedächtnis verloren«, erklärte Phlox. »Sie erinnert sich nicht an ihr Leben an Bord dieses Schiffes, an ihre Freunde und Verwandten, die Orte, die sie besucht hat …«

»Ich weiß, was Amnesie bedeutet, Doktor. Ich … ich finde es nur überraschend, dass Ensign Hart an so etwas leidet.«

»Es kommt nicht ganz unerwartet. Ein neurologisches Trauma kann so etwas bewirken und käme auch als Ursache für die Anfälle in Frage.«

Reed erinnerte sich daran, was Phlox im Shuttlehangar gesagt hatte, unmittelbar nach ihrer Rückkehr vom Planetoiden:

»In ihrem Gehirn kam es zu einem Kurzschluss und ich kann die betreffende Stelle in der Verdrahtung nicht finden.«

»Sie haben kein entsprechendes Trauma festgestellt.«

»Nicht mit dem Tricorder, nein. Aber hier in der Krankenstation, mit der Scan-Kammer und einer nichtinvasiven Sondierung … Ich war sicher, etwas zu entdecken.«

»Aber Sie fanden nichts.«

»Nein. Und das erstaunt mich sehr – insbesondere in Hinsicht auf das Ausmaß der Amnesie.«

»Kein Trauma – das klingt für mich nach einer guten Nachricht, Doktor.« Reed runzelte die Stirn. »Ist eine andere Ursache der Amnesie möglich?«

»Vielleicht haben Sie eine falsche Vorstellung davon, wie Erinnerungen funktionieren, Lieutenant.« Phlox setzte sich und rückte den Stuhl näher zum Tisch. »Ich zeige es Ihnen.«

Der Arzt betätigte die Kontrollen und die noch immer auf dem Bett sitzende und ihre Umgebung beobachtende Alana verschwand vom Bildschirm. Ein Diagramm erschien.

»Das menschliche Gehirn, Lieutenant. Ich möchte Sie nicht mit detaillierten Beschreibungen seiner Anatomie langweilen. Begnügen wir uns mit dem Hinweis, dass die Großhirnrinde ...« Phlox zeigte auf den oberen Bereich des Diagramms. »... für praktisch alle höheren Hirnfunktionen zuständig ist. Das so genannte Ammonshorn bildet einen Teil dieser Hirnrinde ...« Diesmal deutete der Arzt auf eine Stelle unten im Diagramm. »... und spielt eine zentrale Rolle bei allen Dingen, die Erinnerungen betreffen. Von den Sinnen aufgenommene Informationen werden für die kognitive Assoziation dorthin geschickt und anschließend, wenn sie eine gewisse Bedeutung haben, in andere Bereiche des Gehirns weitergeleitet, um gespeichert zu werden. Ich nehme an, Sie sind mit den Konzepten des Kurz- und Langzeitgedächtnisses vertraut, oder?«

Reed nickte.

»Nun, um alles stark zu vereinfachen ...«

»Wofür ich Ihnen dankbar wäre.«

»Die Informationen des Kurzzeitgedächtnisses werden hier gespeichert.« Phlox deutete aufs Ammonshorn. »Die Daten des Langzeitgedächtnisses hingegen in der Großhirnrinde.«

»Was hat das mit Ensign Hart zu tun?«

»Dazu komme ich gleich«, sagte Phlox. Er betätigte eine Taste und Alana erschien wieder auf dem Monitor, ersetzte das Diagramm. Sie stand jetzt neben dem Diagnosebett, blickte auf das Bio-Display und erweckte dabei den Eindruck, es nie zuvor gesehen zu haben.

Der Arzt drehte den Kopf und sah Reed an.

»Zunächst einmal: Ensign Harts Ammonshorn ist unverletzt. Sie verfügt also nach wie vor über die Fähigkeit, Informationen aufzunehmen und neue Erinnerungen zu speichern. Seit ihrem Erwachen habe ich diesen Vorgang mehrmals beobachtet. Ich möchte betonen, dass dies für eine langfristige Prognose extrem wichtig ist.«

»Ich höre ein Aber, Doktor«, sagte Reed.

»Ja, es gibt ein Aber, und es betrifft das Ausmaß des Verlustes ihres Langzeitgedächtnisses. Ensign Hart erkennt weder mich noch das Schiff oder Bilder der anderen Besatzungsmitglieder. Sie scheint überhaupt keine Verbindung mehr mit ihrer Vergangenheit zu haben.«

»Das klingt so, als hätte sie alles vergessen.«

»Ja. Und deshalb müsste sich im Gehirn eigentlich ein massives neurologisches Trauma feststellen lassen, möglicherweise Hinweise auf den starken elektrischen Schlag, zu dem es nach Ihren Schilderungen auf dem Planetoiden gekommen sein könnte.« Phlox schüttelte den Kopf. »Es ist alles sehr rätselhaft – und beunruhigend.«

»Wieso?«

»Wenn kein Schaden existiert, kann auch nichts heilen, Lieutenant. Und das würde bedeuten: Was auch immer den Erinnerungsverlust verursacht hat – er lässt sich nicht rückgängig machen.«

»Alana wird sich nie wieder erinnern?«

»Ich bin nicht ganz sicher. Die Anfälle hörten von allein auf. Vielleicht kehren die Erinnerungen irgendwann spontan zurück.« Phlox zuckte mit den Schultern. »Aus der Fachliteratur geht hervor, dass die nächsten achtundvierzig Stunden von entscheidender Bedeutung sind.«

»Kann ich zu ihr?«, fragte Reed und deutete auf den Monitor. »Um mit ihr zu reden?«

»Ah.« Phlox hob den Zeigefinger. »Es gibt da noch ein Problem. Ensign Hart hat auch vergessen, wie man spricht.«

»Sie kann nicht sprechen?«

»Nein, obwohl mit ihren Stimmbändern alles in bester Ordnung ist. Sie hat ganz einfach die englische Sprache vergessen. Dabei handelt es sich um einen weiteren interessanten Aspekt des Gedächtnisverlustes, denn das Sprachzentrum und die Speicherung deklarativer Erinnerungen ...«

»Danke, Doktor«, unterbrach Reed den Arzt. »Das genügt vorerst. Ich gehe jetzt zu ihr.«

»Wie Sie meinen. Lieutenant ...«

»Ja?«

»Mir ist durchaus bekannt, dass Sie Ensign Hart recht nahe standen. Vielleicht rechnen Sie damit, dass Ihre Präsenz Erinnerungen zurückbringt. Möglicherweise ist das der Fall. Aber wenn nicht ...« Phlox' Stimme wurde ein wenig schärfer, als er fortfuhr: »Wie auch immer sich Ensign Hart verhält: Bitte reagieren Sie in keiner Weise negativ auf sie. Sie braucht jetzt vor allem unsere Unterstützung und positive, bestätigende Erlebnisse.«

»Ich verstehe, Doktor«, sagte Reed.

»Gut.« Phlox wandte sich dem Computerterminal zu und betätigte Tasten. Text erschien auf dem Bildschirm, in der kleinsten Schrift, die Reed jemals gesehen hatte.

»Sie kennen den Weg. Ich bin hier, wenn Sie mich brauchen.«

»Danke, Doktor.«

Reed stand am Vorhang, der Alanas Bett von den anderen trennte. Behutsam zog er ihn beiseite, gerade weit genug, um die junge Frau zu sehen.

Alana lag auf dem Bett und blickte zur Decke. Falten zeigten sich in ihrer Stirn und die Augen waren halb geschlossen – sie wirkte sehr konzentriert. Es war die alte Alana, die Reed kannte. So hatte sie während der ersten Schießübungen ausgesehen, als sie versuchte, mit der Phasenpistole vertraut zu werden und ihre Reflexe anzupassen. Optimismus erwachte in Reed. All die vielen Dinge, die sie vergessen hatte – Namen, Personen, Orte –, vielleicht fielen sie ihr wieder ein.

Er zog den Vorhang ganz beiseite und räusperte sich. »Entschuldige bitte.«

Alana erschrak beim Klang seiner Stimme. Sie drehte den Kopf und sah ihn an. Ihre Blicke begegneten sich …

Plötzlich begriff Reed, dass er sich geirrt hatte. Dies war nicht die Alana, die er kannte.

Die auf dem Diagnosebett liegende Person war jemand anders, und ihm völlig fremd – eine Person, die sich nicht an ihre Beziehung erinnerte, ihn nicht von anderen Besatzungsmitgliedern unterscheiden konnte. In den Augen der jungen Frau zeigten sich nur Argwohn und Sorge.

Reed erinnerte sich an den mahnenden Hinweis des Arztes und achtete darauf, weiterhin zu lächeln.

»Tut mir Leid«, sagte er. »Ich wollte Sie nicht erschrecken. Nun, ich weiß nicht, ob Sie mich verstehen … Ich bin Malcolm Reed.«

Sie blieb wachsam. Vorsichtig trat er einen Schritt näher.

»Kann ich hereinkommen und mit Ihnen sprechen?«

Alana setzte sich abrupt auf. Die Bewegung verblüffte ihn, nicht wegen der Schnelligkeit, sondern wegen der Art und Weise. So hatte sich die Alana, die er kannte, nie bewegt. Sie schien sogar vergessen zu haben, wie ihr Körper funktionierte.

»Es freut mich, dass es Ihnen besser geht. Wir haben uns alle große Sorgen um Sie gemacht.«

Alanas Gesicht zeigte noch immer Argwohn.

»Wir beide ...« Reed zeigte zuerst auf sich und dann auf sie. »Wir waren gute Freunde. Wir haben zusammen gearbeitet, in der Waffenkammer.«

Alana musterte ihn neugierig.

»Waffenkammer«, wiederholte sie langsam.

»Ja.« Reed lächelte. »Waffenkammer. Gut.«

Sie erwiderte das Lächeln.

Es wirkte gezwungen, unnatürlich. Alana schien überhaupt nicht damit vertraut zu sein.

Reed spürte, wie sein eigenes Lächeln verblasste. Er räusperte sich und suchte nach Worten, um irgendetwas zu sagen.

Er glaubte, das Summen des Interkoms zu hören. Er drehte sich um ...

Aber an der Wand neben ihm gab es gar keinen Kom-Anschluss.

Die Konturen des Raums um ihn herum zitterten, wie ein von Interferenzen gestörtes Bild, das erst zerfaserte und dann ganz verschwand.

Reed wich einen Schritt zurück und schwankte.

19

Wissenschaftliches Labor, E-Deck
17.01.2151, 11:00 Uhr

Lieutenant Reed? Ist alles in Ordnung mit Ihnen?« Er blinzelte und fand sich im Laboratorium wieder, zusammen mit Roan, der ihn neugierig musterte. Die am Computer sitzende Hoshi drehte den Kopf und sah ihn ebenfalls besorgt an.

Wieder bei Alana in der Krankenstation zu sein ... Eine weitere Erinnerung, die plötzlich in ihm erwacht war, um seine ganze Aufmerksamkeit zu beanspruchen. Sie erschien ihm noch intensiver als die anderen, so als steckte immer mehr Dringlichkeit hinter dem Mechanismus, der die Erinnerungen stimulierte. Reed nahm sich vor, mit Phlox darüber zu reden. Aber nicht jetzt sofort.

Später.

»Malcolm?«, fragte Hoshi.

»Keine Sorge«, erwiderte er und versuchte, nicht zu schnippisch zu klingen. »Ich bin nur ein wenig müde.«

Das Interkom summte erneut.

»Ich wiederhole: T'Pol an Lieutenant Reed. Hören Sie mich, Lieutenant?«

Er durchquerte den Raum und öffnete einen Kom-Kanal.

»Ja, ich höre Sie, Subcommander.«

»Ist Commodore Roan bei Ihnen?«

»Ja. Wir suchen in der Datenbank nach Informationen.«

»Wir brauchen Sie jetzt im Shuttlehangar Zwei. Es ist soweit.«

»Der Doppelstern gibt uns eine Gelegenheit«, sagte T'Pol. »Wenn sich die beiden Sonnen ihrem Perihel nähern – der geringsten Entfernung voneinander –, kommt es zu verstärkter Strahlungsaktivität im elektromagnetischen Spektrum. Sie dauert etwa zwei Stunden. Dabei sollten so starke Interferenzen entstehen, dass die sarkassianischen Sensoren den sich nähernden Shuttle nicht orten können.«

Der Captain und die Vulkanierin standen zusammen mit Reed und Roan im Shuttlehangar. Hinter ihnen bereiteten zwei Besatzungsmitglieder aus der technischen Abteilung Shuttlekapsel Eins auf den Start vor.

»Das verstehe ich«, sagte Roan. »Vielleicht habe ich mich nicht klar genug ausgedrückt. Der Außenposten ist nicht sehr groß. Selbst wenn uns die Sensoren nicht entdecken – es besteht die Gefahr, dass man den Shuttle beim Landeanflug sieht.«

»Wir ergreifen alle notwendigen Maßnahmen, um dieses Risiko auf ein Minimum zu beschränken«, erwiderte T'Pol und reichte Reed ihren Handcomputer. »Sehen Sie sich den Kurs an, den ich für Sie programmiert habe.«

Reed blickte aufs Display. Die Shuttlekapsel sollte sich dem Planetoiden von der anderen Seite her nähern, ganz dicht über seiner Oberfläche fliegen und im Schutz der Pyramide beim Außenposten landen.

»Sie haben genug Zeit, Commodore Roan zum Planetoiden zu bringen und die Aufzeichnungen zu holen.«

»Es ist riskant, das lässt sich nicht leugnen«, sagte der Captain. »Aber wir haben auch ein kleines Ablenkungsmanöver geplant.«

»Sir?«

»Wir werden versuchen, mit unseren Kom-Signalen das Störfeld zu durchdringen. Keine Sorge«, sagte der

Captain, als er Reeds Gesichtsausdruck bemerkte. »Wir gehen dabei nicht so drastisch vor, dass sich die Botschafterin herausgefordert fühlt, aber doch mit genug Nachdruck, um ihre Aufmerksamkeit zu wecken.«

Levy – eins der beiden Besatzungsmitglieder, die den Shuttle vorbereiteten – näherte sich. »Die Shuttlekapsel ist startklar, Sir.«

»Danke«, erwiderte der Captain. »Malcolm, Commodore … Sie sollten besser an Bord gehen.«

T'Pol sah auf die Anzeigen ihres Tricorders. »In der Tat. Das Perihel wird in sieben Minuten erreicht.«

Roan wandte sich an Archer. »Ich möchte noch einmal betonen, wie sehr ich es zu schätzen weiß, was Sie für mich getan haben, Captain. Für mich und mein Volk.«

»Es war uns ein Vergnügen. Ich möchte, dass sich unsere beiden Völker beim nächsten Mal als Freunde begegnen, Commodore.« Archer reichte Roan einen kleinen Behälter. »Nehmen Sie dies als Zeichen der Freundschaft.«

Roan öffnete den Behälter. »Das *Phondrikaar*.«

»Wir geben es Ihnen zurück, wie versprochen.«

»Danke, Captain.«

Die beiden Männer schüttelten sich die Hand.

»Ich weiß auch Ihre Bemühungen zu schätzen, Subcommander«, wandte sich Roan an T'Pol.

»Ich wünsche Ihnen alles Gute, Commodore«, sagte T'Pol. »Glück und langes Leben.«

»Ich habe vor, sowohl das eine als auch das andere zu genießen – was ich Ihnen und Ihrem Arzt verdanke. Bitte richten Sie auch ihm meine Grüße aus.«

»Natürlich.«

»Noch eine letzte Sache, Lieutenant«, sagte T'Pol. »Die Interferenzen schützen Sie vor Ortung, aber sie haben auch einen Nachteil. Sie verhindern vermutlich einen Kom-Kontakt zwischen uns.«

Reed hob und senkte die Schultern. »Bei dieser Mission gibt es ohnehin nicht viel zu besprechen. Zum Planetoiden fliegen, den Commodore absetzen, die Aufzeichnungen holen und zurückkehren. Das ist alles, nicht wahr?«

»Ja.« Der Captain trat einen Schritt näher. »Malcolm, ich habe hier bereits ein Besatzungsmitglied verloren. Ich möchte nicht noch ein zweites verlieren.«

»Verstehe, Sir.«

»Ganz gleich, was da unten geschieht, ob Sie die Aufzeichnungen finden oder nicht – Sie müssen innerhalb von zwei Stunden zurückkehren. Verlassen Sie den Planetoiden, solange die Interferenzen die sarkassianischen Sensoren stören. Verstanden?«

»Ja, Sir.«

»Gut.« Archer klopfte ihm auf die Schulter. »Bis bald.«

»Aye, Sir. Commodore …«

Reed deutete zur offenen Luke der Shuttlekapsel. Roan nickte Archer und T'Pol noch einmal zu, bevor er an Bord des kleinen Raumschiffs ging.

Reed sah sich noch einmal im Hangar um. Diese Mission war tatsächlich so simpel, wie er sie eben beschrieben hatte. In etwa zwei Stunden würde er wieder an Bord der *Enterprise* sein, heil und gesund.

Etwa, dachte er.

Da war das Wort wieder.

Reed saß im Pilotensessel und überließ dem Commodore die Kontrolle über die Waffen, für den Fall, dass sie sie brauchten. Er machte sich sogar die Mühe, Roan die Funktion der verschiedenen Bordsysteme zu erklären.

Als sie aus der Umlaufbahn schwenkten und sich dem Planetoiden näherten, verstummte er und konzentrierte sich auf die Steuerung der Shuttlekapsel. Bei dieser Mission gab es noch einen weiteren Nachteil, den T'Pol nicht erwähnt hatte.

Die Interferenzen machten nicht nur die Kommunikation mit der *Enterprise* unmöglich. Sie sorgten auch dafür, dass sich mit den Sensoren des Shuttles kaum mehr etwas anfangen ließ.

Normalerweise wäre das kein Problem gewesen, denn auf dem luftlosen Planetoiden herrschten ausgezeichnete Sichtverhältnisse. Reed hatte Dutzende solcher Landungen hinter sich.

Doch in diesem besonderen Fall ging es nicht nur darum, die Shuttlekapsel zu landen. Er musste sie auch um den halben Planetoiden herumsteuern, in einer Höhe von nur hundert Metern. Das Problem bestand darin, dass die Oberfläche des Himmelskörpers keineswegs glatt war. Es gab viele Dinge, die hundert Meter und noch höher emporragten. Reed wusste nicht, wie er sie nennen sollte – Felsspitzen, Klippen, Hügel, Berge –, aber das spielte auch keine Rolle. Wichtig war, dass er ihnen ausweichen musste, ohne höher als hundert Meter aufzusteigen. Der Flug kam einer Fahrt auf einer Achterbahn gleich.

Doch schließlich ging er zu Ende und die Shuttlekapsel landete im Schatten der Pyramide.

Wenige Minuten später eilten die beiden Männer durch den Tunnelkomplex und gelangten in einen der Würfel, die Roan als provisorisches Basislager genutzt hatte. Reed begriff, dass es sich um die gleichen Würfel handelte, die Trip und er auf der Oberfläche bemerkt hatten. In ihrem Innern boten die einfachen Konstruktionen erstaunlich viel Platz.

In dem Würfel, der Roans Ziel darstellte, herrschte Chaos.

»Sie sind hier gewesen. Valay und ihre Kämpfer.« Der Commodore trat zu einem Schrank an der gegenüberliegenden Wand und öffnete ihn.

Sein Inhalt war eine verbrannte Masse aus Kunststoff und Metall. Reed nahm bereits aus einigen Metern Entfernung den Brandgeruch wahr.

»Hier haben wir die Aufzeichnungen des Außenpostens gefunden – sie betrafen die Entdeckungen der Wissenschaftler an diesem Ort.« Roan schüttelte den Kopf. »Warum sollte Valay an ihrer Zerstörung gelegen sein?«

»Soll das heißen …«

»Die Aufzeichnungen existieren nicht mehr. Und das ergibt überhaupt keinen Sinn.« Der Commodore sah sich um und seine Miene erhellte sich, als er etwas bemerkte, das Reed für ein Computerterminal hielt. Rasch trat er zu dem Gerät und betätigte Schalter.

»Funktioniert nicht mehr. Die unverarbeiteten Daten waren hier drin gespeichert. Vielleicht hätten Sie etwas damit anfangen können.« Er seufzte. »Es tut mir Leid, Lieutenant. Ich muss Sie mit leeren Händen zurückschicken.«

Reed stand reglos da und dachte an Alana. Was würde mit ihr geschehen, wenn er den Außenposten jetzt verließ und zur *Enterprise* zurückkehrte?

Nein, er wollte nicht aufgeben.

»Ich kann noch nicht zurück, Sir. Ich muss herausfinden, was mit Ensign Hart geschah. Das bin ich ihr schuldig.«

»Ich wünschte, ich könnte Ihnen dabei helfen. Aber die Aufzeichnungen sind zerstört.«

»Sie verstehen nicht, Commodore. Wegen Ensign Harts Verhalten wird eine Starfleet-Anhörung stattfinden; und ganz gleich, was ich glaube und was der Captain glaubt – man wird Alana Hart für schuldig halten, oder zumindest für verrückt. Vielleicht wird sogar ein Kriegsgerichtsverfahren gegen sie eingeleitet, und wie auch immer es ausgeht – ihr Ansehen wird auf jeden Fall beschmutzt.« Reed schüttelte den Kopf. »Wir müssen zur Pyramide zurückkehren und versuchen, herauszufinden, was dort geschehen ist.«

»Zur Pyramide? Lieutenant …« Roan schüttelte ebenfalls den Kopf. »Sie haben gehört, was Ihr Captain gesagt hat. Ich habe es ebenfalls gehört. Wenn Sie keine Aufzeichnungen finden, sollen Sie zum Schiff zurückfliegen.«

»Nein, das hat Captain Archer nicht gesagt. Er meinte, ich müsste innerhalb von zwei Stunden zurück sein, und mir bleiben noch …« Reed sah auf die Anzeigen des Tricorders. »… eine Stunde und zwanzig Minuten. Zeit genug, um die Pyramide aufzusuchen und dort Nachforschungen anzustellen.«

»Ich verspreche Ihnen, dass ich Nachforschungen anstellen werde, Lieutenant – später. Sobald das Problem mit Valay gelöst ist. Sie setzen sich großen Gefahren aus, wenn Sie auch nur eine Minute länger hier bleiben.«

»Ich bitte Sie nicht um Erlaubnis«, sagte Reed. »Auch nicht um Hilfe. Ich weiß, wo sich der zentrale Raum befindet, und ich kenne den Weg zur Pyramide. Kümmern Sie sich um die Dinge, die Ihre Aufmerksamkeit erfordern.«

Sie hatten das Innere des Würfels über eine Leiter erreicht. Reed setzte den Fuß auf die oberste Sprosse, und als er nach unten kletterte, dachte er daran, dass er ohne Schutzanzug viel schneller vorankäme. Er sollte Zeit genug haben, dorthin zurückzukehren, wo er Alana gefunden hatte, und außerdem konnte er sich noch in anderen Bereichen der Pyramide umsehen.

»Warten Sie.«

Reed sah die Leiter hoch – Roan blickte zu ihm herab.

»Sie sind tollkühn.«

Reed seufzte. Er wollte sich nicht damit aufhalten, dem Commodore die Gründe für seine Entscheidung zu erklären. Noch mehr als zuvor war er davon überzeugt, dass die gesuchten Antworten in der Pyramide auf ihn warteten, dort, wo er Alana gefunden hatte. Vermutlich befanden sich dort auch die Antworten auf Roans Fragen, eine Erklärung für Valays Aktionen …

So etwas sieht ihr ganz und gar nicht ähnlich. Mit diesen Worten hatte Roan das Verhalten der Botschafterin beschrieben.

Plötzlich begriff Reed, dass Roan und er mit der gleichen Frage konfrontiert waren: Was führte dazu, dass sich eine Person so sehr veränderte? Die jetzige Valay unterschied sich so sehr von derjenigen, die Roan kannte, wie die Alana in der Krankenstation von der jungen Frau, in die Reed sich verliebt hatte.

Reed verharrte kurz an der Leiter und erinnerte sich.

20

Brücke
14.01.2151, 09:00 Uhr

Es ist nicht der Commodore.« Hoshi lauschte mit dem Kom-Modul am Ohr. »Die Signale stammen aus einer anderen Quelle.«

Archer drehte den Kommandosessel und sah zur Linguistin. »Aber die Sendung kommt von den Sarkassianern?«

»Ja«, bestätigte Hoshi.

»Die Signale stammen von einem Sender außerhalb des Eris-Alpha-Systems.« T'Pol blickte von den Anzeigen des Scanners auf. »Man benutzt eine Reihe von Satelliten-Relais, um ihren Ursprung zu verschleiern.«

»Wir sollen nicht erfahren, woher sie kommen«, sagte Archer.

»Das überrascht mich kaum«, ließ sich Reed vernehmen. »Nach ihrem bisherigen Verhalten habe ich nicht erwartet, dass sie den roten Teppich für uns ausrollen.«

»Mal sehen, was sie wollen.« Archer nickte Hoshi zu. »Auf den Schirm.«

Eine Sarkassianerin erschien auf dem Hauptschirm. Ihre Haut war ebenso blass wie die Roans und im langen Haar zeigten sich scharlachrote Strähnen – ein schlichtes violettes Band hielt es vom Gesicht fern. Die Frau trug einen ebenfalls violetten Umhang und stand mitten in einem Raum, in dem bunte Glastafeln vom Boden bis zur Decke reichten.

»Terranisches Schiff *Enterprise*, hier spricht Botschafterin Valay Shuma an Bord des Angriffsschiffes *Amileus*. Ihre Präsenz in unserem Raumgebiet ist ein Akt der Aggression.«

»Darauf hat man uns bereits hingewiesen, Botschafterin«, erwiderte der Captain.

»Sind Sie Archer?«

»Ja, und wie ich schon zu erklären versuchte: Wir haben auf einen Notruf reagiert ...«

»Wir sind unterwegs zu Ihnen, Archer«, unterbrach die Botschafterin den Captain. »Wir werden Sie in etwa neun Stunden erreichen, dann höre ich mir Ihre Erklärung an.«

»Es heißt *Captain* Archer, wenn Sie gestatten, Botschafterin. Man hat uns bereits darauf hingewiesen, warum Sie kommen und wann Sie eintreffen. Dient dieser Kom-Kontakt einem weiteren Zweck?«

»Ja. Wir glauben, den Mann identifiziert zu haben, der sich an Bord Ihres Schiffes befindet.«

Das Bild auf dem Hauptschirm wechselte und zeigte den Fremden, den sie in der Pyramide gefunden und an Bord der *Enterprise* gebracht hatten – er ruhte auf einer Liege in der Krankenstation. Reed fragte sich kurz, woher die Sarkassianer das Bild hatten. Dann erinnerte er sich an die Aufnahmen, die Phlox Roan zur Verfügung gestellt hatte.

»Nach unseren Aufzeichnungen handelt es sich um Mercantor Gol, ein Besatzungsmitglied des Verbindungsschiffes *Haven* – ein Shuttle, der kürzlich mit Versorgungsgütern zum Außenposten geschickt wurde. Es war der Absturz der *Haven*, der zum Tod unserer Wissenschaftler führte.«

»Wir wissen, dass etwas die Integrität des Habitatbereichs beeinträchtigte, was eine explosive Dekompression zur Folge hatte. Die Ursache war uns bisher unbekannt.«

»Der Absturz der *Haven*«, wiederholte Valay. »Wir

haben den Zwischenfall gerade rekonstruiert. Kurz vor der Landung kam es zu einer Explosion an Bord des Shuttles. Der Pilot verlor die Kontrolle.«

»Dann kann der Mann, den wir an Bord haben, von Glück sagen, überlebt zu haben.«

»Wir glauben, dass Glück dabei kaum eine Rolle spielte«, erwiderte Valay.

Reed und der Captain wechselten einen verwunderten Blick.

»Tut mir Leid, aber das verstehe ich nicht ganz«, sagte Archer.

»Bis vor sechs Monaten gab es keinen Mercantor Gol. Der so genannte Überlebende, den Sie gerettet haben, ist ein Betrüger.«

Ein anderes Bild ersetzte das des komatösen Fremden in der Krankenstation. Es zeigte einen Mann, der vor einem sehr vertraut wirkenden Gebäude stand – es sah praktisch genauso aus wie jenes, das Reed und Trip auf dem Planetoiden erforscht hatten. Er trug eine Art Uniform, hatte die Arme verschränkt und schien entschlossen zu sein, das Gebäude hinter sich mit seinem Leben zu verteidigen.

»Wir glauben, dass er in Wirklichkeit dieser Mann ist: Kostal Goridian. Darüber hinaus nehmen wir an, dass er die Explosion an Bord des Shuttles verursacht hat, um es abzustürzen zu lassen und unsere Station zu zerstören.«

Reed betrachtete das Bild aufmerksam. Bei den Gesichtszügen gab es eine gewisse Ähnlichkeit zwischen diesem Goridian und dem Mann in der Krankenstation, aber Goridian wirkte menschlicher als ein gewöhnlicher Sarkassianer: Er war kräftiger gebaut und hatte dunklere Haut. Selbst die Proportionen seiner Gliedmaßen waren anders.

Aber es konnte der gleiche Mann sein. Und wenn das zutraf …

Es war bestimmt kein Zufall, dass er sich in Alanas Nähe aufgehalten hatte. Es musste einen Zusammenhang geben zwischen ihm und dem, was mit ihr geschehen war.

Valay erschien wieder auf dem Hauptschirm.

»Wir haben uns mit Ihnen in Verbindung gesetzt, um Ihnen zu raten, Goridian gegenüber äußerst vorsichtig zu sein. Er ist zu allem fähig.«

»Warum sollte ihm daran gelegen sein, Ihre Station zu zerstören?«

»Er ist ein Ta'alaat. Zwischen uns und seinem Volk herrscht Krieg.«

»Aber der Mann in unserer Krankenstation ist ein Sarkassianer oder scheint es zumindest zu sein.«

»Er *scheint* es zu sein, Captain. Es gibt Möglichkeiten, das äußere Erscheinungsbild zu verändern. Goridian kennt sie alle und ist sehr gefährlich. Bitte treffen Sie unverzüglich Vorbereitungen für seinen Transfer an Bord von Commodore Roans Schiff.«

Archer zögerte.

»Auf dem Planetoiden wurde ein Mitglied meiner Crew verletzt, Botschafterin. Wenn Goridian der ist, für den Sie ihn halten, so möchte ich ihm einige Frage stellen.«

»Wir sind gern bereit, alle relevanten Informationen, die wir von ihm bekommen, mit Ihnen zu teilen«, sagte Valay.

Archer nickte nachdenklich. Reed hätte ein Vermögen darauf gewettet, dass dem Captain die gleichen Gedanken durch den Kopf gingen wie ihm. Das bisherige Verhalten der Sarkassianer ließ vermuten: Wenn sie Goridian an Bord von Roans Schiff transferierten, würden sie ihn nie wieder sehen.

»Nun gut«, sagte Archer schließlich. »Natürlich sind Diskussionen über einen eventuellen Transfer Goridians derzeit verfrüht. Immerhin ist er nach wie vor ohne

Bewusstsein und unser Arzt dürfte kaum bereit sein, ihn in einem solchen Zustand transportieren zu lassen.«

»Ich verstehe.« Valay maß Archer mit einem durchdringenden Blick. »Na schön, Captain. Bis zu unserer Ankunft bleibt der Gefangene in Ihrer Obhut. Lassen Sie mich noch einmal darauf hinweisen, dass er sehr gefährlich ist. Können Sie ihn an Bord Ihres Schiffes sicher unterbringen?«

Archer sah zu Reed.

»Das müsste sich machen lassen, Sir«, sagte der taktische Offizier. Die *Enterprise* verfügte über eine Arrestzelle, aber Reed experimentierte noch damit und wollte ihr Kraftfelder hinzufügen. Sicher war es nicht weiter schwer, etwas zu improvisieren, das einen einzelnen Gefangenen an der Flucht hinderte.

»Ja, wir können ihn sicher unterbringen«, teilte Archer der Botschafterin mit.

»Gut«, sagte Valay. »Bis morgen.«

Der Schirm wurde dunkel.

»Ich muss Sie warnen, Captain«, sagte T'Pol. »Es ist sehr gefährlich, sich in einen Konflikt zwischen zwei Völkern einzumischen. Wir dürfen auf keinen Fall den Eindruck erwecken, Partei zu ergreifen. Es ist riskant, nicht auf das Auslieferungsgesuch der Sarkassianer einzugehen und den Gefangenen an Bord zu behalten.«

»Ich möchte wissen, was mit Ensign Hart geschehen ist«, erwiderte Archer. »Abgesehen davon geht es mich nichts an, wer den Gefangenen hat und was mit ihm passiert.« Der Captain wandte sich an Reed. »Bereiten Sie ein sicheres Quartier für Goridian vor, Malcolm.«

»Aye, Sir.«

»Wir empfangen weitere Signale vom Raumschiff der Botschafterin, Sir«, sagte Hoshi.

Archer nickte. »Auf den Schirm.«

»Es ist keine audiovisuelle Übertragung, Sir. Man übermittelt uns Daten.«

»Entschlüsselung läuft«, meldete T'Pol. »Es scheint sich um ein biographisches Dossier über Goridian zu handeln.«

»Schicken Sie der Krankenstation eine Kopie, Subcommander«, sagte Archer. »Vielleicht kann der Doktor etwas damit anfangen.«

»Aye, Sir.«

Archer bediente die Kontrollen der Kommandokonsole und forderte für sich selbst eine Kopie an. Wenn der Gefangene erwachte, wollte er vorbereitet sein, um ihm einige Fragen zu stellen.

Er beorderte Bishop zur Brücke und machte sich dann an die Arbeit.

Sie bereiteten ein freies Quartier auf dem C-Deck für Goridian vor. Es dauerte mehrere Stunden. Reed verbrachte den größten Teil dieser Zeit dort, beaufsichtigte die Arbeiten und packte immer wieder selbst mit an. Als alles fertig war, schwitzte er, hatte Hunger und war müde.

Doch Essen und eine Dusche konnten warten. Zuerst wollte er Alana sehen.

Auf dem Weg zur Krankenstation gab er einer plötzlichen Regung nach und machte zuerst einen Abstecher zum Quartier der jungen Frau.

Kurze Zeit später fand er den Arzt in seinem Laboratorium, über ein Mikroskop gebeugt.

»Doktor?«

Phlox sah auf und Reed stellte fest, dass er blasser war als sonst.

»Was ist los?«

»Dies ist eine sehr unangenehme Erfahrung«, sagte Phlox. »Der Fremde, den Sie im Außenposten fanden ... Ich habe festgestellt, dass er ein Virus an Bord brachte.

Ein sehr widerstandsfähiges kleines Biest, wie sich bei der Untersuchung ergab. Sehr gefährlich und kaum unschädlich zu machen. Über die Grenzen vieler Spezies hinweg tödlich.«

Reed erstarrte regelrecht.

»Lieber Himmel.« Seine Gedanken rasten, als er ans Protokoll der Bio-Kontamination dachte: Quarantäne, Dekontamination, Neutralisierung. »Ich gebe dem Captain Bescheid und teile ihm mit, dass wir die Bereiche des Schiffes abschirmen müssen, in denen der Fremde ...«

»Solche Maßnahmen erübrigen sich, Lieutenant«, unterbrach ihn Phlox. »Ich wollte Sie nicht unnötig beunruhigen. Ich habe das Virus bereits eliminiert – bis auf eine Probe. Die virale Grundstruktur ist der Datenbank hinzugefügt, was bedeutet, dass die letzten noch lebenden Exemplare ebenfalls beseitigt werden können.« Phlox betätigte einen Schalter neben dem Mikroskop, worauf ultraviolettes Licht kurz aufblitzte.

»Der Fremde brachte das Virus mit an Bord?«

Phlox nickte. »Verborgen in einer Phiole im Schuhabsatz. Ich habe auch mehrere versteckte Waffen gefunden, in der Kleidung und sogar im Körper.«

»Im Körper?«

»In den Zähnen. Unter den Fingernägeln. Und an anderen Stellen.«

»Offenbar hat die Botschafterin Recht«, sagte Reed wie zu sich selbst. »Dieser Mann steckt hinter dem Angriff auf den Außenposten. Er ist kein Sarkassianer.«

»Mir fehlen grundlegende Daten zum Vergleich«, erwiderte Phlox. »Aber in seinem Kreislauf gibt es mehrere Substanzen, die gewisse phänotypische Merkmale maskieren: Hautfarbe, Dicke der Haare, Körpergeruch ... In Hinsicht auf die übrigen Funktionen jener Substanzen kann ich nur spekulieren.«

»Er ist getarnt?«

»O ja.«

»Und er ist noch immer bewusstlos?«

»Es handelt sich nicht um eine Bewusstlosigkeit im üblichen Sinn. Hier, ich zeige es Ihnen.« Phlox deaktivierte das Mikroskop und schaltete das Computerterminal ein. Das Bild des Fremden auf einer Diagnoseliege füllte den Schirm. »Er befindet sich in einem tiefen Koma, obwohl *Koma* das falsche Wort ist, denn meine Instrumente haben praktisch keine Hinweise auf höhere Hirnaktivität festgestellt.« Phlox runzelte die Stirn. »Natürlich besteht die Möglichkeit, dass bei seiner Spezies die neurale Aktivität nicht auf den gleichen biochemischen Reaktionen basiert wie bei uns.«

»Meine Sorge gilt vor allem der Frage, ob er aufwachen und dann eine ganz konkrete Gefahr für Schiff und Crew darstellen könnte.«

»Ich verstehe. In dieser Hinsicht kann ich Ihnen leider keine Antwort anbieten.«

Reed sah zum Gefangenen namens Goridian und stellte fest, dass der Doktor ihn angeschnallt hatte. Eine vernünftige Maßnahme.

Aber sie genügte nicht. Der taktische Offizier erinnerte sich an die Zerstörungen, die er im Außenposten gesehen hatte, an die von Phlox entdeckten Waffen und die mahnenden Worte der Botschafterin:

»Wir haben uns mit Ihnen in Verbindung gesetzt, um Ihnen zu raten, Goridian gegenüber äußerst vorsichtig zu sein. Er ist zu allem fähig.«

»Ich möchte ihn jetzt sofort in dem vorbereiteten Quartier unterbringen«, sagte Reed. »Gibt es Ihrerseits irgendwelche Einwände?«

Phlox zögerte nur eine Sekunde lang. »Nein. Nicht solange ich seinen Zustand weiter überwachen kann. Es muss eine Verbindung mit den Systemen der Krankenstation geschaffen werden.«

»Das dürfte kein Problem sein. Ich beauftrage Mr. Bishop damit.« Diesmal zögerte Reed. »Doktor … Alana. Ensign Hart. Wie geht es ihr?«

Phlox lächelte. »Sehen Sie selbst.« Das Bild auf dem Monitor wechselte und zeigte Alana, die auf einem anderen Diagnosebett saß.

Sie las.

Reed lächelte ebenfalls. »Das ist … unglaublich.«

»Erstaunlicherweise hat sie es in nur zwölf Stunden geschafft, genug Englisch zu lernen, um zu sprechen und zu lesen.«

»Was liest sie da?«

Phlox sah auf den Monitor. »Technische Dokumente, die sich auf die Waffenkammer beziehen.«

»Sie möchte an die Arbeit zurückkehren.«

»Da haben Sie vermutlich Recht. Allerdings wäre das keine gute Idee.«

»Warum nicht? Glauben Sie, es könnte erneut zu Anfällen kommen?«

»Nein. Meine Sorge gilt nicht ihrer körperlichen Erholung, sondern ihrem geistigen Wohlergehen.«

Reed runzelte die Stirn. »Dass sie sich so sehr bemüht, Vergessenes neu zu lernen – ist das nicht ein gutes Zeichen?«

»Ja. Aber ich wünschte, sie würde den persönlichen Details ihres Lebens ebenso viel Interesse entgegenbringen. Jenen Dingen, die sie zu der Person machten, die sie gewesen ist.«

»Dabei kann ich ihr vielleicht helfen.«

»Vielleicht können Sie das tatsächlich«, sagte Phlox.

Reed runzelte die Stirn. »Höre ich da wieder ein Aber?«

»Ja. Nein.« Phlox wirkte unsicher. »Vermutlich ist es nur ein Instrumentenfehler.«

»Doktor? Wovon reden Sie da?«

»Von einigen sonderbaren Werten, die ich bei der

Untersuchung bekam. Aber es ist sicher nicht weiter wichtig.«

»Mir scheint, es ist wichtig genug, um Sie zu beunruhigen.« Reed verschränkte die Arme. »Na los, Doktor. Heraus damit.«

»Na schön.« Phlox nickte. »Ich habe ebenfalls gelesen, über Dinge, die man nur selten in medizinischen Fachzeitschriften findet. Unser gestriges Gespräch veranlasste mich dazu.«

»Fahren Sie fort.«

Phlox drehte seinen Sessel. »Wir sprachen über den Verlust von Erinnerungen«, sagte er und betätigte eine Taste. Alana verschwand vom Monitor und es erschien ein Artikel mit sehr kleiner Schrift.

Reed sah über die Schulter des Arztes und las den Titel:

»›Das Messen von Quanten-Zuständen in bioelektrischen Organismen‹.« Er musste lachen. »Unser Gespräch brachte Sie dazu, so etwas zu lesen?«

»In gewisser Weise. Der Artikel ist einige Jahre alt. Unter anderem geht es darin um die größten Probleme, mit denen die Wissenschaftler bei der Entwicklung des Transporters konfrontiert wurden. Sie betrafen das Messen und die erfolgreiche Replikation des komplexen Netzes aus elektromagnetischen Feldern, die in direktem Zusammenhang mit dem menschlichen Gehirn stehen.«

Reed runzelte die Stirn. »Was hat das mit den sonderbaren Werten zu tun, die Sie vorhin erwähnten?«

»Dazu komme ich gleich.« Tasten klickten unter den Fingern des Arztes und ein diagnostisches Diagramm erschien auf dem Schirm.

»Das ist Ensign Harts EEG – es gibt Auskunft über die elektrische Aktivität in ihrem Gehirn. Bei den Routineuntersuchungen der Besatzungsmitglieder zeichne ich auch solche Elektroenzephalogramme auf. Dies hier ist sechs Monate alt. Und dieses EEG ...« Wieder betätigte er die Kontrollen und das Bild auf dem Monitor teilte sich in zwei Fenster. »... stammt von heute Morgen.«

»Sie unterscheiden sich.«

»Sie unterscheiden sich sogar sehr.«

Die Falten gruben sich tiefer in Reeds Stirn. »Muss man das nicht erwarten, wenn man berücksichtigt, was mit ihr geschehen ist?«

»Nicht in diesem Ausmaß – zumindest nicht nach allem, was ich weiß. Nun, das Gehirn ist nicht der einzige Teil des Körpers, der Elektrizität produziert. Alle Zellen erzeugen sie bei ihren üblichen Funktionen und jene Aktivitäten messe ich ebenfalls. Zusammen mit dem EEG ergibt sich ein charakteristisches elektromagnetisches Feld, das bei jeder Person anders beschaffen ist. Manche Wissenschaftler glauben, dass diese Felder die Essenz der Persönlichkeit enthalten – das, was uns zu Individuen macht.«

Neue Darstellungen erschienen auf dem Monitor.

»Vor dem Zwischenfall ...« Phlox deutete auf das linke Bildschirmfenster. »Und danach ...« Er zeigte aufs rechte.

»Wieder gibt es große Unterschiede.«

»Ja. Und eigentlich sollte es sie nicht geben. Deshalb stelle ich Ensign Harts medizinische Datei wieder her, um diese Werte mit den Ergebnissen der Untersuchungen zu vergleichen, die an Bord der *Achilles* stattfanden.«

»Sie müssen die Datei wiederherstellen?«

»Die älteren medizinischen Daten sind archiviert worden – das gehört zu den Vorbereitungen auf unser Rendezvous mit der *Shi'ar*«, erklärte Phlox. »Es dauert eine Weile, Ensign Harts Aufzeichnungen zu finden und aus dem Archiv abzurufen.«

Reed schüttelte den Kopf. Er verstand nicht ganz,

worauf der Arzt hinauswollte. »Was hat dies alles mit dem Verlust von Erinnerungen zu tun?«

»Ich bin noch nicht sicher«, erwiderte Phlox nachdenklich und löschte die Bildschirmdarstellung. »Diese Werte weisen auf die Art von neuralen Schäden hin, die ich gestern erwartet habe. Sie sind das Ergebnis einer Restrukturierung, gewissermaßen einer neuen Verdrahtung des Gehirns, um unterbrochene Verbindungen auszugleichen. Allerdings gibt es in diesem Fall gar keine Beschädigungen des Hirngewebes.« Der Arzt seufzte. »Wie dem auch sei: Alles deutet darauf hin, dass Ensign Hart ihre Erinnerungen für immer verloren hat.«

»Was ist mit der Achtundvierzig-Stunden-Frist, die Sie gestern erwähnten?«, fragte Reed.

»Sie neigt sich dem Ende entgegen. Und es gibt keine Anzeichen für eine Besserung.« Phlox sah Reed an. »Es tut mir Leid, Lieutenant.«

»Nun, es gibt noch immer Hoffnung, oder?«

Der Arzt lächelte. »Die Hoffnung sollte man nie aufgeben.«

»Dann lassen Sie mich zu ihr«, sagte Reed. »Vielleicht kann ich ihr helfen.«

»Hallo.«

Alana wandte sich ruckartig vom Monitor ab.

»Hallo. Lieutenant Reed.«

Reed konnte seine Überraschung nicht verbergen. Ihr Englisch war überkorrekt und der leichte Akzent ging vermutlich auf die Sprachbänder zurück, die sie sich angehört hatte.

»Sie erinnern sich an mich?«

»Ja. Von gestern.«

»Das ist gut«, sagte Reed und trat näher. Alana trug jetzt nicht mehr ihre Uniform, sondern einen gewöhnlichen Patientenkittel; das Haar steckte unter einer Haube. Der Kittel war zu groß – oder vielleicht lag es daran, wie sie ihn trug: Sie wirkte klein, zart und verletzlich.

Er hätte sie am liebsten umarmt.

Stattdessen legte er den Corbett neben Alana aufs Bett.

»Was ist das?«, fragte sie.

»Ein Buch«, erwiderte Reed. »Es gehört Ihnen. Wir mochten es beide.«

»*England im Siebenjährigen Krieg*.« Alana runzelte die Stirn. »Was ist England?«

»Ein Land auf der Erde«, antwortete Reed. »Ich stamme von dort. Bitte sehen Sie sich das Buch genau an. Erinnert es Sie an etwas?«

Er blätterte es langsam durch, eine Seite nach der anderen. Viele waren am oberen Rand verfleckt, eine Erinnerung an den verschütteten Drink. Reed beobachtete Alanas Augen, während sie auf das Buch hinabsah, hoffte auf das Licht des Erkennens in ihnen.

Doch sie schüttelte nur den Kopf.

»Dies betrifft Ereignisse vor langer Zeit«, sagte sie. »Es ist nicht wichtig.«

»In dem Buch geht es mehr um Strategie. Es beschreibt, wie England einen so langen Krieg gewinnen konnte.«

Alana schüttelte erneut den Kopf. »Sieben Jahre sind kein langer Krieg.«

Reed seufzte und schloss das Buch. »Vielleicht nicht, aber …«

Sie sah ihn an. »Ich war im Krieg. Der Doktor sagte mir, dass ich Soldat gewesen bin.«

»Nun …« Reed lächelte. »Mehr als nur ein Soldat, denke ich.«

»Und dass ich hier gearbeitet habe.« Alana drehte den Monitor, sodass Reed sehen konnte, womit sie sich beschäftigt hatte. Der Bildschirm zeigte Pläne der taktischen Abteilung: die Torpedokatapulte, die Schränke mit den Phasenpistolen, die Konsole mit den Waffenkontrollen.

»Ja«, sagte er.

»Ich bin bereit, die Arbeit fortzusetzen.«

»Dazu werden Sie Gelegenheit bekommen«, erwiderte Reed. »Aber eins nach dem anderen. Zuerst müssen Sie sich erholen.«

»Ich bin erholt. Ich bin besser.«

Reed lächelte, als er diese Ausdrucksweise hörte. Zwölf Stunden genügten eben nicht, um alle Feinheiten der englischen Sprache zu lernen.

»Es ist noch zu früh für Sie, zum Dienst zurückzukehren«, sagte er fest, »Wir stecken gerade in einer sehr ... komplizierten Situation.«

»Die Sarkassianer.«

Die Verblüffung zeigte sich ganz deutlich in Reeds Gesicht.

»Ja. Woher wissen Sie davon?«

Alana deutete aufs Computerterminal. »Dies. Die Sarkassianer. Die *Shi'ar*. Ich weiß Bescheid.«

»Dann brauche ich es nicht zu erklären. Derzeit können wir Ihnen nicht helfen, sich daran zu erinnern, was an Bord dieses Schiffes geschieht. Wir müssen uns auf die Sarkassianer konzentrieren und dafür sorgen, dass nichts schief geht.« Er lächelte. »Das wollen wir doch nicht, oder?«

»Nein«, erwiderte Alana nach kurzem Nachdenken. »Das wollen wir nicht.«

Reed nickte. »Gut. Wir sollten nichts übereilen. Der Doktor – und ich ebenfalls – möchte Ihnen dabei helfen, sich an andere Dinge aus Ihrer Vergangenheit zu erinnern, nicht nur an die Arbeit in der Waffenkammer, sondern auch an die Person, die Sie gewesen sind. An Ihre Familie, Ihre Freunde ...«

Instinktiv griff er nach ihrer Hand.

Sie war eiskalt.

Reed sah auf und begegnete Alanas Blick. Auch ihre Augen waren kalt.

Er spürte, wie ihm das Herz schwer wurde. Phlox hatte Recht, begriff er. Die Person, die vor ihm auf der Diagnoseliege saß …

Dies war nicht Alana.

Alana existierte nicht mehr.

Und sie würde nie mehr zurückkehren.

21

Sarkassianischer Außenposten
17.01.2151, 12:56 Uhr

Roan hatte darauf bestanden, Reed zu begleiten – »um sicherzustellen, dass Sie mit heiler Haut zur *Enterprise* zurückkehren«, wie er es ausdrückte. Von dieser Entscheidung ließ er sich durch nichts abbringen.

Reed ging so schnell, dass der Commodore Mühe hatte, mit ihm Schritt zu halten. Als sie den riesigen Raum erreichten, in dem er Alana gefunden hatte, atmete Roan schwer.

»Warten Sie hier.« Reed ging in die Hocke und strich mit der Hand über den Boden. Eine dünne Staubschicht bedeckte ihn und dort, wo Alana gelegen hatte, zeigten sich deutliche Spuren. »Dies ist die Stelle.«

Im Umkreis von fünfzig Metern sahen sie sich alles genau an. Nirgends gab es irgendwelche Hinweise auf Maschinen und auch der Tricorder zeigte nichts an.

Reed sah nur die rechteckigen Platten, die überall um ihn herum aufragten.

»Markierer«, sagte Roan plötzlich.

»Wie bitte?«

»Daran erinnern mich diese Platten. Einige der anderen, primitiveren Kulturen, denen wir begegnet sind – sie graben Löcher in den Boden und legen ihre Toten hinein. Anschließend kennzeichnen sie die Stellen mit solchen Markierern.«

»Grabsteine«, sagte Reed. »So nennen wir sie.«

Roan richtete einen fragenden Blick auf ihn.

»Diese Markierer ... wir nennen sie Grabsteine.«

Reed zuckte mit den Schultern. »Ich reihe uns nicht gerne unter Ihre ›primitiven‹ Kulturen ein, aber auch wir begraben unsere Toten.«

»Warum?«

»Weil es dann einen Ort gibt, den wir aufsuchen können – um bei den Verstorbenen zu sein. Um ihrer zu gedenken.«

»Wir verbrennen unsere Toten, nachdem wir ihnen alle brauchbaren Organe entnommen haben. Wenn wir uns an sie erinnern wollen, so haben wir Bilder und aufgezeichnete Worte von ihnen.«

»Solche Aufzeichnungen gibt es auch bei uns, aber ich habe festgestellt, dass es einen Unterschied macht … wenn man einen Ort hat, den man aufsuchen kann und der für die Erinnerungen bestimmt ist.«

Roan nickte nachdenklich. »Ja. Vielleicht ist es falsch, solche Traditionen ›primitiv‹ zu nennen.«

Beide schwiegen eine Zeit lang. Reed schob die Gedanken an Bestattungsrituale beiseite und konzentrierte sich wieder auf die Frage, die ihn hierher geführt hatte: Was war mit Alana geschehen? Er trat dorthin, wo sie gelegen hatte, und dachte nach.

Die Falle im Tunnel ging auf Goridian zurück und sie war für die Sarkassianer bestimmt gewesen – er hatte damit gerechnet, dass sie ihm folgten. Ging das, was mit Alana geschehen war, auf eine andere Falle zurück? Hatte Goridian die Wirkung dieser zweiten Falle falsch eingeschätzt und dadurch das Bewusstsein verloren?

Oder hatte Alana unabsichtlich etwas ausgelöst, das sie beide erwischte? Vielleicht eine Vorrichtung derjenigen, die die Pyramide erbaut hatten? Und wenn das stimmte … Wo befand sich der betreffende Apparat?

Fragen über Fragen. Reed drehte sich langsam im Kreis und ließ den Blick erneut umherschweifen. Nichts.

Enttäuscht ging er zu Roan zurück.

»Verdammt«, sagte er. »Es muss hier irgendetwas geben, das ...«

Reed unterbrach sich. Roan hatte die Hände auf den Rücken gelegt und starrte in die Richtung, aus der sie gekommen waren. Seine Augen glänzten.

»Sir?«

Der Commodore blinzelte und seufzte schwer.

»Ist alles in Ordnung mit Ihnen?«

»Ich habe nur ... nachgedacht, Lieutenant. Über Bestattungen und dergleichen. Die Ta'alaat verwenden ebenfalls Grabmarkierer. All diese Platten ...« Er vollführte eine Geste, die den um sie herum aufragenden rechteckigen Gebilden galt. »Sie erinnern mich daran, wie viele Personen in Dar Shalaan starben. Es blieben natürlich keine Leichen zurück. Man errichtete ein Monument für sie alle.«

»Was geschah dort, Commodore?«

»Einen Teil der Geschichte kennen Sie bereits. Vor zwanzig Jahren entdeckten wir in einem Tempel der Ta'alaat eine enorm starke Energiequelle. Zu jenem Zeitpunkt nahmen wir noch mehr Rücksicht auf die Belange der Ta'alaat. Tagsüber gestatteten wir ihnen Zugang zu dem Tempel; unsere Wissenschaftler arbeiteten in der Nacht. Keine Seite war mit dieser Regelung besonders glücklich, aber wir hielten sie für einen fairen Kompromiss.

Im Gegensatz zu gewissen Extremisten der Ta'alaat. In einer Nacht griffen sie an, brachten unsere Wissenschaftler um und besetzten den Tempel. Ich wurde angewiesen, den Gegenschlag zu leiten und ein Exempel zu statuieren.« Roan schüttelte den Kopf. »Eigentlich stimmt das nicht ganz. Ich habe mich freiwillig gemeldet, um die Leitung des Gegenschlags zu übernehmen.

Während des Angriffs bewirkte irgendein Ereignis die Explosion der Energiequelle. Ich erinnere mich daran. Ich stand auf einem Hügel und beobachtete von dort aus den Kampf. Und im nächsten Augenblick … war alles verschwunden. Ich gehörte zu den Glücklichen, die mit Verbrennungen davonkamen.« Roan schüttelte erneut den Kopf. »Ich brauche wohl nicht extra darauf hinzuweisen, dass es ein Wendepunkt in unserer Geschichte war. Alle offiziellen Kontakte zwischen unseren beiden Völkern wurden abgebrochen. Und auch für mich lief es auf einen Wendepunkt hinaus. Es gab Sarkassianer, die sich von Anfang an für eine Veränderung unserer Politik den Ta'alaat gegenüber eingesetzt hatten. Ich schloss mich ihnen an, vielleicht in der Hoffnung, das wieder gutzumachen, was ich angerichtet hatte.«

Reed schwieg und dachte an Alana, an ihr Gefühl der Schuld, weil sie unabsichtlich zwei vulkanische Geiseln erschossen hatte. Fast zwei Jahre lang waren diese Schuldgefühle eine schwere Last für sie gewesen.

Und wenn man diese Schuld mit hunderttausend multiplizierte? Unfassbar. Reed konnte sich nicht einmal vorstellen, wie schwer die Bürde war, die seit zwanzig Jahren auf Roan lastete.

Er warf einen Blick auf die Anzeigen des Tricorders. Zehn Minuten waren vergangen. Es blieben ihm noch fünfundfünfzig Minuten, bis er starten musste.

»Wir haben noch etwas Zeit, Commodore. Ich schlage vor, wir vergrößern den Suchbereich und …«

Reed vernahm ein Geräusch und drehte sich um.

Botschafterin Valay kam hinter einer der Platten hervor. Zwei Männer folgten ihr.

»Ich fürchte, Ihre Zeit ist abgelaufen, meine Herren.«

Reed hatte sofort nach seiner Phasenpistole gegriffen, hob sie nun und …

Und sah, dass Valays Begleiter bewaffnet waren: Sie zielten auf ihn und Roan.

Er senkte die Phasenpistole.

»Gut«, sagte Valay. »Auf den Boden damit. In meine Richtung.«

Reed kam der Aufforderung nach und Valay hob die Waffe auf, ohne den Blick von ihm abzuwenden.

Roan riss verblüfft die Augen auf, als er Valay und die beiden Männer sah.

»Kellan? Ash? Auf Valays Seite?«

»Nach dem, was Sie getan haben?« Der Mann, von dem diese Worte stammten, trat einen Schritt vor und in seinem Gesicht zeigte sich unübersehbarer Zorn. Er hielt den Strahler mit zitternder Hand. »Sie wagen es, eine solche Frage an mich zu richten?«

»Was soll ich getan haben?« Roan sah Valay an. »Welche Lügen hat Ihnen die Botschafterin erzählt, Kellan?«

»Sie machen gemeinsame Sache mit den Menschen. Sie haben ihnen die Geheimnisse unserer Technik preisgegeben, für Geld.«

»Das stimmt nicht.«

»Wir überwachen Sie seit der Landung des Shuttles«, sagte Kellan. »Sie haben diesen Mann erst zum Quartier der Wissenschaftler gebracht und dann hierher.«

Reed runzelte die Stirn. Als sie aus der Umlaufbahn geschwenkt waren, hatten sie weit und breit nichts vom Schiff der Botschafterin gesehen.

Plötzlich fiel ihm der Grund dafür ein. *Phondrikaar!* Valays *Amileus* gehörte zur sarkassianischen Klasse der Angriffsschiffe und Roan hatte darauf hingewiesen, dass einige Raumschiffe dieser Kategorie mit jener Legierung ausgestattet waren, um sie vor Ortung zu schützen.

»Mein ganzes Leben lang habe ich für Sarkassa gekämpft – glauben Sie wirklich, ich könnte jetzt zum Verräter werden?«, fragte Roan. »Reed ist nur hier, weil er herausfinden will, was mit dem Besatzungsmitglied geschah. Ich habe mich bereit erklärt, ihn …«

»Und was ist das hier?«, fragte Valay.

Sie hob den kleinen, für Proben bestimmten Behälter auf, den Roan auf den Boden gestellt hatte.

Reeds Puls raste.

Das *Phondrikaar.*

Valay öffnete den Behälter und zeigte ihren beiden Begleitern den Inhalt.

»Ich glaube, Kellan weiß sehr wohl, wer die Interessen unseres Volkes im Auge hat, Commodore«, sagte die Botschafterin.

»Nein!«, rief Roan. »Der Eindruck täuscht – die Menschen geben uns dieses Material zurück. Lieutenant Reed kann das bestätigen.«

Reed nickte. »Das stimmt.«

»Halten Sie uns für Narren? Natürlich geben Sie das *Phondrikaar* zurück – nachdem Sie es genau untersucht haben.« Valay schüttelte den Kopf. »›Schlächter‹ ist keine angemessene Bezeichnung mehr, um Ihre Verbrechen zu beschreiben. Sie verdienen einen anderen Namen, Commodore – *Verräter*.«

»Ich bin kein Verräter«, sagte Roan. »Lassen Sie uns Kontakt mit dem Zentralrat aufnehmen und feststellen, wer der wahre Verräter ist.«

»Und im Krieg gibt es nur eine Strafe für Verräter«, fügte Valay hinzu, ohne auf Roans Worte zu achten.

Sie hob die Phasenpistole.

Überrascht beobachtete Reed, wie sie die Einstellung der Waffe veränderte, dabei so geschickt und sicher vorging, als wäre sie seit langer Zeit mit solchen Waffen vertraut.

Reed starrte sie verblüfft und mit offenem Mund an. Valay konnte sich unmöglich mit Phasenpistolen auskennen. Wie …

Die Botschafterin hob den Strahler und schoss.

Der Strahl traf Roan mitten in die Brust und er verschwand in einem Nebel aus Energie.

»Commodore!«, rief Reed und trat einen Schritt vor.

»Halt.«

Reed sah, wie Kellan seine Waffe auf ihn richtete.

»Bleiben Sie stehen.«

Valay wandte sich ihm zu.

»Nach sarkassianischem Recht ereilt alle, die an einem Verrat beteiligt sind, die gleiche Strafe.«

Erneut hob sie die Phasenpistole.

Reed spannte die Muskeln.

Was geschah angeblich, wenn man starb? Man sah sein ganzes Leben vor den Augen?

Er wartete.

Und dann hörte er Trips Stimme wie aus weiter Ferne. Sie ertönte inmitten seiner Gedanken.

22

Waffenkammer
15.01.2151, 01:10 Uhr

Sie sollten sich ein Feldbett hierher holen.« Reed saß an der Waffenkonsole, drehte den Kopf und sah Trip in der Tür der Waffenkammer.

Hinter ihm glühte das matte Licht des Korridors. Er konnte sich nicht einmal daran erinnern, das leise Zischen gehört zu haben, mit dem sich die Tür geöffnet hatte.

»Bitte entschuldigen Sie, Sir, aber ich glaube nicht, dass dies Ihre Abteilung ist.«

»Ha-ha.« Trip trat ein und hinter ihm glitt die Tür zu. »Wissen Sie, wie spät es ist?«

»Etwa eins.«

»Kurz nach eins. Was machen Sie hier? Welche Sache ist so wichtig, dass sie nicht bis morgen warten kann?«

»Ich erledige meine Arbeit.«

»Und das bedeutet ...«

»Es bedeutet, dass es mir nicht gefällt, zwischen zwei fremden Raumschiffen zu stecken. Wenn ein drittes erscheint, sitzen wir ganz schön in der Klemme.«

»Und deshalb ...«

»Und deshalb nutze ich die von den Sensoren ermittelten Daten für einige Kampfsimulationen nur für den Fall.«

»Wie schneiden wir dabei ab?«

»Schlecht – noch.« Was auf eine Untertreibung hinauslief: In den bisher simulierten Szenarios hatte die *Enterprise* den sarkassianischen Schiffen nur leichte

Schäden zufügen können, bevor sie selbst zerstört worden war. »Ich habe die eine oder andere Idee.«

»Auch ich habe einige Ideen«, sagte Trip. »Und die erste von ihnen lautet: Es gibt einen guten Grund dafür, warum von einer Botschafterin die Rede ist und nicht von Soldaten. Verstehen Sie? So unangenehm Valay auch sein mag: Sie kommt zu Gesprächen hierher, nicht um zu kämpfen.«

»Ich sorge nur vor«, erwiderte Reed. »Wie ich schon sagte: Ich erledige meine Arbeit.«

»Beziehungsweise die Ihrer Abteilung«, meinte Trip. »Wo sind die anderen?«

»Santini ist auf der Brücke. Alle anderen schlafen.«

»Na bitte.«

»Keine Sorge, Trip. Ich haue mich bald aufs Ohr.«

»Na schön.«

Reed fügte der Simulation einige weitere Variablen hinzu. Er bedauerte, nicht mehr über das Potenzial der sarkassianischen Schiffe bei Impulskraft zu wissen. Wie viel Energie benötigten ihre Waffensysteme? Reichte Impulskraft aus, um sie zu speisen? Oder brauchten sie Warpenergie?

Als er aufsah, stand Trip noch immer da.

»Was ist?«

»Ich wollte fragen, wie es Hart geht«, sagte Trip Tucker in einem ganz anderen Tonfall.

Sie ist tot, wollte Reed antworten.

Aber das stimmte nicht. Sie lebte noch. Dies war die Vergangenheit. Und er befand sich …

Auf dem Planetoiden. In der Pyramide.

Valay zielte mit der Phasenpistole auf ihn und ihr Gesicht trug einen nachdenklichen Ausdruck.

»Nein, nicht hiermit«, sagte sie und ließ die Waffe sinken.

Reed blinzelte und fand sich in der Waffenkammer wieder. Trip stand neben ihm und blickte über seine Schulter hinweg auf den Monitor der Konsole.

»Das hat ebenfalls nicht geklappt«, sagte er und deutete auf den Schirm. Die *Enterprise* wurde bei einer weiteren Kampfsimulation vernichtet. »Was haben Sie sonst noch im Ärmel?«

Reed saß wie erstarrt und antwortete nicht.

Dies war nur eine Erinnerung, ein Moment in der Vergangenheit, den er erneut erlebte. Aber nie zuvor hatte er sich mit einer derartigen Intensität erinnert – diese Erfahrungen waren einzigartig. Schlafmangel genügte nicht als Erklärung für so realistisch wirkende Halluzinationen. Etwas passierte mit ihm. Etwas, das in Zusammenhang stand mit Alanas und Valays Veränderung, mit den Geheimnissen, die der sarkassianische Außenposten barg.

Reed hörte, wie sich die Tür hinter ihm öffnete, und er drehte den Kopf.

Trip war fort.

Alana stand im Eingang.

Kummer erfasste ihn. Er wusste, was jetzt geschehen würde. Ganz gleich, was er auch unternahm – er konnte nichts daran ändern.

Er musste die nächsten Momente noch einmal erleben, wie ein Gefangener im eigenen Körper.

»Was machen Sie hier?«, fragte Reed. »Warum sind Sie überhaupt wach?«

Seine Präsenz schien Alana ebenfalls zu überraschen.

»Ich wollte mir die Waffenkammer ansehen«, sagte sie.

Sie trug noch immer den Patientenkittel aus der Krankenstation.

»Phlox hat Ihnen bestimmt nicht die Erlaubnis gegeben aufzustehen, oder?«

Alana gab keine Antwort und kam herein, die eine Hand auf dem Rücken – sie schien etwas zu verstecken.

Hinter ihr schloss sich die Tür.

Reed schüttelte den Kopf. »Sie wollten die Waffenkammer sehen und jetzt *haben* Sie sie gesehen. Kehren Sie zur Krankenstation zurück. Alana, Sie …«

Sie war noch etwa anderthalb Meter entfernt, als die andere Hand zum Vorschein kam.

Darin hielt Alana ein metallenes Rohr oder ein Metallstück, das nach einem Rohr aussah, etwa dreißig Zentimeter lang und zweieinhalb Zentimeter dick.

Vielleicht ein Teil des Diagnosebettes? Oder …

Alana sprang nach vorn, holte mit dem Rohr aus und traf Reed am Kopf.

Er taumelte zurück und die junge Frau schlug erneut zu. Das Rohr traf erneut seinen Kopf.

Er sank zu Boden und blieb benommen liegen.

Blut rann ihm übers Gesicht.

Alana ging an ihm vorbei zur Waffenkonsole.

Reeds Kopf schmerzte und das Bild vor seinen Augen verschwamm. Wie durch Dunstschlieren sah er zur Konsole und stellte fest, dass die Kontrolllichter der Indikatoren neue, ihm vertraute Muster bildeten. Ihm wurde sofort klar, was Alana beabsichtigte.

Sie aktivierte die Waffensysteme der *Enterprise.*

»Nein«, brachte er hervor und versuchte vergeblich, wieder auf die Beine zu kommen.

Der Nebel vor seinen Augen verdichtete sich und verschlang die Konturen der Umgebung.

In der Pyramide wandte sich Valay an Kellan.

»Geben Sie mir Ihre Waffe«, sagte sie.

Reed schwankte und war in Gefahr, das Gleichgewicht zu verlieren. Vergangenheit und Gegenwart, Erinnerung und Realität – alles verschmolz miteinander.

»Botschafterin?«, erwiderte Kellan. »Was …«

»Geben Sie mir Ihre Waffe, Lieutenant!«, befahl Valay. »Jetzt sofort!«

Kellan ließ den Arm sinken und drehte sich zu ihr um.

Jetzt, dachte Reed. Stürz dich auf ihn. Dies ist eine gute Gelegenheit …

Er kauerte in der Waffenkammer, auf Händen und Knien.

Alana leitete Energie in die Waffensysteme der *Enterprise*. Wahnsinn. Zweifellos orteten die Sarkassianer das steigende energetische Niveau und nahmen es zum Anlass, ihre eigenen Waffen zu aktivieren. Ein Kampf stand unmittelbar bevor. Ein Kampf, der zu einem katastrophalen Krieg führen konnte …

»Aufhören!«, wollte Reed rufen, aber es wurde nur ein Stöhnen daraus. »Alana …«

Sie achtete nicht auf ihn.

Reed versuchte, nach vorn zu kriechen. Fünfzehn Meter trennten ihn von der Waffenkonsole. Zu weit, begriff er sofort. Er konnte es nicht rechtzeitig dorthin schaffen.

Das Interkom summte.

»Brücke an Waffenkammer, Bericht. O'Neill an Reed, bitte melden Sie sich. Was geschieht bei Ihnen? Warum sind die Waffensysteme aktiviert?«

Die Phasenpistolen fielen Reed ein. Sie befanden sich im Waffenschrank direkt hinter ihm.

Er drehte sich um und versuchte, den nächsten Schrank zu öffnen. Ein hellblauer Pistolenkasten fiel auf den Boden. Reed zerrte eine Phasenpistole daraus hervor und justierte sie auf Betäubung.

»Brücke an Waffenkammer, deaktivieren Sie die Waffensysteme. Ich wiederhole: Deaktivieren Sie die Waffensysteme.«

Reed hob die Pistole und wandte sich wieder der Konsole zu.

Entsetzt sah er, dass Alana sich nicht darauf beschränkte, Energie in die Waffen der *Enterprise* zu leiten – sie richtete die Zielerfassung auf ein sarkassianisches Schiff.

»Halt!«, rief er und diesmal war seine Stimme laut genug, um Alanas Aufmerksamkeit zu wecken.

Sie drehte sich zu ihm um und bemerkte die Phasenpistole in seiner Hand.

Wortlos griff sie nach dem Rohr und näherte sich.

Es blieb Reed gar nichts anderes übrig, als sofort zu reagieren – er betätigte den Auslöser.

Die Entladung traf sie am Bauch und riss sie nach hinten; sie fiel auf den Boden. Das Rohr rutschte auf eines der Torpedokatapulte zu.

Harts ausgestreckte Hand berührte die seine und ihre Blicke trafen sich.

Für einen Sekundenbruchteil glaubte Reed, die alte Alana zu sehen und ihre Stimme zu hören.

Hilfe.

Und in diesem Sekundenbruchteil verwandelte sich die Welle aus Erinnerungen, die ihn immer wieder heimgesucht hatten, in eine wahre Flut. Bilder huschten an seinem inneren Auge vorbei.

Er sah sich selbst in der Waffenkammer, am Silvesterabend, hörte, wie er Alana nach dem Dinai-Zwischenfall fragte. Und dann …

… befand er sich in ihrem Quartier, sah den Corbett im Regal, und dann …

Wieder die Waffenkammer. Auf Armeslänge stand er vor ihr, dann küssten sie sich und plötzlich merkte Reed, dass er sich selbst sah, durch Alanas Augen, dass es nicht nur seine Erinnerungen waren, sondern auch ihre, es gab keine andere Erklärung für das, was er erlebte, aber es sollte eigentlich unmöglich sein, die Erinnerungen einer anderen Person zu sehen. Und doch war das bei ihm der Fall …

Steif und gerade stand er im Bereitschaftsraum des Captains, als Archer ihn an Bord der *Enterprise* begrüßte, und dann befand er sich …

… an Bord des Shuttles, das zum sarkassianischen Außenposten flog und dann …

… im Innern der Pyramide. Er blickte auf die Anzeigen des Tricorders und dann …

Erstarrt stand er da, ohne sich bewegen zu können, eine der Platten im Rücken. Vor ihm … ein Gesicht mit kalten Augen und einem bösen, unversöhnlichen Lächeln …

Goridian.

Und dann wurde alles schwarz.

23

Sarkassianischer Außenposten
17.01.2151, 13:23 Uhr

Reed befand sich wieder in der Pyramide. Valay hielt eine Partikelwaffe in der rechten Hand und richtete sie auf ihn. Die Phasenpistole hielt sie in der linken, ohne damit auf jemanden zu zielen. Kellan und Ash standen neben ihr.

»Leben Sie wohl, Lieutenant Reed.« Die Botschafterin hob ihre Waffe.

Der Anblick der auf ihn gerichteten Partikelwaffe wirkte wie ein Schwall eiskalten Wassers, der Reed im Gesicht traf. Die Vergangenheit – und damit die Erinnerungen – wich aus dem Zentrum seines Selbst.

Dies war die Realität, begriff er. Ihm blieben nur noch einige wenige Sekunden und er musste irgendetwas mit ihnen anstellen.

»Wollen Sie Krieg?«, rief er plötzlich. »Geht es Ihnen darum?«

Er sprach zu Valay, aber eigentlich galten seine Worte Kellan.

»Krieg?« Die Botschafterin lächelte. »Soll es ruhig dazu kommen. Ihre Streitkräfte planen vermutlich bereits eine Offensive auf der Grundlage des Wissens, das Sie vom Commodore bekamen. In dem Fall wäre es am besten, wenn wir sofort angreifen.«

Reed sah, wie Kellan einen Schritt vortrat.

»Krieg mit Starfleet, Botschafterin? Wir wissen nicht, wie viele Starfleet-Schiffe es in diesem Raumbereich gibt, und die Stärke ihrer Waffen ist uns ebenfalls unbekannt. Wir sollten vorsichtig sein.«

»Ich kenne ihre Waffen«, erwiderte Valay, ohne sich zu bewegen. »Die *Enterprise* verfügt über Phasenkanonen und Photonentorpedos, kann außerdem Plasma-Entladungen einsetzen. Gegen eines unserer voll abgeschirmten Angriffsschiffe lässt sich damit kaum etwas ausrichten, noch weniger gegen zwei.«

Einige Sekunden lang schwieg Reed verblüfft. Er versuchte, sich von der Überraschung zu erholen.

»Ich fürchte, Ihr Inventar ist nicht ganz vollständig«, sagte er, obwohl Valay in Wirklichkeit alles genannt hatte. Woher wusste sie über die Waffen der *Enterprise* Bescheid?

»Das glaube ich nicht«, sagte sie. »Ich habe nichts übersehen.«

Reed blickte ihr in die Augen und sah dort Gewissheit.

Er wandte sich an Kellan.

»Wir wollen keinen Krieg und ich habe den Eindruck gewonnen, dass Ihnen ebenfalls nichts daran liegt«, sagte Reed. »Vertrauen Sie Ihrem Instinkt, Kellan. Sprechen Sie mit Ihrer Regierung und sorgen Sie dafür, dass Valay Ihr Volk nicht auf einen Weg bringt, den es gar nicht einschlagen möchte.«

»Hier und heute spricht Botschafterin Valay für unsere Regierung«, erwiderte Kellan. »Sie ist ihre Stimme.«

Die Worte berührten etwas in Reed. Aber ihm blieb nicht genug Zeit, in sich hineinzuhorchen und herauszufinden, woran sie ihn erinnerten.

»Ich glaube, bei einer so wichtigen Angelegenheit sollte Ihre Regierung für sich selbst sprechen, finden Sie nicht? Aber Valay will das offenbar verhindern.«

»Wie meinen Sie das?«, fragte Kellan verwirrt.

»Das Störfeld.«

»Es sollte Roan daran hindern, andere zu Hilfe zu rufen, die sich mit ihm verbündet haben, um unser Volk zu verraten.«

»Er ist tot. Wozu brauchen Sie es jetzt noch?«, hakte Reed nach.

Kellan runzelte nachdenklich die Stirn.

»Setzen Sie sich mit Ihrer Regierung in Verbindung.« Reed trat einen Schritt vor und spürte, dass er zu Kellan durchdrang, wenn auch nur ein wenig. Er sah ihm in die Augen. »Bitten Sie um neue Anweisungen.«

Valay trat zwischen sie.

»Sehr clever, Lieutenant«, sagte sie. »Aber der Colonel und ich wissen sehr wohl, dass das Störfeld Sie daran hindert, Verstärkung anzufordern.«

»Verstärkung?«

»Die *Shi'ar*. Haben Sie das geplante Rendezvous mit ihr vergessen?«

Diesmal versuchte Reed nicht, seine Überraschung zu verbergen.

»Meine Güte … Wie können Sie *davon* wissen?«

Valay lächelte. »Ich weiß über Dinge Bescheid, von denen Sie nichts ahnen.«

So wie sie es sagte … Reed glaubte ihr.

Seine Gedanken rasten. Er hatte nicht auf das vulkanische Schiff hingewiesen und während ihres Aufenthalts an Bord der *Enterprise* konnte Valay unmöglich an Informationen über die *Shi'ar* gelangt sein – es sei denn, sie hatte es geschafft, in die am besten geschützten Bereiche des Bordcomputers einzudringen, und das hielt Reed für ausgeschlossen. Aber selbst wenn ihr das irgendwie gelungen war … Es würde bedeuten, das Botschafterin Valay dies – oder etwas Ähnliches – noch vor ihrem Besuch an Bord der *Enterprise* geplant hatte.

Reed erzitterte innerlich, als er sich das vorstellte.

»Wir könnten das Störfeld teilweise deaktivieren, Botschafterin«, sagte Kellan. »Um eine der niedrigen Frequenzen für einen Kontakt mit dem Zentralrat zu benutzen.«

»Kellan …«, erwiderte Valay missbilligend. »Denken Sie nach. Warum möchte der Lieutenant, dass wir zumindest teilweise auf das Störfeld verzichten? Vielleicht gibt es an Bord der *Enterprise* ein Gerät, das die ganze Zeit über das elektromagnetische Spektrum abtastet und nach der Möglichkeit sucht, einen externen Kom-Kontakt herzustellen und Verstärkung hierher zu beordern. Deshalb müssen wir wachsam bleiben und jedes Risiko meiden.«

»Ja, Botschafterin«, sagte Kellan, aber es klang skeptisch. Reed konnte es ihm nicht verdenken – Valays Hinweise waren alles andere als überzeugend.

Etwas Seltsames geschah hier. Etwas, das über den Bürgerkrieg hinausging, in dem Reed zu stecken glaubte.

Kellan runzelte noch immer die Stirn.

Valay warf ihm einen kurzen Blick zu und verlagerte ihr Gewicht auf das andere Bein.

»Wir könnten ein Verbindungsschiff losschicken, mit dem Auftrag, beim Zentralrat anzufragen, sobald es den Wirkungsbereich des Störfelds verlassen hat, Botschafterin. Ich spreche mit der *Amileus* und …«

Valay drehte sich und schoss mit der Phasenpistole, die sie plötzlich in der rechten Hand hielt.

Der zweite Mann bekam keine Gelegenheit zu einer Reaktion. Die Botschafterin erschoss ihn ebenfalls.

Reed taumelte einen Schritt zurück und wollte laufen, sich irgendwo zwischen den Platten verbergen. Noch immer desorientiert stieß er gegen eine von ihnen, und als er sich wieder aufgerichtet hatte, zeigte Valays Waffe auf ihn.

»Kommen Sie hierher, Lieutenant. Mit erhobenen Händen.«

Reed trat einige Schritte nach vorn.

»Sie scheinen unbedingt einen Krieg herbeiführen zu wollen, Botschafterin«, sagte er. »Warum?«

»Sagen wir, dass mir durchaus an einem Krieg gelegen ist. Je blutiger, desto besser.«

»War Dar Shalaan nicht blutig genug für Sie? Wie viele weitere Ta'alaat müssen sterben, wie viele Angehörige Ihres und meines Volkes?«

»Das ist nahe genug«, sagte Valay. »Ihre Leiche soll neben der Kellans liegen – das dürfte den richtigen Eindruck erwecken.«

Sie hielt die Waffe wie ein Experte und das erstaunte Reed. Er bezweifelte, dass man an einer diplomatischen Schule auch Schießübungen veranstaltete.

Aber nach all den Dingen, die geschehen waren, hätte es eigentlich keine Überraschung für ihn sein sollen.

Er hatte beobachtete, wie Valay geschickt die Justierung der Phasenpistole veränderte, und gehört, wie sie die Waffen der *Enterprise* nannte und Kellan auf das bevorstehende Rendezvous mit der *Shi'ar* hinwies.

Und nicht nur die Dinge, die sie wusste, waren rätselhaft. Auch für ihr Verhalten gab es keine Erklärung. Warum wollte sie unbedingt einen Krieg zwischen ihrem Volk, den Ta'alaat und Starfleet herbeiführen? Alles deutete darauf hin, dass ihre Bemühungen erfolgreich sein würden. Reed konnte sie nicht aufhalten. Ebenso wenig wie Captain Archer oder die anderen Sarkassianer, die Valays Befehlen gehorchen würden.

»Hier und heute spricht Botschafterin Valay für unsere Regierung«, hatte Kellan gesagt. »Sie ist ihre Stimme.«

Plötzlich wusste Reed, woran ihn diese Worte erinnerten.

Vor dem inneren Auge sah er Hoshi, die einen Text aus der vulkanischen Datenbank vorlas:

»Sie sprachen als unsere Oberhäupter, mit der Stimme unserer Oberhäupter und im Fleisch unserer Oberhäupter.«

Und Roan, der ihm von den Anu'anshee erzählte …

»Für uns grenzt ihre Technik oft an ein Wunder.«

Und dann Phlox, der in der Krankenstation mit ihm sprach …

»Manche Wissenschaftler glauben, dass diese Felder die Essenz der Persönlichkeit enthalten – das, was uns zu Individuen macht.«

Ein Teil der Verwirrung verschwand aus Reed.

Und das genügte.

Er sah Valay an und entsann sich an das, was sie über Verräter, Verstärkung und Störfelder gesagt hatte. Es waren alles Lügen. Sie hatte nur eine Rolle gespielt. Ihr Titel, der Umhang, die Worte, das Lächeln …

Selbst der Körper …

»Goridian«, sagte Reed.

Licht tanzte in ihren Augen und sie lächelte.

24

Sarkassianischer Außenposten
17.01.2151, 13:41 Uhr

Goridian hier, in Valays Körper. – Goridian an Bord der *Enterprise*, in Alanas Körper.

Plötzlich ergab all das einen Sinn, was zuvor rätselhaft gewesen war. Roans Ermordung, der Zwischenfall im zur Arrestzelle umgebauten Quartier, Alanas Veränderung …

»Es war keine Amnesie«, sagte Reed. »Nicht Alana hat versucht, das Feuer auf die Sarkassianer zu eröffnen – Sie steckten dahinter. Irgendwie haben Sie Ihr Selbst in Alanas Körper transferiert.«

Die Worte klangen absurd. Das Lächeln verschwand von den Lippen der Botschafterin und sie runzelte die Stirn. Für ein oder zwei Sekunden zweifelte Reed daran, die Situation richtig gedeutet zu haben.

Dann lächelte Valay erneut, breiter diesmal.

Und daraufhin wusste Reed, dass er Recht hatte.

Er trat vor – die Unsicherheit, die er eben noch gespürt hatte, existierte nicht mehr. Es blieb nur Zorn, der heiß in ihm brannte.

Valay hob die Waffe.

»Bleiben Sie dort stehen, Lieutenant.«

Reed verharrte.

»Sagen Sie mir, wie Sie es angestellt haben. Was ist mit der Botschafterin geschehen, und dann mit Alana?«

»Ihre Vermutung trifft zu – ich habe ihren Platz eingenommen.«

»Aber wie?«

»Mit den Maschinen der Anu'anshee.«

Reed verstand nicht. »Welche Maschinen meinen Sie?«

Valay wich einen Schritt zurück und hielt die Phasenpistole auf ihn gerichtet. Dann wechselte sie mit großem Geschick beide Waffen, sodass sich wieder Kellans Waffe in ihrer rechten Hand befand.

»Es hätte wohl kaum einen Sinn, Sie mit Ihrem eigenen Strahler zu erschießen, oder?«, fragte sie rhetorisch. »Das wäre für den sarkassianischen Zentralrat kein ausreichender Beweis dafür, dass die Erde in diese Sache verwickelt ist.«

Plötzlich verstand Reed ihren Plan. Beziehungsweise *seinen* Plan – er musste aufhören, sich die Person vor ihm als Botschafterin Valay vorzustellen. Er hatte es mit Goridian zu tun, der die gleichen Absichten verfolgte wie an Bord der *Enterprise*.

»Sie wollen einen Krieg.«

»Ja.«

Erneut hob sie die Waffe.

Valay, Goridian, wer auch immer – sie/er ging so mit der Waffe um, als wäre sie/er bestens damit vertraut. Goridian blieb weit genug entfernt, um Reed die Möglichkeit zu nehmen, sich auf ihn zu stürzen und ihn zu entwaffnen.

»Sie machen einen Fehler, Goridian. Überlegen Sie mal. Krieg zwischen Starfleet und den Sarkassianern? Das wäre kein unbedeutender Konflikt, der mit Handwaffen und ein paar Sprengladungen ausgetragen wird. Raumschiffe würden gegen Raumschiffe kämpfen. Tausende kämen ums Leben. Und wissen Sie was? Sowohl wir als auch die Sarkassianer würden immer größere und leistungsfähigere Waffen bauen. Und einige davon kämen auch gegen Ihr Volk zum Einsatz.«

»Sie vergessen, wer ich jetzt bin, Lieutenant: eine hochrangige Repräsentantin des Sarkassianischen Reiches. Ich werde die Ereignisse des Krieges in die richtige Richtung lenken. Natürlich wird mein Rat den Sarkassianern gelegentlich seltsam erscheinen, aber schließlich werden sie meine Gründe verstehen.« Goridian lächelte. »Wenn es für sie zu spät ist.«

Reeds Finger zuckten. Er sehnte sich nach einer Waffe, nach seiner Phasenpistole, einem Messer, irgendetwas. Er wollte, dass Goridian in seiner Wachsamkeit nachließ und näher kam.

Reed brauchte mehr Zeit, wenn er eine Chance haben wollte. »Erklären Sie mir, wie die Maschinen funktionieren«, sagte er.

»Nein. Wir haben schon genug Zeit vergeudet. Ich möchte nicht, dass einer der anderen Sarkassianer hierher kommt, um nach dem Rechten zu sehen. Dann bliebe mir nichts anderes übrig, als ihn ebenfalls zu erschießen, und ich möchte keinen weiteren Toten erklären müssen. Zwei Sarkassianer, die im Kampf gegen Sie und Roan fielen. Nun, Sie sind – beziehungsweise waren – ein sehr fähiger Starfleet-Offizier. Es dürfte mir nicht schwer fallen, den Zentralrat davon zu überzeugen. Und der beiden toten sarkassianischen Kämpfer wird man in Ehren gedenken. Aber zusätzliche Leichen würden die Glaubwürdigkeit dieser Geschichte beeinträchtigen.«

Goridian hob die Partikelwaffe.

»Das wär's, Lieutenant«, sagte der Ta'alaat in Valays Gestalt. »Ich schätze, Ihr Bewusstsein wird die nächsten Sekunden nicht überleben.«

Der Finger krümmte sich um den Auslöser.

Dann zögerte Goridian und ließ die Waffe sinken.

»Ihr Bewusstsein«, wiederholte er und lächelte. »Ich glaube, ich werde meinen Plan ein wenig ändern.«

Goridian forderte Reed auf, sich einer der Platten zu nähern – derjenigen, in deren Nähe er Alana gefunden hatte.

»Was haben Sie vor?«, fragte Reed.

»Wie ich schon sagte: eine kleine Änderung meines Plans. Ich glaube, als Lieutenant Malcolm Reed kann ich meiner Regierung nützlicher sein als in der Rolle der Botschafterin Valay Shuma.« Er lächelte. »Sie wollten doch wissen, wie diese Apparate funktionieren, nicht wahr? Ich zeige es Ihnen.«

Goridian blieb außerhalb von Reeds Reichweite und hielt die ganze Zeit über die Partikelwaffe auf ihn gerichtet, als er sich der Platte zuwandte und mit der freien Hand über ihre Symbole strich.

Das Rechteck begann zu glühen.

Reed konnte nicht rechtzeitig reagieren. Abrupt wurde er zurückgerissen, von einer Kraft, die ihm ein Rätsel blieb, und an die Platte gepresst – er schien praktisch an ihr festzukleben.

Er konnte sich nicht bewegen. Die Füße ebenso wenig wie Kopf oder Hände. Er öffnete den Mund, um zu sprechen, und selbst dass fiel ihm schwer.

»Was zum Teufel ...«

»Bewusstseinstransfer, Lieutenant«, sagte Goridian. »Die sarkassianischen Wissenschaftler, die diese Platten fanden, glaubten, dass sie auch noch andere Funktionen haben, aber um ganz ehrlich zu sein: Ich habe ihren Spekulationen kaum Beachtung geschenkt, nachdem ich herausgefunden hatte, wie ich damit ihr Reich infiltrieren konnte.«

Damit wurde ein weiterer Punkt klar.

»Sie haben den Notruf gesendet.«

»Ja. Ich dachte, die Sarkassianer würden angreifen, allen voran Roan. Ich bereitete eine Falle vor. Aber stattdessen begegnete ich Ensign Hart.« Goridian zuckte mit den Schultern.

Jenes Bild, das Reed zuvor gesehen hatte – Goridian, der hinter einer Platte erschien und sich Alana näherte –, huschte erneut an seinem inneren Auge vorbei.

Und plötzlich fiel ihm eine frühere Erinnerung ein.

Reed begriff jetzt, worum es sich handelte.

Die Erinnerung betraf das, was geschehen war, nachdem Goridian Alana überrascht hatte und sie – wie er jetzt – an eine Platte gepresst wurde.

Aber wie konnte sich Reed daran erinnern? Er war nicht dabei gewesen und Alana hatte nicht darüber gesprochen.

Er spürte, wie die Platte hinter ihm warm wurde.

Die Luft roch plötzlich nach Elektrizität.

Goridian trat einen Schritt zurück.

»Ich würde Ihnen gern sagen, dass es nicht wehtut«, sagte er. »Aber ich habe keine Ahnung, wie es sich für Sie anfühlt.«

»Warten Sie«, sagte Reed. »Was passiert mit mir?«

»Mit Ihnen?«

»Mit meinem Bewusstsein.«

»Das betrifft mich nicht«, erwiderte Goridian. »Aber nach den Informationen, die ich den Aufzeichnungen der Wissenschaftler entnehmen konnte ... Vermutlich erwartet Sie der Tod.«

Er streckte die Hand aus und berührte die Stirn des Menschen. Vor Reeds Augen wurde alles schwarz.

25

Sarkassianischer Außenposten
17.01.2151, 14:11 Uhr

Erinnerungen erwachten und stiegen in Reed empor. Seine eigenen. Und die Alanas.

Er war sie, erstarrt, reglos, an eine Platte gepresst. Alana beobachtete, wie der Fremde näher kam und die Hand ausstreckte. Seine Fingerspitzen berührten ihre Stirn …

Und plötzlich schien jede einzelne Körperzelle in Flammen zu stehen. Heiße Agonie brannte in ihr.

Der Fremde befand sich in ihrem Innern.

Zwei Selbstsphären, zwei Persönlichkeiten, rangen um die Kontrolle über den Körper. Ein wilder mentaler Kampf fand statt.

Alana verlor ihn und ihr Ich wirbelte ins Nichts.

Dunkelheit umgab sie. Sie hatte weder Arme noch Beine, roch nichts, sah nichts und berührte nichts. Es gab keine Möglichkeit der Kommunikation für sie. Sie fühlte sich in den Isolationstank der Akademie zurückversetzt. Mit seiner Hilfe wurden die Kadetten auf Notfall-Evakuierungen vorbereitet: keine Energie, kein Licht, keine Möglichkeit festzustellen, wie schnell die Zeit verstrich. Völlige Trennung von der gewohnten Umgebung – so wie jetzt.

Aber sie war bei Bewusstsein. Und damit einher ging die Erkenntnis, dass sie lebte.

Sie lebte und war gefangen, in ihrem eigenen Körper.

Zeit verstrich. Wie schnell – das wusste Alana nicht.

Gelegentlich kam es zu kurzen Kontakten mit der Außenwelt. Der Klang eines Wortes, Essensgeruch, das geisterhafte Bild einer Person, ein Raum an Bord der *Enterprise*.

Außerdem spürte sie manchmal die Gedanken des Fremden, der von ihr Besitz ergriffen hatte. Er gab sich als sie aus, nahm ihren Platz auf der *Enterprise* ein.

Das erneuerte ihre Agonie. Aber sie konnte nichts dagegen tun.

Hilflos verlor sie sich in ihren Erinnerungen – mehr war ihr nicht geblieben – und trieb fort.

Ganz plötzlich erblühte vor ihr die Welt im Licht.

Sie lag auf dem Boden der Waffenkammer. Malcolm befand sich in der Nähe, auf Händen und Knien, starrte schockiert und benommen. Seine ausgestreckte Hand berührte die ihre. Blut tropfte aus einer Wunde in der Stirn.

Innerhalb eines Sekundenbruchteils wurden Alana zwei Dinge klar:

Der Fremde steckte nicht mehr in ihrem Körper.

Und sie konnte nicht atmen.

Sie versuchte, durch die Nase Luft zu holen und den Mund zu öffnen, aber ihr gelang weder das eine noch das andere. Nicht einen einzigen Muskel konnte sie rühren – die elektrischen Signale des Gehirns schienen die betreffenden Körperteile nicht zu erreichen. So als gäbe es irgendwo einen Kurzschluss.

Der Fremde, begriff Alana. Er hatte etwas mit ihrem Gehirn angestellt.

Sie sah zu Malcolm. Hilfe, wollte sie sagen. Zwar bewegte sich ihr Mund nicht, aber sie spürte, dass er reagierte. Ein Teil seines Selbst schien sie zu hören.

Ihre Hände berührten sich.

Alana nahm ihre ganze Willenskraft zusammen …

Und übertrug ihr Bewusstsein.

Eine Woge aus Erinnerungen schwappte über sie hinweg – gemeinsame Momente.

Sie sah sich selbst in der Waffenkammer, am Silvesterabend, als Malcolm sie nach dem Dinai-Zwischenfall fragte. Und dann befanden sie sich …

In ihrem Quartier. Malcolm nahm den Corbett und wandte sich ihr mit einem Lächeln zu, dann waren sie …

Wieder in der Waffenkammer. Auf Armeslänge standen sie sich gegenüber, dann küssten sie sich und plötzlich merkte sie, dass sie sich selbst sah, durch seine Augen, und dass diese Erinnerungen nicht nur ihre eigenen waren, sondern auch seine. Etwas verband sie miteinander.

Zwei Bewusstseinssphären in einem Körper.

Malcolm kontrollierte seinen Leib, aber Alana weilte bei ihm, am Rande seines Denkens und Empfindens.

Vorsichtig und dann mit mehr Entschlossenheit versuchte sie, mit ihm zu kommunizieren.

Reed hörte sie jetzt ganz deutlich.

Und während er lauschte, fügte sich alles zu einem einheitlichen Bild zusammen.

Die halluzinatorische Intensität seiner Erinnerungen, der Umstand, dass er während der vergangenen Tage sehr mit der Vergangenheit beschäftigt gewesen war und ihn alles an Alana erinnert hatte …

Der Grund: Sie war die ganze Zeit über bei ihm gewesen, seit er in der Waffenkammer ihre Hand berührt hatte.

Alana lebte.

Er spürte, wie sich sein Bewusstsein ihr entgegenstreckte, und dann …

Sie standen sich gegenüber, auf einer öden Ebene, die sich endlos in alle Richtungen erstreckte.

»Du bist es«, sagte Reed zögernd und trat einen Schritt vor. »Meine Güte, du bist es wirklich.«

Alanas Worte waren wie Eiswasser in seinem Gesicht.

»Nein«, erwiderte sie. »Ich bin es nicht. Dies alles …« Sie vollführte eine Geste, die der Umgebung galt. »… ist nicht real.«

Sie hatte natürlich Recht, begriff Reed sofort. Dies war eine Illusion, geschaffen von ihren beiden Bewusstseinssphären. Eine Illusion, die die Kommunikation erleichterte.

»Ja«, bestätigte Alana. »Die Realität ist dort draußen. Nur ein Sekundenbruchteil trennt Goridian davon, dich zu berühren und die Kontrolle über deinen Körper an sich zu reißen.«

»Wir hindern ihn daran, wir beide«, erwiderte Reed. »Zwei gegen einen.«

Alana schüttelte den Kopf. »Nein. Er ist zu stark.«

»Aber wie …«

Er las ihre Gedanken und das Herz wurde ihm schwer.

»Nein«, sagte er, und dann noch einmal, lauter: »Nein!«

»Es ist die einzige Möglichkeit, Malcolm.« Alana lächelte traurig und wich einen Schritt zurück.

Er streckte die Hand nach ihr aus und die Ebene verschwand.

»Vergiss mich nicht.«

Ihr Bewusstsein strich über seins.

Eine letzte Berührung zum Abschied, das Echo eines Kusses.

Licht strömte Reed entgegen und die Welt kehrte zurück.

Er befand sich wieder in der Pyramide. Es war keine Zeit verstrichen.

Goridians Hand berührte ihn an der Stirn und seine/ihre Lippen formten noch immer ein siegessicheres Lächeln.

Dann gab die vermeintliche Botschafterin einen schmerzerfüllten Schrei von sich und sank zu Boden. Sie erbebte am ganzen Leib, so wie Alana, als sie – vor einer Ewigkeit, wie es schien – vom Planetoiden zurückgekehrt war.

Reed kannte nun die Ursache für jene Anfälle. Sie waren die physischen Auswirkungen des geistigen Kampfes zwischen Goridian und Alana gewesen. Valays Leib zuckte, weil Alana in ihm steckte und Goridian daran hinderte, ihn zu verlassen und Reeds Körper unter Kontrolle zu bringen.

Die Technik der Anu'anshee hatte Goridian den ersten Bewusstseinstransfer ermöglicht, aber anschließend brauchte er die Maschinen nicht mehr, um sein Selbst von einem Körper auf den nächsten zu übertragen. Deshalb hatte er nach Alanas »Tod« in der Waffenkammer in seinen eigenen Körper zurückkehren und Valay im zur Zelle umgebauten Quartier übernehmen können. Vermutlich nutzte er die Platte hinter Reed nur, um sein Opfer festzuhalten, während er das eigene Selbst transferierte.

Aber was für Goridian galt, das galt auch für Alana. Sie konnte ebenfalls aus eigener Kraft von Körper zu Körper springen, so wie in der Waffenkammer, als Reeds Hand die ihre berührte.

Die Kraft, die Reed an die Platte drückte, ließ nach. Er stemmte sich ihr entgegen, wankte nach vorn, bückte sich und hob die Partikelwaffe auf.

Valay – Valays Körper – zuckte noch immer. Die beiden Selbstsphären darin, Alana und Goridian, rangen nach wie vor miteinander. Reed streckte die Hand nach der Botschafterin aus. Er wusste nicht, wie er Alana helfen konnte, aber er wollte sie nicht allein kämpfen lassen …

Plötzlich hörten die Zuckungen auf und Valay lag reglos auf dem Boden.

Dann erhob sie sich.

Hoffnungsvoll blickte ihr Reed in die Augen.

Sie waren dunkel und kalt. Kein Gefühl zeigte sich in ihnen.

Goridian.

Reed hob die Partikelwaffe.

»Das können Sie nicht«, sagte Valay/Goridian. »Sie ist noch immer hier drin. Und sie lebt.«

»Ich weiß«, erwiderte Reed. Auch Alana hatte gewusst, was geschehen würde. Und was er tun musste.

»Leb wohl«, sagte er. »Das ist für Alana und nicht für dich, du Mistkerl.«

Goridian öffnete überrascht den Mund.

Reed biss die Zähne zusammen und schoss.

EPILOG

Bereitschaftsraum des Captains
18.01.2151, 14:45 Uhr

Beginn der Mitteilung. Captain Jonathan Archer vom Raumschiff *Enterprise* an Nicole und Jonathan Hart, Lake Armstrong, Luna. Mr. und Mrs. Hart, inzwischen hat Starfleet Sie vom Tod Ihrer Tochter in Kenntnis gesetzt. Ich möchte Ihnen mein Beileid aussprechen, und auch das Beleid aller anderen Personen an Bord dieses Schiffes, die mit Alana zusammengearbeitet haben. Sie war eine ganz besondere Persönlichkeit, und wir vermissen sie. Ich darf Ihnen versichern, dass wir sie nicht vergessen werden – sie half dabei, einen Krieg zu verhindern, der tausende das Leben gekostet hätte.«

Archer presste die Fingerspitzen aneinander und atmete tief durch. Diesmal blieb die Suche nach geeigneten Worten nicht vergeblich – allerdings hielt er es für besser, sich in Hinsicht auf die Umstände von Harts Tod vage auszudrücken. Nicht etwa deshalb, weil er den Berichten mit Zweifel begegnete, sondern weil jemandem, der nicht an den seltsamen Ereignissen der letzten Tage beteiligt gewesen war, dies alles wie übernatürlicher Spuk erscheinen musste.

Er beendete die Nachricht für die Harts mit dem Hinweis, dass sie weitere Mitteilungen von der Crew erwarten durften. So wusste er zum Beispiel, dass Malcolm ihnen die Sachen ihrer Tochter zusammen mit einem persönlichen Brief schicken wollte. Seine Worte würden den Harts auf eine andere Weise Trost spenden.

Aber es war natürlich nicht möglich, den Verlust zu ersetzen.

Der Türmelder summte.

»Herein.«

Trip betrat den Raum. »Hast du die Mitteilung fertig?«

»Ja.« Archer betätigte eine Taste des Computerterminals. »Und jetzt ist sie unterwegs.«

»Gut.« Trip nickte. »Ich wollte dich abholen. Die anderen sind bereits unterwegs.«

»Auch Malcolm?«

»Mhm.«

»Wie geht es ihm?«

»Eigentlich ganz gut, wenn man alles berücksichtigt. Ich glaube, du hast die richtige Entscheidung getroffen. Indem du ihm gestattet hast, die Grabrede zu halten.«

»Freut mich, das zu hören.« Archer fragte sich, ob er Trip nach dem Wahrheitsgehalt der Gerüchte über die Beziehung zwischen Reed und Hart fragen sollte. Der Klatsch an Bord erreichte auch den Bereitschaftsraum, aber Archer schenkte ihm kaum Beachtung. Normalerweise ließ er sich Gerüchte von Personen bestätigen, denen er vertraute, doch in diesem besonderen Fall zweifelte er daran, ob Trip ihm etwas gesagt hätte – selbst wenn er mehr wusste.

Inzwischen spielte es ohnehin keine Rolle mehr.

Unglücklicherweise.

Es war in jedem Fall eine dumme Vorschrift. Archer fügte sie der immer länger werdenden Liste von Dingen hinzu, über die er mit Admiral Forrester reden wollte.

Das Interkom summte.

»Captain …« Hoshis Stimme. »Wir empfangen Kom-Signale von den Sarkassianern.«

Archer und Trip wechselten einen Blick.

»Ich bin unterwegs«, sagte der Captain und eilte zur Brücke.

Seit Reeds Rückkehr vom Planetoiden hatten sie nichts mehr von den Sarkassianern gehört. Es war zu Kom-Kontakten zwischen den sarkassianischen Schiffen gekommen und einige Stunden später verschwand das Störfeld. Daraufhin fand verstärkte Kom-Aktivität statt, vermutlich zwischen den Schiffen und dem sarkassianischen Zentralrat.

»Auf den Schirm«, sagte Archer.

Das Bild auf dem Hauptschirm wechselte und zeigte einen Sarkassianer, den der Captain jetzt zum ersten Mal sah. Er war wesentlich jünger als Roan oder Valay.

»*Enterprise,* hier spricht Lieutenant Col vom Angriffsschiff *Amileus.*«

»Lieutenant ...«

»Wir haben die Aufzeichnungen unseres Außenpostens gefunden. Die Geschichte, die Ihr Lieutenant erzählt hat, in Hinsicht auf Commodore Roan und die Botschafterin ... Sie scheint der Wahrheit zu entsprechen.«

»Nun, es freut mich, das von Ihnen zu hören«, erwiderte Archer.

Col blieb ernst. »Trotzdem muss ich Ihnen mitteilen, dass wir sehr besorgt sind angesichts Ihrer Einmischungen in unsere Angelegenheiten und des Entfernens von sarkassianischem Eigentum aus dem Außenposten.«

»Mir scheint, wir haben Ihnen dabei geholfen, Ihre Angelegenheiten in Ordnung zu bringen«, erwiderte Archer. »Was viele Personen vor dem Tod bewahrt haben dürfte.«

Eigentlich hielt er ein Dankeschön für angebracht, aber so etwas durfte er von den Sarkassianern wohl nicht erwarten.

»Was Ihr Eigentum betrifft«, fügte Archer hinzu. »Wir haben es zurückgegeben, wie Sie zweifellos wissen.«

»Der Probenbehälter wurde inzwischen sichergestellt«, entgegnete Col. »Allerdings bin ich angewiesen, Sie zu informieren, dass unser Zentralrat den Besitz von Artefakten oder entsprechender Aufzeichnungen als eine kriegerische Handlung interpretieren müsste, die angemessene Gegenmaßnahmen zur Folge hätte.«

»Ich verstehe«, sagte Archer. »Wie unser Lieutenant Ihnen mitgeteilt hat: Wir haben alle aus dem Außenposten stammenden Dinge zurückgegeben.«

»Und die Aufzeichnungen?«

Archer seufzte. »Wenn Sie darauf bestehen, löschen wir die betreffenden Daten.«

»Wir bestehen darauf«, sagte Col.

»Na schön.« Archer hatte damit gerechnet und Hoshi und Malcolm beauftragt, die gesammelten Informationen in einer Datei zusammenzufassen, damit sie leichter gelöscht werden konnten. Die Versuchung, eine geheime Kopie anzulegen, war sehr groß, aber er beschloss, ihr zu widerstehen.

Wenn die Sarkassianer bereit waren, dem Rest der Galaxis mit mehr Offenheit zu begegnen, standen jene Daten wieder zur Verfügung. Archer wollte ihnen keinen Vortrag über gute Nachbarschaft halten.

Das überließ er T'Pol.

»Wir werden die Ihren Außenposten betreffenden Informationen aus unserem Computersystem löschen.«

»Ich vertraue Ihrem Wort.«

Archer nickte. »Gut.«

»Damit dürfte alles geklärt sein. Es steht Ihnen jetzt frei, unseren Raumbereich zu verlassen.«

»Das kommt praktisch einem Hinauswurf gleich«, murmelte Trip hinter dem Captain.

»Noch eine letzte Sache, Col. Wir haben auf den Notruf reagiert, weil wir helfen wollten. Falls Sie in Zukunft Hilfe benötigen – wir sind bereit.«

Diese Worte schienen Col zu überraschen. Einige Sekunden lang schwieg er verwirrt.

T'Pol nutzte die Gelegenheit und trat an die Seite des Captains.

Archer richtete einen kurzen Blick auf seinen wissenschaftlichen Offizier und unterdrückte ein Lächeln.

In ferner Vergangenheit waren die Vulkanier ein sehr aggressives Volk gewesen. Er kannte T'Pol jetzt seit einem guten Jahr und wusste, dass jene Emotionen noch immer existierten, tief unter den Disziplinen der Logik, verborgen hinter einer Maske der Unerschütterlichkeit.

Manchmal glaubte Archer, einen Blick auf sie erhaschen zu können. Zum Beispiel vor kurzem im Bereitschaftsraum, als T'Pol ihn darauf hingewiesen hatte, was sie den Sarkassianern mitteilen wollte.

Archer setzte sich in seinen Kommandosessel.

Jetzt bin ich gespannt, dachte er.

»Lieutenant Col, ich bin nicht nur als Mitglied von Starfleet an Bord der *Enterprise,* sondern auch als Repräsentantin des Planeten Vulkan. In dieser meiner zweiten Eigenschaft spreche ich zu Ihnen.

Ich will ganz offen sein, Lieutenant. Sie und Ihre Wissenschaftler haben sich völlig verantwortungslos verhalten. Sie sind wie Kinder, die einen Kasten mit gefährlichen Waffen bekommen haben. Sie holen sie hervor und spielen mit ihnen, ohne sich darum zu scheren, welchen Schaden sie dadurch bei sich selbst und bei anderen anrichten. Ihre gefährlichen Aktivitäten bedrohen nicht nur Sie, sondern auch andere. Im Namen meiner Regierung fordere ich Sie auf, mit der achtlosen Ausnutzung der von den Anu'anshee hinterlassenen Ressourcen aufzuhören.«

Während T'Pol sprach, behielt Archer Col im Auge. Die Ausdruckslosigkeit in seiner Miene wich allmählich Ärger.

»Für wen halten Sie sich, uns zu belehren?«

»Ich habe Sie nicht belehrt, sondern die Tatsachen

festgestellt«, erwiderte T'Pol. »In zwei Tagen begegnen wir dem vulkanischen Forschungsschiff *Shi'ar*. Es wird Informationen über die Art Ihrer Aktivitäten nach Vulkan bringen.«

»Und das bedeutet?«

»Es bedeutet wohl, dass uns die Sache aus den Händen genommen ist«, sagte Archer. »Es liegt bei Ihnen, welche Kontakte Sie mit dem Rest der Galaxis haben wollen.«

Er sah Col an. Der Mann stand steif und gerade auf der Brücke seines Schiffes, regte sich nicht.

In seinen Augen glaubte Archer die ersten Anzeichen von Einsicht zu erkennen. Aber vielleicht war das nur Wunschdenken.

Er hoffte, eines Tages Gewissheit zu erlangen.

»Auf Wiedersehen, Lieutenant«, sagte er. »Und viel Glück.«

Auf sein Nicken hin unterbrach Hoshi die Kom-Verbindung.

»Entschuldigen Sie bitte. Wenn wir jetzt beginnen könnten ...«

Archer stand an der Rückwand der Waffenkammer, inmitten seiner Crew, die den ganzen Raum füllte. Einige Besatzungsmitglieder standen sogar auf den Leitern und der Rampe im zweiten Stock, vor den beiden Abschussvorrichtungen für die Torpedos. Lieutenant Reed trat zu der Waffenkonsole und hob die Hand.

Es wurde still.

»Danke«, sagte Reed. »Ich habe einen gewissen Ruf zu wahren. Ich gelte als jemand, der nicht viele Worte verliert, und ich verspreche Ihnen, Sie nicht zu enttäuschen.«

Archer lächelte.

Reed räusperte sich und legte die Hände auf den Rücken.

»Wir haben uns heute hier versammelt, um eines gefallenen Kameraden zu gedenken: Ensign Alana Hart. Ich glaube, ich spreche für uns alle, wenn ich sage, dass wir sie nie so gut kennen gelernt haben, wie wir es uns gewünscht hätten.« Nach diesen Worten legte Reed eine kurze Pause ein.

Archer begriff, wie schwer dies für Malcolm sein musste. Und er vermutete, dass mehr als nur ein wenig Wahrheit hinter den Gerüchten steckte.

Er schluckte und ließ den Atem langsam entweichen.

»Wir erweisen ihr die letzte Ehre und erinnern uns an sie, indem wir hier sind«, fuhr Reed fort. »Alana wäre sicher auch der Meinung, dass wir sie ehren, indem wir nach vorn blicken, in die Zukunft, und nicht zu sehr bei der Vergangenheit verweilen.«

Er nickte und die Angehörigen der taktischen Abteilung – Bishop, Diaz, Santini und Perkins, der gerade neu hinzugekommen war – traten vor und salutierten. Reed erwiderte den Gruß.

Die Blicke aller Anwesenden glitten zum Torpedokatapult auf der Steuerbordseite. Dort ruhte Alanas Leiche in einer leeren Röhre, einem improvisierten Sarg.

Reeds Lippen bewegten sich, als er einige leise Worte formulierte, die nur er selbst hörte. Sprach er ein Lebewohl? Oder ein Gebet? Archer wusste es nicht.

Dann streckte der Lieutenant die Hand aus und betätigte ein Schaltelement.

Das Torpedogehäuse mit Alanas sterblichen Überresten geriet in Bewegung und rutschte in die Abschusskammer. Eine Sekunde später deutete ein leises Zischen darauf hin, dass sich die Geschosskammer entleert hatte – die Leiche der jungen Frau befand sich im All.

»Gute Reise, Ensign«, flüsterte der Captain.

Er beobachtete, wie sich Reed an der Waffenkonsole umdrehte. Seine Schultern zitterten.

Eine Zeit lang blieb er so stehen.

Die Besatzungsmitglieder gingen und Archer trat zur Konsole, wo Reed mit den übrigen Angehörigen der taktischen Abteilung sprach.

»Gut gemacht, Malcolm«, sagte er. »Bestimmt sieht Ensign Hart von irgendwo lächelnd auf uns herab.«

»Danke, Sir. Das hoffe ich.«

Archer nahm an dem Gespräch teil – eine kurze Einweisung für Perkins, den Neuankömmling. Dann summte das Interkom.

»T'Pol an Captain Archer.«

»Ich höre, Subcommander.«

»Wir nähern uns dem unerforschten Sonnensystem.«

»Schon?«

»Ich habe unsere Geschwindigkeit auf Warp vier erhöht, damit wir rechtzeitig für das Rendezvous mit der *Shi'ar* zur Stelle sind.«

»In Ordnung. Was ist mit dem Sonnensystem?«

»Die Sensoren ermitteln gerade die ersten Daten … Zwei Planeten der Minschara-Klasse, in einer synchronen Umlaufbahn um das Zentralgestirn.«

»In einer synchronen Umlaufbahn?« Archer runzelte die Stirn. »Was bedeutet das?«

»Die beiden Planeten befinden sich auf der gleichen orbitalen Ebene, um hundertachtzig Grad zueinander versetzt – der eine hinter der Sonne, der andere davor. Es scheinen … Spiegelbilder zu sein.«

T'Pol klang verwirrt. Archer teilte ihre Verwunderung.

»Ich bin gleich da. Archer Ende.«

Er wandte sich an Reed, der ebenfalls die Stirn runzelte.

»Spiegelbilder, um hundertachtzig Grad zueinander versetzt, auf der gleichen orbitalen Ebene … Wie ist das möglich?«

Reed schüttelte den Kopf. »Es sollte eigentlich

unmöglich sein, Sir. Zumindest nach meiner Erfahrung.«

»Nun, kommen Sie mit, Malcolm.« Archer ging zur Tür der Waffenkammer, die sich vor ihm öffnete. »Erweitern wir unseren Horizont.«

Reed lächelte – es war das erste richtige Lächeln seit Tagen – und folgte dem Captain.

DANKSAGUNGEN

Viele Leute halfen mir dabei, dieses Buch rechtzeitig fertig zu stellen. Im Besonderen möchte ich erwähnen:

Margaret Clark, mit ihrer ruhigen Art …
Paula Block, die gute Fragen stellt …
Den einzigen Redakteur, den nichts aus der Bahn wirft …
Und natürlich die Familie: Caleb, Cleo, Jill, Madeleine und Toni.

Dank gebührt auch:

Der Produktionsgruppe von Pocket Books.
Vonda McIntyre für eine sehr wichtige Inspiration.
Mike Okuda, der mir wichtige technische Informationen gab und mich vor langer Zeit, in einer weit, weit entfernten Galaxis im Sessel des Captains sitzen ließ.
Rick Berman und Brannon Braga, die *Enterprise* schufen und damit Manna vom Himmel holten.
Und Gene Roddenberry, ohne den …

STAR TREK™

in der Reihe
HEYNE SCIENCE FICTION & FANTASY

STAR TREK: CLASSIC SERIE
Vonda N. McIntyre, Star Trek II: Der Zorn des Khan · 06/3971
Vonda N. McIntyre, Der Entropie-Effekt · 06/3988
Robert E. Vardeman, Das Klingonen-Gambit · 06/4035
Lee Correy, Hort des Lebens · 06/4083
Vonda N. McIntyre, Star Trek III: Auf der Suche nach Mr. Spock · 06/4181
S. M. Murdock, Das Netz der Romulaner · 06/4209
Sonni Cooper, Schwarzes Feuer · 06/4270
Robert E. Vardeman, Meuterei auf der Enterprise · 06/4285
Howard Weinstein, Die Macht der Krone · 06/4342
Sondra Marshak & Myrna Culbreath, Das Prometheus-Projekt · 06/4379
Sondra Marshak & Myrna Culbreath, Tödliches Dreieck · 06/4411
A. C. Crispin, Sohn der Vergangenheit · 06/4431
Diane Duane, Der verwundete Himmel · 06/4458
David Dvorkin, Die Trellisane-Konfrontation · 06/4474
Vonda N. McIntyre, Star Trek IV: Zurück in die Gegenwart · 06/4486
Greg Bear, Corona · 06/4499
John M. Ford, Der letzte Schachzug · 06/4528
Diane Duane, Der Feind – mein Verbündeter · 06/4535
Melinda Snodgrass, Die Tränen der Sänger · 06/4551
Jean Lorrah, Mord an der Vulkan Akademie · 06/4568
Janet Kagan, Uhuras Lied · 06/4605
Laurence Yep, Herr der Schatten · 06/4627
Barbara Hambly, Ishmael · 06/4662
J. M. Dillard, Star Trek V: Am Rande des Universums · 06/4682
Della van Hise, Zeit zu töten · 06/4698
Margaret Wander Bonanno, Geiseln für den Frieden · 06/4724
Majliss Larson, Das Faustpfand der Klingonen · 06/4741
J. M. Dillard, Bewußtseinsschatten · 06/4762
Brad Ferguson, Krise auf Centaurus · 06/4776
Diane Carey, Das Schlachtschiff · 06/4804
J. M. Dillard, Dämonen · 06/4819
Diane Duane, Spocks Welt · 06/4830
Diane Carey, Der Verräter · 06/4848
Gene DeWeese, Zwischen den Fronten · 06/4862
J. M. Dillard, Die verlorenen Jahre · 06/4869
Howard Weinstein, Akkalla · 06/4879
Carmen Carter, McCoys Träume · 06/4898
Diane Duane & Peter Norwood, Die Romulaner · 06/4907
John M. Ford, Was kostet dieser Planet? · 06/4922
J. M. Dillard, Blutdurst · 06/4929
Gene Roddenberry, Star Trek I: Der Film · 06/4942
J. M. Dillard, Star Trek VI: Das unentdeckte Land · 06/4943
Jean Lorrah, Die UMUK-Seuche · 06/4949
A. C. Crispin, Zeit für gestern · 06/4969
David Dvorkin, Die Zeitfalle · 06/4996
Barbara Paul, Das Drei-Minuten-Universum · 06/5005
Judith & Garfield Reeves-Stevens, Das Zentralgehirn · 06/5015
Gene DeWeese, Nexus · 06/5019

STAR TREK™

D. C. Fontana, Vulkans Ruhm · 06/5043
Judith & Garfield Reeves-Stevens, Die erste Direktive · 06/5051
Michael Jan Friedman, Das Doppelgänger-Komplott · 06/5067
Judy Klass, Der Boaco-Zwischenfall · 06/5086
Julia Ecklar, Kobayashi Maru · 06/5103
Peter Norwood, Angriff auf Dekkanar · 06/5147
Carolyn Clowes, Das Pandora-Prinzip · 06/5167
Michael Jan Friedman, Schatten auf der Sonne · 06/5179
Diana Duane, Die Befehle des Doktors · 06/5247
V. E. Mitchell, Der unsichtbare Gegner · 06/5248
Dana Kramer-Rolls, Der Prüfstein ihrer Vergangenheit · 06/5273
Barbara Hambly, Der Kampf ums nackte Überleben · 06/5334
Brad Ferguson, Eine Flagge voller Sterne · 06/5349
J. M. Dillard, Star Trek VII: Generationen · 06/5360
Gene DeWeese, Die Kolonie der Abtrünnigen · 06/5375
Michael Jan Friedman, Späte Rache · 06/5412
Peter David, Der Riß im Kontinuum · 06/5464
Michael Jan Friedman, Gesichter aus Feuer · 06/5465
Peter David/Michael Jan Friedman/Robert Greenberger,
Die Enterbten · 06/5466
L. A. Graf, Die Eisfalle · 06/5467
John Vornholt, Zuflucht · 06/5468
L. A. Graf, Der Saboteur · 06/5469
Melissa Crandall, Die Geisterstation · 06/5470
Mel Gilden, Die Raumschiff-Falle · 06/5471
V. E. Mitchell, Tore auf einer toten Welt · 06/5472
Victor Milan, Aus Okeanos Tiefen · 06/5473
Diane Carey, Das große Raumschiff-Rennen · 06/5474
Margaret Wander Bonanno, Die Sonde · 06/5475
Diane Carey, Kirks Bestimmung · 06/5476
L. A. Graf, Feuersturm · 06/5477
A. C. Crispin, Sarek · 06/5478
Simon Hawke, Die Terroristen von Patria · 06/5479
Barbara Hambly, Kreuzwege · 06/5681
L. A. Graf, Ein Sumpf von Intrigen · 06/5682
Howard Weinstein, McCoys Tochter · 06/5683
Judith & Garfield Reeves-Stevens, Die Föderation · 06/5684
J. M. Dillard, Sabotage · 06/5685
Denny Martin Flinn, Der Coup der Promethaner · 06/5686
Diane Carey/Dr. James I. Kirkland, Keine Spur von Menschen · 06/5687
William Shatner, Die Asche von Eden · 06/5688
William Shatner, Die Rückkehr · 06/5689
William Shatner, Der Rächer · 06/5690
Peter David, Die Tochter des Captain · 06/5691
Dean Wesley Smith/Kristine Kathryn Rusch, Die Ringe von Tautee · 06/5693
Diane Carey, Invasion – 1: Der Erstschlag · 06/5694
Dean Wesley Smith/Kristine Kathryn Rusch, Tag der Ehre – 4: Das Gesetz des Verrats · 06/5702
William Shatner, Das Gespenst · 06/5703
William Shatner, Dunkler Sieg · 06/5704
William Shatner, Die Bewahrer · 06/5705

STAR TREK™

STAR TREK: THE NEXT GENERATION
David Gerrold, Mission Farpoint · 06/4589
Gene DeWeese, Die Friedenswächter · 06/4646
Carmen Carter, Die Kinder von Hamlin · 06/4685
Jean Lorrah, Überlebende · 06/4705
Peter David, Planet der Waffen · 06/4733
Diane Carey, Gespensterschiff · 06/4757
Howard Weinstein, Machthunger · 06/4771
John Vornholt, Masken · 06/4787
David & Daniel Dvorkin, Die Ehre des Captain · 06/4793
Michael Jan Friedman, Ein Ruf in die Dunkelheit · 06/4814
Peter David, Eine Hölle namens Paradies · 06/4837
Jean Lorrah, Metamorphose · 06/4856
Keith Sharee, Gullivers Flüchtlinge · 06/4889
Carmen Carter u. a., Planet des Untergangs · 06/4899
A. C. Crispin, Die Augen der Betrachter · 06/4914
Howard Weinstein, Im Exil · 06/4937
Michael Jan Friedman, Das verschwundene Juwel · 06/4958
John Vornholt, Kontamination · 06/4986
Mel Gilden, Baldwins Entdeckungen · 06/5024
Peter David, Vendetta · 06/5057
Peter David, Eine Lektion in Liebe · 06/5077
Howard Weinstein, Die Macht der Former · 06/5096
Michael Jan Friedman, Wieder vereint · 06/5142
T. L. Mancour, Spartacus · 06/5158
Bill McCay/Eloise Flood, Ketten der Gewalt · 06/5242
V. E. Mitchell, Die Jarada · 06/5279
John Vornholt, Kriegstrommeln · 06/5312
David Bischoff, Die Epidemie · 06/5356
Peter David, Imzadi · 06/5357
Laurell K. Hamilton, Nacht über Oriana · 06/5342
Simon Hawke, Die Beute der Romulaner · 06/5413
Rebecca Neason, Der Kronprinz · 06/5414
John Peel, Drachenjäger · 06/5415
Diane Carey, Abstieg · 06/5416
Diane Duane, Dunkler Spiegel · 06/5417
Jeri Taylor, Die Zusammenkunft · 06/5418
Michael Jan Friedman, Relikte · 06/5419
Susan Wright, Der Mörder des Sli · 06/5438
W.R. Thomson, Planet der Schuldner · 06/5439
Carmen Carter, Das Herz des Teufels · 06/5440
Michael Jan Friedman & Kevin Ryan, Requiem · 06/5442
Dafydd ab Hugh, Gleichgewicht der Kräfte · 06/5443
Michael Jan Friedman, Die Verurteilung · 06/5444
Peter David, Q² · 06/5445
Simon Hawke, Die Rückkehr der Despoten · 06/5446
Robert Greenberger, Die Strategie der Romulaner · 06/5447
Gene DeWeese, Im Staubnebel verschwunden · 06/5448
Brad Ferguson, Das letzte Aufgebot · 06/5449
Michael Jan Friedman, Die andere Seite · 06/5750
Kij Johnson/Greg Cox, Die Ehre des Drachen · 06/5751
J. M. Dillard/Kathleen O'Malley, Wahnsinn · 06/5753

STAR TREK™

Dean Wesley Smith/Kristine Kathryn Rusch, Invasion – 2: Soldaten des Schreckens · 06/5754
Pamela Sargent/George Zebrowski, Verhöhnter Zorn · 06/5756
J. M. Dillard, Star Trek VIII: Der erste Kontakt · 06/5757
Diane Carey, Tag der Ehre – 1: Altes Blut · 06/5763
John Vornholt, Der Dominion-Krieg – 1: Hinter feindlichen Linien · 06/5765
John Vornholt, Der Dominion-Krieg – 3: Sternentunnel · 06/5766
Peter David, Imzadi II · 06/5767
John de Lancie/Peter David, Ich, Q · 06/5768
J. M. Dillard, Star Trek IX: Der Aufstand · 06/5770
Greg Cox, Das Q-Kontinuum 1: Die galaktische Barriere · 06/5771
Greg Cox, Das Q-Kontinuum 2: Die Entführung · 06/5772
Greg Cox, Das Q-Kontinuum 3: Der Widersacher · 06/5773
John Vornholt, Kristallwelt 1 · 06/5774
John Vornholt, Kristallwelt 2 · 06/5775
Jeffrey Lang, Das Unsterblichkeitsprinzip · 06/5776
J. M. Dillard, Star Trek X: Nemesis · 06/5777

STAR TREK: DIE ANFÄNGE
Vonda N. McIntyre, Die erste Mission · 06/4619
Margaret Wander Bonanno, Fremde vom Himmel · 06/4669
Diane Carey, Die letzte Grenze · 06/4714

STAR TREK: DEEP SPACE NINE
J. M. Dillard, Botschafter · 06/5115
Peter David, Die Belagerung · 06/5129
K. W. Jeter, Die Station der Cardassianer · 06/5130
Sandy Schofield, Das große Spiel · 06/5187
Dafydd ab Hugh, Gefallene Helden · 06/5322
Lois Tilton, Verrat · 06/5323
Esther Friesner, Kriegskind · 06/5430
John Vornholt, Antimaterie · 06/5431
Diane Carey, Die Suche · 06/5432
K. W. Jeter, Das Böse · 06/5433
Melissa Scott, Der Pirat · 06/5434
Nathan Archer, Walhalla · 06/5512
Greg Cox/John Gregory Betancourt, Der Teufel im Himmel · 06/5513
Robert Sheckley, Das Spiel der Laertianer · 06/5514
Diane Carey, Der Weg des Kriegers · 06/5515
Diane Carey, Die Katakombe · 06/5516
Dean Wesley Smith/Kristine Kathryn Rusch, Die lange Nacht · 06/5517
John Peel, Der Schwarm · 06/5518
L. A. Graf, Invasion – 3: Der Feind der Zeit · 06/5519
Michael Jan Friedman, Saratoga · 06/5721
Diane Carey, Neuer Ärger mit den Tribbles · 06/5723
L. A. Graf, Tag der Ehre – 2: Der Himmel von Armageddon · 06/5725
Diane Carey, Der Dominion-Krieg – 2: Verlorener Friede · 06/5727
Diane Carey, Der Dominion-Krieg – 4: Beendet den Krieg! · 06/5728

STAR TREK: STARFLEET KADETTEN
John Vornholt, Generationen · 06/6501
Peter David, Worfs erstes Abenteuer · 06/6502

STAR TREK™

Peter David, Mission auf Dantar · 06/6503
Peter David, Überleben · 06/6504
Brad Strickland, Das Sternengespenst · 06/6505
Brad Strickland, In den Wüsten von Bajor · 06/6506
John Peel, Freiheitskämpfer · 06/6507
Mel Gilden & Ted Pedersen, Das Schoßtierchen · 06/6508
John Vornholt, Erobert die Flagge! · 06/6509
V. E. Mitchell, Die Atlantis Station · 06/6510
Michael Jan Friedman, Die verschwundene Besatzung · 06/6511
Michael Jan Friedman, Das Echsenvolk · 06/6512
Diane G. Gallagher, Arcade · 06/6513
John Peel, Ein Trip durch das Wurmloch · 06/6514
Brad & Barbara Strickland, Kadett Jean-Luc Picard · 06/6515
Brad & Barbara Strickland, Picards erstes Kommando · 06/6516
Ted Pedersen, Zigeunerwelt · 06/6517
Patricia Barnes-Svarney, Loyalitäten · 06/6518
Diana G. Gallagher, Tag der Ehre – 5: Ehrensache · 06/6530

STAR TREK: VOYAGER
L. A. Graf, Der Beschützer · 06/5401
Dean Wesley Smith/Kristine Kathryn Rusch, Die Flucht · 06/5402
Nathan Archer, Ragnarök · 06/5403
Susan Wright, Verletzungen · 06/5404
John Betancourt, Der Arbuk-Zwischenfall · 06/5405
Christie Golden, Die ermordete Sonne · 06/5406
Mark A. Garland/Charles G. McGraw, Geisterhafte Visionen · 06/5407
S. N. Lewitt, Cybersong · 06/5408
Dafydd ab Hugh, Invasion – 4: Die Raserei des Endes · 06/5409
Karen Haber, Segnet die Tiere · 06/5410
Jeri Taylor, Mosaik · 06/5811
Melissa Scott, Der Garten · 06/5812
David Niall Wilson, Puppen · 06/5813
Greg Cox, Das schwarze Ufer · 06/5814
Michael Jan Friedman, Tag der Ehre – 3: Ihre klingonische Seele · 06/5815
Christie Golden, Gestrandet · 06/5816
Dean Wesley Smith/Kristine Kathryn Rusch/Nina Kiriki Hoffman, Echos · 06/5817
Christie Golden, Seven of Nine · 06/5818
Eric Kotani, Tod eines Neutronensterns · 06/5819
Jeri Taylor, Schicksalspfade · 06/5820
Diane Carey, Endspiel · 06/5823

STAR TREK: DIE NEUE GRENZE
Peter David, Captain Calhoun · 06/6551
Peter David, U.S.S. Excalibur · 06/6552
Peter David, Märtyrer · 06/6553
Peter David, Die Waffe · 06/6554
Peter David, Die Hunde des Krieges · 06/6555
Peter David, Dunkle Verbündete · 06/6556

ENTERPRISE
Diane Carey, Aufbruch ins Unbekannte · 06/6800
Dean Wesley Smith/Kristine Kathryn Rusch, Das Rätsel der Fazi · 06/6801
Dave Stern: Der Preis der Ehre · 06/6802

STAR TREK™

STAR TREK: DIE BADLANDS
Susan Wright, Die Badlands 1 · 06/6475
Susan Wright, Die Badlands 2 · 06/6476

STAR TREK: SEKTION 31
S. D. Perry, Der dunkle Plan · 06/5706
Andy Mangels/Michael A. Martin, Die Verschwörung · 06/5769
David Weddle/Jeffrey Lang, Der Abgrund · 06/5729
Dean Wesley Smith/Kristine Kathryn Rusch, Der Schatten · 06/5821

DAS STAR TREK-UNIVERSUM, 2 Bde.
von *Ralph Sander* · 06/5150
DAS STAR TREK-UNIVERSUM, 1. Ergänzungsband
von *Ralph Sander* · 06/5151
DAS STAR TREK-UNIVERSUM, 2. Ergänzungsband
von *Ralph Sander* · 06/5270

Ralph Sander, Star Trek Timer 1996 · 06/1996
Ralph Sander, Star Trek Timer 1997 · 06/1997
Ralph Sander, Star Trek Timer 1998 · 06/1998
Ralph Sander, Star Trek Timer 1999 · 06/1999

William Shatner/Chris Kreski, Star Trek Erinnerungen · 06/5188
William Shatner/Chris Kreski, Star Trek Erinnerungen: Die Filme · 06/5450

Phil Farrand, Cap'n Beckmessers Führer durch
STAR TREK – DIE CLASSIC SERIE · 06/5451
Phil Farrand, Cap'n Beckmessers Führer durch
STAR TREK – DIE NÄCHSTE GENERATION · 06/5199
Phil Farrand, Cap'n Beckmessers Führer durch
STAR TREK – DIE NÄCHSTE GENERATION – Teil 2 · 06/6457
Phil Farrand, Cap'n Beckmessers Führer durch
STAR TREK – DEEP SPACE NINE · 06/6458

David Alexander, Gene Roddenberry – Die autorisierte Biographie · 06/5544
Judith & Garfield Reeves-Stevens, Star Trek Design · 06/5545
Nichelle Nichols, Nicht nur Uhura · 06/5547
Leonard Nimoy, Ich bin Spock · 06/5548
Lawrence M. Krauss, Die Physik von Star Trek · 06/5549
Lawrence M. Krauss, Jenseits von Star Trek · 06/6497
Judith & Garfield Reeves-Stevens, Star Trek – Deep Space Nine:
Die Realisierung einer Idee · 06/5550
Herbert F. Solow & Yvonne Fern Solow, Star Trek: Das Skizzenbuch –
Die Classic-Serie · 06/6469
Judith & Garfield Reeves-Stevens, Star Trek – Phase II:
Die verlorene Generation · 06/6470
Herbert F. Solow/Robert H. Justman, Star Trek – Die wahre Geschichte · 06/6499
J. M. Dillard, Star Trek: Wo bisher noch niemand gewesen ist · 06/6500

Diese Liste ist eine Bibliographie erschienener Titel,
KEIN VERZEICHNIS LIEFERBARER BÜCHER!